Darleen Terhardt
White Rose

Darleen Terhardt

Roman

Bibliografische Information der Deutschen Nationalbibliothek: Die Deutsche Nationalbibliothek verzeichnet diese Publikation in der Deutschen Nationalbibliografie; detaillierte bibliografische Daten sind im Internet über dnb.dnb.de abrufbar

© 2019 Darleen Terhardt

Herstellung und Verlag: BoD – Books on Demand, Norderstedt

ISBN: 978-3-7494-9648-8

Inhaltsverzeichnis

II

1.Kapitel

Emily

„Hallo Erde an Emily? Dein Kaffee wird kalt."
Ich schreckte aus meinen Gedanken und schaute
meine beste Freundin fragend an.
„Hast du was gesagt?" Sie schaute mich belustigt
an.
„Ich rede die ganze Zeit mit dir. Wo bist du nur
mit deinen Gedanken?" Ich zuckte mit den Schultern. Es war bei mir normal, dass ich ab und zu
abschweifte.
„Ist bei dir zuhause wieder etwas passiert? Ich
habe dir schon öfter gesagt du sollst endlich aus
diesem Haus raus." Ich seufzte laut auf. Stella
wusste eigentlich was für ein sensibles Thema,
das war und trotzdem sprach sie es immer wieder
an.

„Nein Stella da ist alles gut. Ich denke nur über das College nach." Stella seufzte.

„Wir haben Wochenende und du denkst trotzdem über das College nach. Ich dachte wir wollten heute feiern gehen und Spaß haben?"

„Wir werden auch Spaß haben Stella."

Ich beobachtete die vorbeigehenden Menschen. Wir waren in der Mall und hatten uns neue Kleider geholt. Naja, Stella hatte sich neue Kleider geholt.

Ich trank einen Schluck meines Kaffees.

„Dann hör auf über die Schule nach zu denken.", sagte Stella und ich verdrehte nur meine Augen.

„Lass uns jetzt lieber zu dir fahren, wenn du noch feiern willst." Sofort war sie Feuer und Flamme, zahlte unseren Kaffee und zog mich aus der Mall raus.

Mit ihrem Auto fuhren wir dann zu ihr. Als wir dann bei ihr waren, verzogen wir uns in ihr Zimmer.

Stella und ich machten uns für den Abend fertig. Sie zog eines ihrer neuen Kleider an. Das weinrote Cocktailkleid passte einfach perfekt zu ihrem Körper. Es schmiegte sich an ihre perfekten Kurven und ihr langes blondes Haar fiel ihr über die Schultern.

Das rote Kleid und die blonden Haare betonten umso mehr ihre blauen Augen und ihr wunderschönes Gesicht.

Sie hatte eine großartige Figur und das wusste sich auch. Sie war beliebt bei den Jungs und nutzte das auch gerne aus.

Jedes Wochenende wo wir feiern gingen, lachte sie sicher immer einen Typen an und ging auch meistens mit demjenigen nach Hause.

„Ich kriege dich wirklich nicht dazu auch ein Kleid zu tragen?" Stella schaute mich mit ihrem Schmollmund an, doch ich schüttelte meinen Kopf.

„Nein. Du weißt, dass ich kein Fan von Kleidern bin. Ich bin mit meinem Pullover und meiner Jeans völlig zufrieden." Ich betrachtete mich lächelnd im Spiegel. Meine langen schwarzen Haare ließ ich einfach über meine Schulter fallen. Ich war noch nie wirklich ein Fan davon gewesen, mich großartig hübsch zu mache und ich hatte auch nie wirklich die Zeit dafür. Stella seufzte.

„Spätestens beim Abschluss wirst du eins tragen und wenn ich dich dafür fesseln muss." siegessicher grinste sie mich an. Ich schüttelte lachend meinen Kopf und schaute sie an.

„Lass uns doch lieber los, anstatt über Kleider zu diskutieren. Wir haben eine lange Nacht vor uns."
Ihre Augen fingen sofort an zu strahlen und sie harkte sich sofort bei mir ein. Zusammen machten wir uns auf den Weg zum angesagtesten Club der Stadt, ins "Demon".

Schon draußen konnte man die laute Musik aus dem Club hören. Der Türsteher ließ uns sofort rein.

Stella war in den meisten Clubs schon sehr bekannt. Sie zog mich rein und wir landeten sofort an der Bar.

„Was kann ich den zwei hübschen Damen bringen?!", fragte uns der Barkeeper über die laute Musik.

„Für mich nur eine Cola!", sagte ich, da ich selten etwas trank.

„Mir kannst du ein Bier bringen Schönling!" Fing Stella sofort an zu flirten.

Sie klimperte mit ihren Wimpern und der Barkeeper war ihr sofort erlegen. Ich drehte mich Augenrollend zur Tanzfläche und fing an die Leute zu beobachten.

Irgendwann spürte ich einen intensiven Blick auf mir. Ich schaute mich um und entdeckte die Person schnell.

Er stand mir gegenüber an der Wand und musste ungefähr in meinem Alter sein. Irgendwoher kannte ich ihn.

Als sich unsere Blicke trafen, grinste er und kam auf mich zu. Unauffällig betrachtete ich ihn, als er bei mir ankam.

Er war gut gebaut und durch das schwarze T-Shirt kamen seine Muskeln zur Geltung.

Er hatte dunkle Haare, die ihm wirr vom Kopf abstanden. Seine Augen waren grau und spätestens jetzt fiel der Groschen.

Vor mir stand Ryan Knight. Einer der Bad Boys an meiner Uni. Sofort wich ich ein paar Schritte zurück.

„Na meine Schöne. Was macht so ein hübsches Mädchen wie du, allein in einem Club?" Als er sprach konnte man riechen, dass er schon gut was getrunken haben musste.

„Ich bin mit jemanden hier.", antwortete ich nur und schaute mich dabei nach Stella um. Doch diese hatte mich schon allein gelassen.

Ryan schaute sich auch um.

„Ich kann aber niemanden sehen. Also ich würde dich niemals allein stehenlassen. Komm lass uns doch gemeinsam Spaß haben." Bevor er mich auf die Tanzfläche ziehen konnte, legte sich eine Hand auf die Schulter von Ryan.

„Ryan. Belästigst du wieder andere Mädchen?"
Neben ihm stand Blake. Ein weiterer aus der Clique.

Sein Blick landete auf mir. Er wanderte meinen Körper runter und wieder hoch und fing an zu lächeln. Ich fühlte mich sofort nicht mehr wohl in meiner Haut.

„Da hast du aber einen guten Fang gemacht." Er zwinkerte mir zu und nahm plötzlich meine Hand.

„Ich bin Blake und wie lautet dein Name?" Ich schaute ihn an.

Wir gingen seit fast drei Jahren auf dieselbe Uni und in zwei Kurse gemeinsam und trotzdem kannte er meinen Namen nicht. Da merkt man, dass sie Mädchen nur dann beachteten, wenn sie etwas von ihnen wollten.

„Ich finde das geht dich nichts an." Blake lachte.

„Du hast Feuer, dass mag ich." Er zwinkerte mir zu und drehte sich dann wieder zu Ryan.

„Na komm Kumpel. Sie will nichts von uns." Blake schubste Ryan in die Richtung, aus der er gekommen war.

Blake drehte sich noch einmal zu mir.

„Man trifft sich immer zwei Mal im Leben.", sagte er, zwinkerte noch einmal und verschwand dann auch in die Richtung.

14

Ich atmete aus.

Diese Jungs konnten ganz schön hartnäckig werden, wenn es um Mädchen ging.

Ich hatte die ganzen drei Jahre Glück, dass sie mich nicht beachtet haben und genau heute mussten sie mich wahrnehmen.

In der Uni wird sich auch erzählt, dass sie gerne Mädchen etwas ins Getränk mischten, aber das war nur ein fieses Gerücht.

Adriel und Phoenix Black. Den beiden ging man am besten aus dem Weg.

Am wenigsten hört man von Zyan Hunt. Er soll der Vernünftigste von allen sein.

Ich seufzte und fing an nach Stella zu suchen.

Ich quetschte mich durch die tanzenden Menschen und suchte sie überall. Selbst auf den Toiletten.

Doch auch nach einer halben Stunde konnte ich sie nicht finden. Bestimmt hatte sie schon jemanden gefunden und mich dadurch vergessen, aber ich war nicht sauer auf sie. Im Grunde passierte das jedes Mal, wenn wir feiern gingen. Ich seufzte und verließ den Club.

Ich musste wohl oder übel allein mit dem Bus zurück nach Hause fahren. Ich schrieb Stella kurz eine Nachricht, nicht dass sie mich nachher suchte und machte mich dann auf den Weg.

Es war schon dunkel und für ein September-abend ganz schön kalt. Ich zog meine Jacke enger um mich. Zum Glück war es zur nächsten Halte-stelle nicht allzu weit.

Hoffentlich würde überhaupt noch ein Bus fah-ren.

Als ich bei der Bushaltestelle ankam, schaute ich auf die Schilder und fluchte leise. Verdammt. Es fuhr keiner mehr in die Stadt.

Das hieß für mich, dass ich laufen musste und so machte ich mich auf den Weg. Sich zu beschwe-ren würde ja sowieso nichts dran ändern.

Doch dass es immer dunkler wurde, ließ mich nicht gerade glücklicher werden.

Die Innenstadt war dann noch gruseliger und je-des kleine Geräusch ließ mich zusammenzucken.

Plötzlich hörte ich ein lautes Klirren.

Wie erstarrt blieb ich stehen.

„Verdammt kannst du nicht aufpassen!?", hörte ich dann eine wütende männliche Stimme.

Ich erwachte aus meiner Starre und auch wenn mein Kopf mich warnte, folgte ich den Stimmen.

Ich kam vor einem Geschäft zum Stehen und schaute mich um.

Sofort fiel mir eine zersplitterte Glasscheibe auf.

Daher musste das Klirren gekommen sein.

War etwa jemand in das Geschäft eingebrochen?
Ich schaute mich weiter um.

„Verflixt! Jetzt habe ich mich auch noch geschnitten! Das ist deine schuld!", hallte es wieder laut durch die Nacht und ich erstarrte in meinen Bewegungen.

„Verdammt! Schrei hier nicht so rum, oder willst du die ganze Nachbarschaft wecken?", kam es etwas leiser von einer anderen Person. Diese Stimmen waren nicht weit weg.

Was ist, wenn es die Einbrecher waren?

Ich schaute vorsichtig um die Ecke und sah so den Hinterhof des Geschäfts und dort standen sie. Eine Gruppe von Männern, die sich gegenseitig anschrien.

Sie wirkten gefährlich und ich wollte einen Schritt zurück gehen, doch zu meinem Pech, lag eine Blechdose hinter mir, die ich mit meiner Hacke wegtrat.

Bei dem lauten Geräusch zuckte ich zusammen und sank immer mehr in mir zusammen.

Panik durchflutete mich und ich bewegte mich kein Stück.

Vielleicht waren sie ja so vertieft in ihren Streit, dass sie es nicht mitbekommen hatten.

„Habt ihr das gehört? Ich glaube wir wurden beobachtet." Okay sie hatten doch was mitbekommen. Ich sollte hier so schnell wie möglich weg bevor sie mich fanden.

Ich drehte mich um und wollte losrennen, doch ich lief sofort gegen etwas hartes. Bevor ich es richtig begreifen konnte, wurde ich auch schon an meinen Armen festgehalten.

„Na wen haben wir denn hier?" Zu spät zum Weglaufen. Ängstlich schaute ich hoch und blickte in kalte grüne Augen. Das restliche Gesicht konnte ich nicht sehen, da er eine Ski Maske trug.

Ein kalter Schauer lief mir über den Rücken. Ich versuchte mich aus seinem Griff zu befreien, doch dieser war zu stark.

Blanke Angst packte mich. Was würden sie wohl mit mir machen?

„Das nächstes Mal solltet ihr besser aufpassen, wenn ihr schon trödeln müsst und vielleicht solltet ihr nicht so rumschreien.", knurrte er wütend. Er sprach wohl zu den anderen die hinter mir sein mussten.

„Tut uns leid. Wer rechnet auch damit das uns ein Mädchen belauscht." Der, der mich festhielt schnaubte und schaute mich dann wieder an. Seine Augen strahlten den puren Hass aus, doch irgendwie waren sie auch faszinierend.

Sie verursachten auch ein warmes Gefühl auf meiner Haut.

Wie gerne würde ich das Gesicht hinter dieser Maske sehen.

„Was hast du gehört?", fragte er mich. Er klang gefährlich.

Ich hatte einfach nur Angst.

„Ich habe gar nichts gehört oder gesehen. Bitte lasst mich einfach nur gehen. Ich werde nichts sagen." Meine Stimme klang fest, obwohl ich mich überhaupt nicht danach fühlte.

Mit weit aufgerissenen Augen schaute ich ihn an. Wer weiß wozu sie in der Lage waren.

Er kam mit seinem Gesicht näher.

„Du solltest das Geschehen hier am besten vergessen. Glaub mir ich finde dich, wenn du etwas verrätst." Sein Atem kitzelte mein Ohr und ich bekam eine Gänsehaut.

Auch in meinem Bauch regte sich was, stempelte es aber als pure Panik ab.

Ich schüttelte den Gedanken schnell wieder ab. Ich kannte den Kerl nicht.

Nach seinen Worten ließ er mich endlich los und ich nahm sofort meine Beine in die Hand und rannte weg. Ich würde auf jeden Fall nie wieder allein und nachts durch die Stadt laufen.

Ich kam schnell Zuhause an. Leise schloss ich die Tür auf und ging rein.

Ein Blick ins Wohnzimmer zeigte mir, dass mein Vater zum Glück schon schlief.

Also ging ich in mein Zimmer und zog mich schnell um. Danach ließ ich mich auf mein Bett fallen und beruhigte mich langsam.

Wo war ich da nur hineingeraten? Wieso musste ich eigentlich immer so ein Pech haben? Ich versuchte zu schlafen, doch die ganze Nacht verfolgten mich diese grünen Augen und bekam somit selbst kein Auge zu.

· · ·

Mein Wecker klingelte und mit einem Seufzen machte ich ihn aus. Ich setzte mich auf und schaute verschlafen durch mein Zimmer.

Heute war Montag und ich hatte seit Samstagnacht nicht mehr gut schlafen können.

In der Nacht von Samstag auf Sonntag hatte ich gar nicht schlafen können.

Die ganze Zeit hatten mich diese grünen Augen verfolgt und seine Drohung konnte ich auch nicht vergessen.

Stella war am Sonntag bei mir und hatte auch sofort bemerkt, dass irgendwas nicht stimmte, aber ich sagte ihr nichts. Ich wollte sie da nicht auch noch mit reinziehen.

Der Einbruch war gestern auch in den Nachrichten. Die Gruppe soll wohl schon mehrere Einbrüche begangen haben und daher suchte die Polizei Augenzeugen, um sie endlich hinter Gittern bringen zu können. Aber lebensmüde war ich nicht. Ich traute diesen Männern alles zu.

Stella konnte ich am Sonntag zum Glück auch erst mal ruhigstellen, und wir hatten den restlichen Tag damit verbracht Filme zu gucken.

Ich fuhr mir noch mal verschlafen durch die Augen, dann stand ich auf und ging ins Bad mich umziehen.

Als ich dann fertig war, ging ich in die Küche. Wirklich groß war unsere Wohnung nicht, da mein Vater arbeitslos war. So konnten wir uns nichts Besseres leisten, aber es reichte auch.

Meine Mutter war abgehauen, als ich noch klein war, trotzdem konnte ich mich noch sehr gut daran erinnern.

Da mein Vater keinen Job hatte und sich auch nicht bemühte einen zu bekommen, musste ich nach der Uni arbeiten gehen.

Die Uni konnte ich mir auch nur durch ein Stipendium leisten. Nach der Uni ging ich dann kellnern, um die Wohnung halten zu können.

Ich machte mir schnell was zu Essen und verließ dann die Wohnung.

Stella stand schon draußen. Sie nahm mich jeden Morgen mit zur Schule, da sie ein Auto besaß.

„Hallo Süße. Du siehst schrecklich aus. Hast du immer noch nicht schlafen können?", fragte sie mich sofort, als ich im Auto saß.

„Nein nicht wirklich, aber bitte lass uns nicht darüber reden."

„Okay, wenn du meinst." Sie startete das Auto und fuhr los.

Wir waren viel schneller da als ich wollte. Wir stiegen aus und sofort zeigte Stella in eine Richtung.

„Anscheinend kann sich Ryan an dich erinnern." Stella grinste verschmitzt. Ich hätte ihr das aus dem Club am Sonntag nicht erzählen dürfen.

Ich schaute in ihre gezeigte Richtung und tatsächlich, ich wurde beobachtet aber nicht nur von Ryan, sondern auch von Blake und auch von Phoenix.

Was will Phoenix denn von mir? Schnell wandte ich den Blick ab und zog Stella zum Eingang.

„Hey nicht so schnell. Was ist denn los?", lachte Stella und stolperte hinter mir her.

„Nichts. Ich will einfach nichts mit denen zu tun haben." Stella schüttelte ihren Kopf.

„Musst du ja auch nicht. Du musst nur die Kurse mit ihnen überstehen." Ich schubste Stella leicht zur Seite. Musste aber selbst dabei grinsen.

„Warum interessieren sie sich den plötzlich für mich? Wir gehen seit drei Jahren auf dieselbe Uni und die haben mich nie beachtet.", fragte ich mich dann und seufzte.

Stella zuckte mit den Schultern.

„Keine Ahnung aber wenn ich du wäre, würde ich diese Aufmerksamkeit einfach genießen. Wir sehen uns in der Pause." Sie umarmte mich noch kurz und verschwand dann zu ihren Kursen.

Sie studierte Design und ich Medizin, daher hatten wir keine Kurse zusammen.

Noch nicht einmal die Grundkurse wie Englisch und Mathe. Nein, die hatte ich mit den Vollpfosten zusammen.

Ich lief schnell zu meinem Kurs und genau diesen Kurs hatte ich mit Ryan und Adriel zusammen.

Hoffentlich würden sie mich einfach in Ruhe lassen und Ryan würde mich nicht auf Samstag ansprechen.

Ich ging in den Kursraum und setzte mich auf meinen Platz. Hier oben saß ich zum Glück immer allein. Doch ich hatte mich wohl zu früh gefreut.

„Ist der Platz noch frei?" Ich schreckte hoch und schaute nach oben, direkt in das amüsierte Gesicht von Ryan.

„Ähm nein.", war das einzige was ich rausbrachte.

„Sie lügt. Warum fragst du sie überhaupt, sie sitzt doch immer allein.", sagte Adriel, der sich ohne Umschweife links neben mich fallen ließ.

Geschockt schaute ich ihn an, was ihn aber anscheint nicht störte.

„Ich habe aus Höflichkeit gefragt Adriel. Aber das scheinst du ja nicht zu kennen.", erwiderte Ryan und setzte sich rechts neben mich.

Jetzt saß ich genau zwischen den beiden Jungs. Das würde ein anstrengender Tag werden, wenn das in jedem Kurs so sein würde.

Warum hatte ich eigentlich immer so ein Pech?

„Warum bist du Samstagabend so schnell verschwunden?", fragte Ryan mich.

Warum will er das wissen, hatte er mich etwa noch einmal gesucht?

„Ich hatte einfach keine Lust mehr und bin nach Hause gegangen." Ryan lachte.

„In Ordnung. Wie ist eigentlich dein Name?" Ich schluckte. Wenn ich ihnen meinen Namen sage, lassen sie mich gar nicht mehr in Ruhe, doch genau in dem Moment kam unser Professor rein und fing mit dem Unterricht an.

Ich atmete erleichtert aus.

„Glaub mir Süße. Ich bekomme deinen Namen schon noch raus.", flüsterte Ryan mir ins Ohr bevor er sich nach vorne konzentrierte.

Ich schluckte wieder. Das konnte ein sehr langer Tag werden.

Ich versuchte unserem Professor vorne zu folgen, doch irgendwann ging es einfach nicht mehr. Ryan und Adriel redeten die ganze Zeit.

Ich hatte irgendwann das Gefühl, dass machten die beiden mit Absicht, um mich zu nerven.

Am Ende des Kurses stürmte ich schon fast aus dem Raum raus, doch leider ging das den ganzen

24

Tag so weiter. In der Pause beschwerte ich mich deswegen bei Stella darüber.

„Ich habe wirklich das Gefühl, dass sie es auf mich abgesehen haben."

„Warum glaubst du das?" Wir saßen in der Cafeteria und aßen zusammen unser Mittagessen. Dann waren es nur noch zwei Stunden, die ich zusammen mit Phoenix hatte. Der einzige der Jungs, den ich heute noch nicht gesehen hatte. Vielleicht würde er mich ja in Ruhe lassen. Ich zuckte mit den Schultern.

„Ich weiß es nicht. Aber selbst Zyan ist mir heute auf die Nerven gegangen, dabei war er immer der Netteste von allen. Sie haben mich immer wieder abgelenkt. Ich konnte mich überhaupt nicht auf den Unterricht konzentrieren." Ich seufzte und legte meinen Kopf auf den Tisch.

„Heute war einfach der schlimmste Tag." Stella lachte und streichelte mir über den Rücken.

„Ach komm schon. Andere würden sich freuen, wenn sie die Aufmerksamkeit von diesen Jungs bekommen würden."

„Aber ich will sie ja gar nicht. Sie strahlen Gefahr aus und ich will mich einfach nur von ihnen fernhalten." Es klingelte und ich stand seufzend auf. Stella sah mich mitleidig an.

„Die letzten beiden Stunden wirst du schon noch schaffen."

„Ja hoffentlich. Bis später." Wir umarmten uns noch kurz und dann ging ich zu meinem Kursraum.

Ich hatte ein kleines Fünkchen Hoffnung, da Phoenix allein bei mir im Kurs war. Vielleicht ließ er mich tatsächlich in Ruhe. Vor der Tür holte ich noch einmal kurz Luft und ging dann rein.

Schnell setzte ich mich auf meinen Platz. Mein Blick war die ganze Zeit auf die Tür gerichtet. Immer mehr Studenten kamen in den Raum und als ich ihn sah, hielt ich den Atem an.

Doch er ging ohne Umwege auf seinen Platz drei Reihen hinter mir. Mich hatte er keines Blickes gewürdigt. Also würde er mich in Ruhe lassen.

Erleichtert drehte ich mich nach vorne. Unsere Professorin war reingekommen und fing sofort mit dem Stoff an.

Doch dann kam etwas, das ich über alles hasste. Partnerarbeit.

„So und jetzt sucht euch bitte einen Partner und löst zusammen diese Aufgaben." Ich seufzte und schaute durch die Klasse.

Ich entdeckte ein Mädchen, das auch allein war und wollte gerade aufstehen, als sich jemand neben mich fielen ließ.

Phoenix.

Ich sah ihn verwundert an. Er verursachte bei mir sofort ein komisches Gefühl.

„Hier das sind die Arbeitsblätter." Seine tiefe Stimme ließ mich erschaudern. Und verursachte eine Gänsehaut bei mir.

Ich wendete den Blick ab und setzte mich wieder auf meinen Platz. Dabei nahm ich ihm die Arbeitsblätter ab.

„Danke." Wir fingen an die Aufgaben zu machen. Immer wieder schielte ich zu ihm rüber. Von der Seite sah er einfach zum Anbeißen aus.

Er hatte ausgeprägte Wangen Knochen und sein schwarzes Haar hing ihm ins Gesicht. Es war etwas länger und sah einfach nur fantastisch aus. Schnell schaute ich wieder zu meinem Arbeitsblatt. Ich sollte aufhören so etwas zu denken. Phoenix Black war ein gefährlicher Mann und er spielte nur mit Frauen. Das gerade waren einfach nur meine weiblichen Hormone.

„Bist du fertig mit den Aufgaben?" Riss er mich plötzlich aus meinen Gedanken.

Erschrocken schaute ich zu ihm und wurde sofort von seinen giftgrünen Augen gefangen genommen. Doch diese strahlten nur pure Kälte aus. Ein Schauer lief mir über den Rücken.

„Äh... ja. Ich bin fertig." Er nahm mir meinen Zettel aus der Hand und verglich ihn mit seinem. „Ja ich habe dasselbe dastehen." Er legte meinen Zettel wieder vor mir ab und schaute mich wieder kurz an. Plötzlich blitze ein Bild von Samstagabend in meinem Kopf auf.

Es waren die grünen Augen, und zwar genau dieselben wie die, die gerade vor mir waren.

„Du bist es." Sofort hielt ich meine Hand vor dem Mund. In seinen Augen blitze etwas auf.

„Was hast du gerade gesagt?" Er musterte mich und achtete auf jede meiner Bewegungen. Er war es wirklich.

Phoenix Black hatte mich am Samstagabend fest-gehalten. Vielleicht gingen sie mir ja deswegen schon den ganzen Tag auf die Nerven.

Sie wussten die ganze Zeit wer ich war.

„Ich habe nur laut gedacht. Nichts wichtiges.", sagte ich, doch ich konnte sehen, dass Phoenix mir nicht glaubte.

Es klingelte und ich sprang panisch auf. Ich musste unbedingt Abstand zwischen uns kriegen. Dafür war die kurze Pause perfekt.

Ich rannte auf die Mädchentoilette und stemmte mich auf das Waschbecken. Ich betrachte mich im Spiegel, dann machte ich meine Hände nass und tupfte mein Gesicht ab.

Wo war ich da nur hineingeraten? Wie soll ich nur für mich behalten, dass diese Jungs dahinter-steckten.

Vor allem Stella würde ich es gerne erzählen. Diese Gedanken machten mich kaputt.

„Warum bist du so schnell raus gerannt?" Er-schrocken drehte ich mich zu der Stimme.

An der Tür lehnte Phoenix.

„Du weißt das das hier eine Mädchentoilette ist?" Ich durfte mir nichts anmerken lassen. Vielleicht hatte er ja nicht mitbekommen, dass ich wusste wer er war.

„Glaub mir Prinzessin. Ich bin öfter hier drin als du glaubst." Angewidert verzog ich mein Gesicht. Daran wollte ich gar nicht denken.

„Dann lass ich dich mal allein." Mit diesen Worten wollte ich an ihm vorbei gehen, doch ich hätte wissen müssen, dass das nicht funktionieren würde.

Als ich auf seiner Höhe war, packte er mich und drückte mich gegen die Wand. Er stemmte seine Arme links und rechts neben mich. So war ich gefangen.

Panik kroch meinen Körper hoch.

„Wir müssen zurück zum Unterricht.", sagte ich leise. Sein Blick machte mich einfach nur nervös.

„Das ist mir egal. Sie werden sich ihren Teil schon denken." Ich wusste sofort was er meinte. Sein Atem traf meine Haut und sofort bekam ich eine Gänsehaut.

Wie ich meinen Körper manchmal verfluchte und er musste es ja auch noch bemerken, denn er fing an zu grinsen.

„Kein Mädchen kann mir widerstehen. Auch du nicht."

„Da irrst du dich. Du bist ganz schön überzeugt von dir." Phoenix lachte.

„Ja das bin ich, denn dein Körper verrät es mir." Er kam plötzlich näher. Mit seinem Mund streifte er mein Ohr und ich erschauderte.

„Und weiß du was ich tun werde? Ich werde mir deinen Körper nehmen, wenn du nur ein Wort über Samstagabend verlierst. Ich habe gesagt ich werde dich finden."

„Es wart also tatsächlich ihr." Er hielt mir meinen Mund zu.

„Gut möglich, aber das bleibt unser kleines Geheimnis, verstanden? Noch nicht einmal deiner Freundin darfst du irgendwas erzählen." Ich nickte, da ich langsam immer mehr Angst bekam und er immer noch meinen Mund zu hielt.

Er musterte mich noch einmal mit seinen kalten Augen und ließ mich dann los.

Sofort rannte ich aus der Toilette raus und ging dann wieder Richtung Kursraum.

Ich ging rein und setzte mich auf meinen Platz. Meine Professorin sagte zum Glück nichts.

Phoenix kam nicht wieder in den Unterricht. Aber darüber war ich auch irgendwie froh.

Als es dann schellte, packte ich meine Sachen zusammen und machte mich auf den Weg zur Arbeit. Das würde mich vielleicht ein wenig ablenken.

Ich kellnerte in einer kleinen Imbissbude nicht weit weg von der Uni und daher auch ein beliebter Treffpunkt für Studenten.

Mich hatte aber bisher noch keiner erkannt und das war auch gut so.

Ich ging durch die Tür und mein Ankommen wurde durch eine Glocke über der Tür angekündigt.

„Hey Emily da bist du ja. Endlich kann ich mich um meine Buchhaltung kümmern."

30

„Ja auch schön dich zu sehen Gina.", begrüßte ich meine Chefin lachend.

Gina grinste mich an. Wir ärgerten uns immer gerne gegenseitig.

„Heute wird es ein wenig voller. Ich hoffe du kommst damit erst mal allein klar."

„Sollte ich und wenn nicht, weiß ich ja wo du bist." Gina nickte und verschwand dann in die hinteren Räume.

Ihr gehörte dieser Laden, der bei uns Studenten einfach sehr beliebt war.

Ich band mir also schnell die Schürze um und fing an zu bedienen oder die Tische abzudecken. Es wurde auch immer voller, wie Gina es gesagt hatte, aber ich kam gut zurecht.

Nach zwei Stunden legte sich das Chaos etwas, aber ich war auch nicht mehr allein.

Gina war mit der Buchhaltung fertig und konnte mir so helfen.

Ich war gerade dabei die Tische abzuputzen, als ich eine bekannte Stimme hörte.

„Wann kommt hier denn endlich eine Bedienung?!" Oh nein. Hoffentlich würde Gina sie übernehmen.

„Emily kümmerst du dich bitte darum.", hörte ich Gina dann aus der Küche.

Ja mal wieder Pech gehabt Emily. Ich seufzte und ging auf den Tisch zu, an dem die Jungs saßen. Phoenix und Ryan erkannten mich sofort.

„Oh was für eine Überraschung. Erfahren wir so vielleicht endlich deinen Namen?", sagte Ryan sofort und kassierte dafür eine Nackenschelle von Blake.

„Hast du gerade nicht aufgepasst? Außerdem kannst du auch einfach auf ihr Namensschild gucken.", sagte Blake und schnell versuchte ich das Schild mit einer Karte zu verdecken, doch da fiel mir auch wieder ein, dass Gina meinen Namen gerade laut gerufen hatte.

„Emily also." Kam es dann auch von Phoenix. Ryan grinste von einem Ohr zum anderen.

„Das ist ein schöner Name. Er passt zu dir." Ich wurde durch das Kompliment ein wenig rot und schaute auf den Boden.

„Hier sind die Karten. Sagt Bescheid, wenn ihr wisst was ihr bestellen wollt." Ich gab ihnen die Karten und ging erst einmal wieder hinter die Theke.

Nach zehn Minuten wussten sie, was sie wollten und ich nahm die Bestellungen auf. Alle bestellten außer Phoenix.

Dieser beobachtete mich einfach nur die ganze Zeit, was mich verdammt nervös machte.

Als ich alle Bestellungen hatte, lief ich in die Küche und gab diese weiter. In der Zwischenzeit räumte ich weiter Gläser ein.

„Hey Emily?" Verwirrt drehte ich mich zum Tresen. Dort stand Ryan.

Was wollte er denn jetzt von mir? Ich stellte das Glas ab, was ich gerade in der Hand hatte und ging zu ihm rüber.

„Brauchst du noch irgendwas?"

„Nein, ich wollte mich entschuldigen." Meine Augen wurden ungewollt größer. Ryan lachte nervös.

„Ja glaub es oder glaube es nicht. Ich hoffe Phoenix hat dir keine Angst eingejagt." Ich lachte sarkastisch auf.

„Und ob er das hat. Er hat mich bedroht. Warum könnt ihr mich nicht einfach in Ruhe lassen?" Ich wurde ein wenig lauter, doch als ich das bemerkte, senkte ich meine Stimme wieder.

„Das können wir leider nicht Emily. Du weißt etwas von uns was eigentlich keiner wissen sollte." Er grinste mich an.

„Und um ehrlich zu sein, macht mir das noch nicht einmal was aus." Er ließ seinen Blick über mich wandern. Das konnte er sich sowas von abschminken.

„Mir machtes aber was aus. Was muss ich dafür tun, damit ihr mich in Ruhe lasst?" Ich unterdrückte meine Wut und sah ihn so freundlich an, wie ich konnte.

Ryan beugte sich zu mir vor.

„So leid es mir tut Süße, aber du wirst uns erst mal an der Backe haben, bis wir hundertprozentig wissen, dass du uns nicht verraten wirst. Also mach doch das Beste daraus." Er zwinkerte mir zu und ging dann wieder zurück zu den anderen. Ich seufzte laut und ging in die Küche.

Ich nahm die Bestellungen entgegen, brachte diese zum Tisch und räumte dann weiter auf.

Als die Jungs zahlen wollten, lief Gina gerade an ihnen vorbei, sodass ich nicht noch einmal zu ihnen musste.

Der Rest des Abends verlief zum Glück sehr ruhig. Doch immer wieder dachte ich über die Worte von Ryan nach.

Hoffentlich konnte ich ihnen schnell beweisen, dass ich nichts verraten würde, denn ich wollte diese Jungs so schnell wie möglich wieder los werden.

2.Kapitel

Emily

Um 23:00 Uhr hatte ich Feierabend. Ich liebte es, solange zu arbeiten. So ging ich meinem Vater am besten aus dem Weg.
Gina und ich schlossen ab und gingen dann getrennte Wege.
Wie jeden Abend nach der Arbeit lief ich nach Hause. Den Weg kannte ich in und auswendig und lief daher auch nachts gerne. Auch wenn ich seit Samstagabend vorsichtiger geworden war.
„Buh!"
„Ah!!" Ich quietschte auf und sprang zur Seite. Neben mir lachte sich jemand kaputt und dieses Lachen hatte ich heute auch schon öfter gehört und wusste daher sofort von wem es kam.
„Verdammt Blake! Warum erschreckst du mich so?!" Ich funkelte ihn wütend an, doch er hörte nicht auf zu lachen.

„Ich konnte leider nicht widerstehen.", sagte er lachend. Nach zwei Minuten hatte er sich dann endlich beruhigt. „Was machst du denn eigentlich allein hier draußen? Nachts kann es gefährlich werden. Vor allem für Frauen."

„Meinst du, weil hier Einbrecher rumlaufen könnten?", fragte ich sarkastisch. Blake lachte und hob seinen Zeigefinger.

„Pass auf was du sagst Prinzessin. Du könntest dich sehr schnell auf dünnes Eis begeben." Ich verdrehte die Augen.

„Und ihr macht dann was mit mir?" Blake grinste frech und kam mir näher.

„Naja. Du bist ein verdammt hübsches Mädchen. Da kann man so vieles machen." Ich seufzte und drehte mich um. So langsam gingen mir ihre ganzen Sprüche auf die Nerven.

„Habt ihr nichts Besseres zu tun, als mich die ganze Zeit anzumachen?" Ich wollte weiter gehen, doch Blake hielt mich fest.

„Schätzchen. Wir müssen ein Auge auf dich haben, da darf man doch wohl mal ausprobieren, ob man auch mehr von dir bekommt." Blake sah mich lüstern an. Wütend schubste ich ihn zur Seite.

„Das könnt ihr euch alle abschminken." Mit den Worten drehte ich mich wieder um und ging. Blake ließ ich einfach stehen.

„Du gefällst mir Prinzessin! Ich hoffe wir werden Freunde!", rief er mir noch hinterher, doch ich reagierte nicht mehr darauf.

Nach einer halben Stunde war ich dann zuhause.
Leise schloss ich die Tür zu unserer Wohnung auf
und ging rein.

„Emily?!" Ich warf meinen Kopf in den Nacken.
Mein Vater war noch wach.

„Emily komm her!" Niedergeschlagen ging ich
ins Wohnzimmer, wo er auf dem Sofa saß.

Wann will er sich eigentlich um einen Job kümmern?

Er sah runter gekommen aus.

Seinen Bart und seine Haare hatte er schon länger
nicht mehr geschnitten und die Klamotten waren
auch dreckig.

„Wo warst du?" Seine Alkoholfahne konnte ich
bis zur Tür riechen.

„Ich war arbeiten." Irgendwer musste ja das Geld
für die Wohnung einbringen.

Doch diesen Satz dachte ich mir nur.

„Ich will, dass du mir sofort was zu essen machst
und räum die Bude auf!", lallte er und konzentrierte sich dann wieder auf den Fernseher. Ich
drehte mich um und ging in die Küche.

Das würde eine sehr lange Nacht werden.

Ich machte meinem Vater schnell was zu Essen
und fing dann an aufzuräumen. Ist ja nicht so,
dass er die meiste Zeit Zuhause war, wenn er
nicht gerade auf Kneipentour war, doch im
Grunde kannte ich es nicht anders. Seitdem ich
klein war machte ich hier den Haushalt und genauso lange trank mein Vater auch schon.

Als er dann endlich auf dem Sofa eingeschlafen war, ging auch ich ins Bett. Ein Blick auf die Uhr ließ mich seufzen.

Ich konnte jetzt noch genau zwei Stunden schlafen.

Warum mussten meine Lesungen auch alle so früh anfangen? Also bekam ich heute nicht sehr viel Schlaf.

Das änderte sich auch die nächsten Tage nicht.

Jeden Tag musste ich in der Wohnung irgendetwas machen oder meinem Vater versorgen. Auch in der Uni ging es genauso weiter wie am Montag.

Die Jungs ließen mich nicht aus den Augen und liebten es wohl mich zu nerven.

Stella fragte nach dem dritten Tag nicht mehr nach, sondern musterte mich einfach nur noch besorgt.

An dem Wochenende schob ich dann Doppelschichten im Imbiss und bekam auch an diesem Sonntag nicht sehr viel Schlaf und wenn sich sowas dann ein paar Wochen zog war man irgendwann auch einfach nur noch kaputt.

• • •

An diesem Morgen riss mich mein Wecker aus meinem unruhigen Schlaf.

Seit ungefähr drei Wochen hatte ich nicht mehr richtig geschlafen.

38

So müde war ich noch nie.

Dementsprechend brauchte ich auch Zeit, um mich fertig zu machen.

Mein Handy klingelte und ich hatte eine Nachricht von Stella.

S: Wo bleibst du?

Ich seufzte und nahm meine Tasche. Leise verließ ich die Wohnung und ging raus.

Stella stand draußen und lehnte an ihrem Auto.

„Wow verdammt siehst du scheiße aus.", sagte sie sofort und musterte mich.

„Ja dir auch einen guten Morgen. Ich habe seit Wochen nicht mehr richtig geschlafen."

„Ja das habe ich bemerkt. Wann ziehst du endlich aus dieser Wohnung aus?" Also musste sie heute doch wieder darüber reden.

„Und meinen Vater allein lassen, wie es meine Mutter getan hat. Nein, nie im Leben."

„Aber Emily. Du machst dich noch kaputt, wenn du so weiter machst. Du willst doch deinen Abschluss machen oder nicht?" Ich nickte langsam.

„Dann kümmere dich mal mehr um dich und nicht nur um diesen Mann." Stella stieg ins Auto. Ich wusste das sie recht hatte, aber er war nun mal mein Vater.

Ich stieg auch ins Auto und wir fuhren los.

Bei der Fahrt hatte ich alle Mühe meine Augen offen zu halten. Stella kommentierte das zum Glück nicht mehr.

Auf dem Parkplatz stiegen wir aus und wollten Richtung Eingang gehen, doch auf dem Weg legte jemand seinen Arm um meine Schulter.

„Guten Morgen Prinzessin. Hast du gut geschlafen?" Genervt schaute ich zu Ryan.

„Gibt es auch mal einen Tag wo ihr mich nicht nervt?"

Heute hatte ich wirklich keine Lust auf die Jungs. Ryan betrachtete mich.

„Was ist denn mit dir passiert? Du siehst ganz schön fertig aus.", stellte er dann fest. Ich verdrehte nur die Augen.

„Dann versuchen wir mal dir etwas gute Laune zu machen." Plötzlich zog er mich von Stella weg. Ich schaute Stella hilfesuchend an, aber sie zuckte nur mit den Schultern und ging in Richtung Eingang.

Ryan zog mich zu den anderen Jungs. Als ob die mir gute Laune machen könnten.

„Da ist ja unsere Prinzessin.", begrüßte mich Blake. Diesen Spitznamen trug ich schon seit zwei Wochen und ich fragte mich immer noch, wie ihn der eingefallen war.

„Du siehst ganz schön fertig aus. Hast du in der Nacht noch viel getrieben?" Adriel wackelte mit seinen Augenbrauen.

Genervt schaute ich ihn an. So einen Kommentar konnte ich heute gar nicht gebrauchen.

„Das geht dich ja wohl gar nichts an!", fauchte ich zurück und er hob abwehrend seine Hände.

40

„Wow die Kleine hat ja Krallen. Aber weißt du was? Ich wäre gerne der Grund warum du nachts nicht schlafen kannst.", sagte er dann mit einem frechen Grinsen im Gesicht.

„Hey kommt. Lasst sie doch mal in Ruhe. Ihr scheint es heute wirklich nicht gut zu gehen." Zyan kam zu mir und zog mich dann von den Jungs weg.

„Komm lass uns rein gehen. Die werden sowie so noch ein wenig brauchen." Dankend sah ich ihn an.

Die letzten Wochen hatte sich Zyan als der Netteste herausgestellt. Er hatte irgendwann angefangen mich in Ruhe zu lassen und hat nur noch danebengesessen.

„Ist bei dir denn wirklich alles in Ordnung? Du siehst wirklich fertig aus und mir ist auch aufgefallen, dass es die letzten Wochen schon so war." Besorgt schaute er mich von der Seite an.

„Ja es ist alles gut. Ich habe nur die letzten Wochen nicht gut schlafen können." Zyan nickte, fragte aber nicht weiter nach.

Die ersten Stunden hatten wir zusammen und gingen zum Kursraum.

Blake, der mit uns im Kurs war, kam tatsächlich erst fünfzehn Minuten später rein. Wieder saßen die beiden bei mir.

Das waren irgendwie ihre festen Plätze geworden aber heute ließen sie mich in Ruhe.

Vielleicht hatten sie wirklich bemerkt, dass ich heute nicht so gut drauf war.

Bis zur ersten Pause verliefen die Stunden also ganz ruhig.

In der Pause ging ich zur Cafeteria. Stella hatte sich schon einen Platz gesucht und auf mich gewartet.

„Emily du bist Gesprächsthema Nummer eins.", sagte sie sofort und ich schaute sie verwirrt an. Ich hatte davon noch gar nichts mitbekommen aber die Uni war ja auch riesig.

„Warum das denn?" Ich setzte mich zu ihr an den Tisch und wir fingen an zu essen.

„Deswegen vielleicht." Sie deutete hinter mich. Ich drehte mich um und sah sofort die altbekannten Jungs, die gerade auf unseren Tisch zu liefen. Oh nein. Sie würden sich doch nicht zu uns setzen?

„Hallo Mädels." Doch würden sie.

Ryan ließ sich rechts neben mich fallen und grinste uns beide an.

„Na worüber habt ihr denn so geredet?", kam es dann von Phoenix, der sich auf den anderen freien Stuhl neben mich setzte. Die anderen drei verteilten sich auch um den Tisch.

Stella bekam fast einen Anfall, als Adriel sich neben sie setzte. Phoenix schaute mich kalt an. Ich erwiderte seinen Blick.

„Wir haben über gar nichts geredet.", sagte ich abweisend. Er grinste.

„Dann ist ja gut." Stella schaute mich verwirrt an. Natürlich musste sie sofort bemerken, dass da mehr war.

42

„Was habe ich denn verpasst?" Alle schauten zu Stella und dann zu mir.

„Du..." Ich stockte, da ich plötzlich eine Hand auf meinem Oberschenkel spürte. Erschrocken schaute ich zu Phoenix, doch der ließ sich nichts anmerken.

„Ja?" Stella zog meine Aufmerksamkeit wieder zu sich.

„Du hast nichts verpasst." Ich wurde immer unruhiger, da Phoenix anfing Kreise auf meinen Oberschenkel zu malen und immer weiter hoch wanderte. Jetzt konnte er sich ein Grinsen auch nicht mehr verkneifen.

Ich versuchte seine Hand weg zu schlagen aber das endete nur damit, dass er meine Hand jetzt festhielt.

Stella fing zum Glück an sich mit Blake zu unterhalten. Auch die anderen unterhielten sich. Also drehte ich mich zu Phoenix.

„Jetzt nimm deine Hand da weg!", flüsterte ich ihm verärgert zu.

„Warum? Mir gefällt es wie nervös du dabei wirst.", raunte er mir ins Ohr.

„Hey Emily. Kommst du heute eigentlich mit zu mir?", fragte Stella mich dann und ich schaute schnell zu ihr.

„Ich kann leider nicht Stella. Ich muss arbeiten." Sie seufzte.

„Dabei ist das eigentlich nicht deine Aufgabe.", sagte sie mehr zu sich selbst, aber jeder am Tisch hatte es verstanden.

Phoenix schien es zu interessieren, denn er hatte seine Hand von meinem Oberschenkel genommen.

„Was meinst du mit, es ist eigentlich nicht ihre Aufgabe?", fragte Phoenix dann. Auch die anderen schauten Stella an.

Stella bemerkte, dass sie ihren Gedanken laut ausgesprochen hatte und schaute mich entschuldigend an.

„Ich meine gar nichts damit. Ich habe nur laut gedacht.", versuchte sie sich raus zu reden, doch wenn ich in den Wochen eins gelernt hatte, dann das die Jungs nicht blöd waren.

„Es macht keinen Unterschied, ob du es nur gedacht, oder laut ausgesprochen. Also was meinst du damit?" Phoenix gab so schnell nicht auf.

Doch genau ihn gingen meine Probleme nichts an. Mir reichte es und ich sprang auf.

„Stella wir gehen." Ohne Widerworte stand sie auf und folgte mir aus der Cafeteria.

„Emily es tut mir leid. Ich wollte nichts sagen."

„Schon gut, dass kann jedem Mal passieren. Außerdem wollte ich da sowieso weg." Wir liefen aus der Cafeteria raus und dabei bemerkte ich auch die ganzen Blicke und das Getuschel, wenn ich an jemanden vorbeilief.

„Ich glaube, ich weiß was du mit Gesprächsthema meinst.", sagte ich zu Stella und diese lachte.

„Ja, irgendwie haben die Jungs ja auch einen Narren an dir gefressen. Sie sind ja fast nur noch an

44

deiner Seite zu finden. Es wird auch schon getuschelt, dass du mit einem von ihnen zusammen sein sollst." Schnell schüttelte ich den Kopf.

„Nie im Leben." Stella lachte wieder. „Sag niemals nie, Schätzchen." Ha, wenn du nur wüsstest Stella.

Die letzten zehn Minuten der Pause verbrachten wir also draußen, danach gingen wir wieder zu unseren Kursen. Der restliche Tag verging ereignislos und da war ich auch froh drum. Ich lief Richtung Imbiss, wo mir dann auch schon Kyle entgegenkam. Er hatte die Schicht vor mir gemacht.

„Hey Emily. Viel Spaß heute."

„Danke und dir einen schönen Feierabend."

„Danke." Ich ging rein und meldete mich bei Gina an. Nachdem ich mich umgezogen hatte, fing ich mit der Arbeit an. Heute war nicht so viel los, aber funktionieren tat auch nichts.

„Hey Emily! Was ist denn heute mit dir los?" fragte Gina mich, als ich das vierte Glas fallen gelassen hatte.

„Es tut mir leid Gina." Ich holte ein Kehrblech und fegte die Scherben weg. Gina stand vor mir und betrachtete mich.

„Du siehst ganz schön fertig aus. Du solltest nach Hause gehen."

„Aber Gina..." Sie hielt ihre Hand hoch und ich stoppte sofort.

„Nein, du wirst nach Hause gehen. Punkt." Ich seufzte und ging mich umziehen. Gina konnte

45

man nicht so leicht umstimmen. Als ich mich umgezogen hatte, verabschiedete ich mich bei Gina.

„Und schlaf dich aus. Ach, und draußen wartet jemand auf dich." Verwirrt guckte ich nach draußen konnte aber niemanden sehen.

„Okay. Bis morgen." Ich ging raus.

„Wir oft arbeitest du eigentlich in der Woche?" Ich zuckte vor Schreck zusammen.

„Zyan. Warum erschreckst du mich so?" Ich drehte mich zu ihm um. Er rauchte gerade eine Zigarette.

„Tut mir leid. War nicht meine Absicht, aber jetzt beantworte meine Frage."

„Ich glaube das geht dich nichts an.", gab ich schnippisch zurück. Zyan schnippte seine Zigarette auf den Boden und trat sie aus.

„Du siehst halt nur sehr fertig aus. Sonst würde deine Chefin dich ja auch nicht nach Hause schicken und deine Freundin macht sich anscheinend auch schon sorgen." Ich seufzte.

„Nochmal. Es geht dich nichts an." Ich wollte mich umdrehen und nach Hause laufen, doch er hielt mich fest.

„Komm. Lass mich dich wenigstens nach Hause fahren. Ich würde mich schlecht fühlen, wenn ich dich jetzt allein laufen lassen würde." Er zog mich zu seinem Auto. Also hatte ich nicht wirklich eine Wahl.

Wir stiegen ein und er fuhr los. Als ich ihm gerade meine Adresse sagen wollte, klingelte sein Handy und er ging ran.

„Ja?" Er machte eine kurze Pause.

„Ja, ich komme sofort." Er legte auf und schaute mich dann entschuldigend an.

„Wir müssen noch kurz woanders hin."

„Okay, aber du kannst mich auch einfach hier rauslassen."

„Nein ich werde dich nach Hause fahren. Es ist spät und ich lasse dich nicht allein nach Hause laufen." Sein Ton duldete keinen Widerspruch. Also beließ ich es dabei.

Wir fuhren aus der Stadt raus und in das etwas noblere Viertel. Ich war erstaunt von den großen Häusern, die hier standen.

Bei einem Haus hielten wir an. Es sah von außen wunderschön aus.

Was wollte er nur hier?

„Komm wir gehen rein. Ich weiß nicht wie lange es dauert und möchte nicht, dass du hier allein sitzt." Ich nickte und er grinste mich an.

Wir stiegen aus und liefen auf das Haus zu. Ich kam aus dem Staunen nicht mehr heraus.

Wir liefen eine lange Einfahrt hoch direkt auf einen Betonbau zu.

In der offenen Garage standen zwei teure Autos.

Links ging eine Treppe hoch zum Eingang. Der obere Teil war mit Holz verkleidet. Große Eckfenster zeigten den Einblick in eine schöne Küche.

An der Küche grenzte auch eine kleine Dachter-
rasse. Dieses Haus war einfach wunderschön.

„Kommst du oder willst du dir lieber weiter das
Haus anschauen?" Zyan stand schon an der Haus-
tür. Ich musste wohl stehen geblieben sein.
Schnell lief ich auf ihn zu.

Er klingelte und nach kurzer Zeit machte Blake
die Tür auf. Blake wirkte erleichtert, doch als er
mich entdeckte, verhärtete sich sein Gesichtsaus-
druck ein wenig.

Also war ich nicht gerade willkommen.

„Was macht sie hier?"

„Ich wollte sie gerade nach Hause fahren, als ihr
angerufen habt. Und ihr habt mir sehr deutlich gemacht, dass ich schnell kommen sollte."

„Ach so okay. Kommt rein, er ist im Wohnzimmer." Blake hielt die Tür auf und wir gingen rein.
Hier drin war alles noch schöner.

Alles war modern eingerichtet, die Möbel waren
in weiß gehalten und die Wände waren auch hier
teilweise mit Holz verkleidet.

Wir liefen quer durch die Eingangshalle zum
Wohnzimmer.

Blake und Zyan liefen vor und waren sich am unterhalten und da sie immer Mal zu mir schauten,
konnte ich mir denken, dass sie sich über mich
unterhielten.

Ich fing an mich unwohl zu fühlen und ging automatisch einen Schritt nach hinten, doch ich
stieß gegen etwas.

„Was macht sie denn hier?", kam es dann wütend von hinten. Also war ich gegen Phoenix gelaufen. Sofort sprang ich zur Seite und sah jetzt seinen kalten Blick. Zyan stellte sich schnell zwischen uns.

„Sie kam mit mir her. Ich wollte sie gerade nach Hause fahren, als ihr angerufen habt. Hätte ich sie einfach auf der Straße aussetzen sollen?"

„Ja!" Phoenix ging an uns vorbei ins Wohnzimmer wo die anderen saßen.

Zyan schaute mich kurz entschuldigend an und ging ihm hinterher. Ich blieb einfach in der Tür stehen. Ich wollte nicht rein gehen.

„Was ist denn los, dass ich hier sofort antanzen muss?"

„Ryans Wunde hat sich anscheint entzündet. Er stand vor der Tür und ist ein paar Sekunden später in meinen Armen zusammengesackt. Ich konnte ihn gerade so noch auffangen.", sagte Adriel. Mein Blick ging zu Ryan. Er sah wirklich nicht gut aus. Also musste er es gewesen sein, der sich bei dem Einbruch geschnitten hatte.

Dann war es aber tatsächlich komisch, dass die Wunde noch nicht verheilt war.

Zyan setzte sich neben Ryan und schob das Shirt hoch. Alle zogen scharf die Luft ein.

„Damit muss er zum Arzt. Ich kann da nicht wirklich helfen. Ich habe Medizin nicht als Hauptfach." Zyan war überfordert.

„Bis du bescheuert. Es werden nur Fragen gestellt und die Gefahr, dass sie einen Verdacht schöpfen ist einfach zu groß." Phoenix raufte sich die Haare.

„Ich kann helfen." Die Worte waren schneller aus meinem Mund, als das ich darüber nachdenken konnte.

Alle Blicke lagen sofort auf mir.

„Was hast du gesagt?" Phoenix klang abweisend und wütend. Ich schluckte und fasste meinen ganzen Mut zusammen.

„Ich habe gesagt, dass ich helfen kann. Ich kenne mich mit solchen Verletzungen aus." Die Jungs schauten sich gegenseitig an.

„Lass es sie machen. Ich habe keine Lust auf eine Blutvergiftung.", sagte Ryan. Er klang sehr schwach. So hatte er sich heute in der Uni noch nicht angehört.

„Was brauchst du?", fragte dann Zyan sofort. Ich legte meine Tasche ab und ging zu Ryan.

Zyan machte mir Platz und ich schaute mir die Wunde an. Sie musste auf jeden Fall mit ein paar Stichen genäht werden.

„Ich brauche eine Schüssel mit sauberem Wasser. Alkohol, Nadel und Faden, Feuerzeug und einen Verbandskasten." Adriel und Zyan nickten und verschwanden schnell aus dem Zimmer. Blake setzte sich auf die andere Seite von Ryan.

Phoenix beobachtete uns aus weiterer Entfernung.

Nach fünf Minuten kamen die anderen beiden mit den Sachen wieder.

Sie stellten alles auf den Wohnzimmertisch und ich machte dann als erstes die Wunde sauber.

„Blake, könntest du ihn jetzt festhalten? Das könnte jetzt weh tun." Ich befeuchtete ein Tuch mit Alkohol und desinfizierte die Wunde.

Ryan keuchte schmerzhaft auf. Dann würde er sich über das Nähen gleich freuen.

Ich sterilisierte mit dem Feuerzeug die Nadel. Ryan beobachtete mich skeptisch.

„Was hast du mit der Nadel vor?"

„Deine Wunde muss genäht werden." Ryan verzog das Gesicht. Irgendwie tat er mir leid. Ich fädelte den Faden in die Nadel und schaute dann zu Adriel.

„Adriel kannst du Blake helfen und den Arm fest halten. Er darf jetzt nicht allzu viel Zucken." Adriel nickte und positionierte sich. Ich fing an zu nähen. Ryan keuchte und stöhnte vor Schmerzen.

Als ich die Naht fertig hatte, cremte ich die Wunde noch mal mit einer Wundcreme ein und verband sie dann.

„Wo kann ich mir die Hände waschen gehen?" fragte ich dann, als ich fertig war.

„Komm mit, ich zeige dir wo." Blake stand auf und zeigte mir den Weg zum Badezimmer. Dort wusch ich mir schnell die Hände und ging dann wieder zurück.

Sofort wurde ich in eine Umarmung gezogen.

„Danke." Ryan ließ mich wieder los und lächelte mich an.

„Gerne. In ein paar Tagen muss ich mir die Wunde dann noch Mal anschauen und dann die Fäden ziehen. Halt den Arm ruhig und nimm Tabletten wenn du Schmerzen hast, dann sollte die Endzündung schnell verschwinden."

„Jawohl." Wir beiden lachten, doch dann unterbrach uns Zyan.

„Woher kannst du so gut Wunden flicken?", fragte er dann. Alle Blicke lagen jetzt fragend auf mir. Ich seufzte. War das ihr Ernst?

„Jungs ihr geht mir seit Wochen auf die Nerven und da habt ihr noch nicht mitbekommen, dass ich Medizin als Hauptfach habe und dieses Jahr meinen Abschluss mache?" Blake, Zyan, Adriel und Ryan schauten sich verlegend an. Schüttelten dann aber ihren Kopf.

Darüber konnte ich einfach nur lachen. Unbewusst ging mein Blick zu Phoenix, der immer noch in der Ecke stand. Ryan ging auf ihn zu und legte einen Arm um seine Schulter.

Zum Glück der gesunde Arm.

„Komm schon Kumpel, das hat sie doch gut gemacht oder nicht?" Ryan schaute zu mir und zwinkerte.

„Naja. Sie weiß jetzt wo ich wohne und ob das so gut ist weiß ich nicht." Phoenix sah mich kalt an und irgendwie riss da bei mir ein Geduldsfaden. Wütend ging ich auf ihn zu und Ryan zog sich sofort zurück.

„Was hast du eigentlich gegen mich!? Das ich euch gesehen habe ist doch im Grunde eure

Schuld, also warum machst du mich so fertig? Ich habe dir nichts getan. Glaub mir, mir war es viel lieber, als ihr mich noch nicht beachtet habt!" Phoenix kam mir näher und senkte seinen Kopf ein wenig.

„Ich vertraue dir einfach nicht. Ihr Mädchen seid doch alle gleich, wollt sofort über alles reden, was ihr am Wochenende erlebt habt. Natürlich sind vielleicht wir schuld, dass du uns gesehen hast. Aber was macht ein Mädchen auch um die Uhrzeit allein auf der Straße.

Du hättest auf deinen Instinkt hören und wegrennen sollen, dann würden wir hier jetzt nicht stehen." Konterte er.

„Dann lasst mich doch einfach in Ruhe. So langsam solltet ihr doch bemerkt haben, dass ich nichts verraten werden." Phoenix lachte.

„Wie gesagt ich vertraue dir nicht. Du könntest ja Informationen sammeln. Deswegen sage ich ja, es ist nicht gerade vorteilhaft, dass du jetzt weißt wo ich wohne."

„Und was wollt ihr jetzt machen? Mich hier festhalten?" Phoenix fing wirklich an zu überlegen. Was ist das nur für ein Arsch?

„Naja man könnte es ja versuchen und dabei kann man ja noch seinen Spaß haben." Er wollte mich anpacken, doch da rutschte schon meine Hand aus und landete auf seiner Wange.

Hinter mir keuchten die Jungs auf und ich hielt mir geschockt die Hände vor dem Mund. Sofort war Zyan neben mir.

„Komm ich fahre dich nach Hause." Doch bevor er mich wegziehen konnte, klingelte mein Handy. Ich nahm es raus und verfiel direkt noch einmal in Panik. Auf dem Bildschirm blinkte Papa auf.

„Ja, wir müssen auf jeden Fall jetzt nach Hause." Ich drehte mich schon zur Tür.

Im Rücken spürte ich die verwirrten Blicke der Jungs.

„Ja klar sofort." Sagte dann Zyan. Ich verabschiedete mich von den anderen und dann gingen wir. Wenn mein Vater schon anrief, hatte er wieder etwas wichtiges, dass hieß ich hatte wieder eine lange Nacht vor mir.

„Ist alles in Ordnung?" Zyan schaute mich besorgt von der Seite an.

„Ja alles gut."

„Okay. Mach dir keine Sorgen wegen Phoenix. Wir werden ihn schon zurückhalten, damit er nichts macht aber Respekt Kleine. Es gab bisher niemanden, der sich Phoenix widersetzte." Zyan lächelte mich aufmunternd an. Ich empfand ein klein wenig Stolz, obwohl ich es auch bereute.

„Es war gar nicht meine Absicht. Er hat mich einfach nur so aufgeregt." Zyan lachte.

„Ja das konnten wir sehen." Wir kamen an seinem Auto an und stiegen ein. Auf der Fahrt ließ Zyan mich in Ruhe. Irgendwann fuhren wir auf meine Straße.

„Hier wohnst du?" Er klang überrascht.

„Ja, warum so überrascht?"

„Ähm." Zyan klang verlegend. Ich konnte mir schon denken, warum er so überrascht war.

„Ich habe nicht damit gerechnet, dass du in so einem schlechten Viertel wohnst. Du siehst nach etwas besseren aus."

„Danke." Ich lächelte ihn ehrlich an, dann kamen wir an meinem Wohnhaus an.

„Hier kannst du mich rauslassen." Zyan hielt an und schaute sich das Haus an.

„Okay, jetzt kann ich auch verstehen, warum du vorhin so erstaunt warst.", sagte er in Gedanken. Ich wollte dazu nichts sagen.

„Danke fürs fahren Zyan." Ich stieg aus und wollte auf die Tür zu gehen, doch hinter mir hörte ich eine Autotür und wurde daraufhin festgehalten.

„Hey Emily. Ist wirklich alles gut? Du siehst aus, als würdest du da nicht rein gehen wollen und vorhin als du angerufen wurdest sahst du auch ängstlich aus.
Wer wohnt dort mit dir? Deine Eltern?" er sah mich besorgt an. Seit wann machte er sich denn so viele Sorgen um mich?

„Zyan bitte. Mir geht es gut und ich bin einfach nur müde. Wir sehen uns morgen." Ich schloss die Tür auf und ging rein, ohne mich noch einmal nach ihn umzudrehen.

„Ja. Ich werde dich abholen." War das letzte was ich noch hörte, bevor die Tür zu viel. Ich seufzte. Da ich jetzt nichts mehr dran ändern konnte, sollte ich Stella Bescheid sagen. Nicht das sie dann morgen auch hier stand.

Warum war dieser Junge nur so hartnäckig? Ich ging nach oben zur Wohnung und schrieb Stella dabei.

Um diese Uhrzeit würde ich natürlich keine Antwort mehr bekommen.

Ich schloss die Wohnung auf und sofort kam mir der Geruch nach Alkohol entgegen. Mein Vater saß in der Küche und war wie immer am Trinken. Ich hatte das Gefühl, dass es sich in der letzten Zeit verschlimmert hatte, aber darüber konnte ich mir noch wann anders Gedanken machen.

Er brummte mir wieder Aufgaben auf und währenddessen ich diese machte, gab er mir die Schuld dafür, dass meine Mutter abgehauen war, aber auch das kannte ich schon.

Es war fünf Uhr morgens, als ich endlich ins Bett fiel. Meine erste Lesung fing um neun Uhr an. Viel Schlaf war das nicht mehr.

3.Kapitel

Emily

Mein Handy klingelte. Verschlafen schaute ich drauf. Dabei sah ich die Uhrzeit, wir hatten es elf Uhr. Sofort saß ich Kerzengerade im Bett. Ich hatte verschlafen. Ich schaute auf meine Nachrichten.

Die meisten waren von Stella und ein paar von einer unbekannten Nummer. Ich beschloss als erstes die von Stella zu lesen.

S: Hey Schätzchen, wo bist du?

S: Zyan hat nach dir gefragt. Er stand heute Morgen vor deinem Haus, aber du kamst nicht und er kannte deinen Nachnamen nicht.

S: Kann er deine Nummer haben?

S: Ich habe ihm jetzt deine Nummer gegeben.

Okay das würde die unbekannte Nummer erklären. Ich öffnete diesen Chatverlauf.

Z: Hey hier ist Zyan. Stella hat mir deine Nummer gegeben, ich hoffe das war okay.

Z: Wo bist du? Du kamst heute Morgen nicht.

Z: Bitte antworte mir, damit ich mir keine Sorgen machen muss und schon wieder machte er sich Sorgen. Ich stand auf und stellte mich vor meinen Spiegel.

Ich sah noch schlimmer aus als sonst. Ich schaute noch einmal auf die Uhr und beschloss Zuhause zu bleiben.

Das schrieb ich auch schnell Stella und Zyan. Gina sagte ich für heute Abend auch ab. Sie verstand es sofort. Zyan antwortete mit einem knappen „okay", doch Stella musste es natürlich wieder hinterfragen.

S: Hat dein Vater dich wieder wachgehalten? Du solltest da endlich raus. Such dir eine eigene Wohnung.

Ich seufzte und antwortete ihr.

E: Stella darüber haben wir schon oft diskutiert. Ich leg mich jetzt noch mal ein bisschen hin.

S: Okay. Ruh dich aus. Wir sehen uns morgen.

Das Thema war für Stella noch nicht beendet, aber ich legte mein Handy auf meinen Schminktisch und legte mich dann nochmal ins Bett.

Darüber konnte ich mir noch wann anders Gedanken machen.

Ich schlief sofort wieder ein. Erst durch ein lautes Poltern wurde ich wach.

„Verflixt! Jasmin wo bist du?!" Schnell verkroch ich mich unter meiner Decke.

Das war mein Vater, der nach meiner Mutter rief. Er durfte mich hier nicht sehen.

Er würde ausflippen, wenn er erfährt, dass ich nicht in der Uni war. Zwei Minuten später hörte ich dann die Wohnungstür.

Erleichtert atmete ich aus und schlug meine Decke weg. Er ist mit Sicherheit jetzt auf Kneipentour. Ich schaute auf die Uhr, zwei Uhr mittags. Ein bisschen hatte ich noch geschlafen. Ich fühlte mich auch besser.

Ich ging in die Küche, um mir schnell was zu essen zu machen.

Den Rest des Tages verbrachte ich damit, Fernsehen zu gucken. Irgendwann am Abend schreckte ich durch die Türklingel hoch.

Wer will denn bitte zu uns? Hatte Vater wieder Kumpels eingeladen und das vergessen? Sonst bekamen wir nie Besuch.

Ich stand auf und ging zur Tür.

Ich betätigte den Drücker für die Tür unten und öffnete die Wohnungstür. Unten im Flur entstand ein Krach und jemand fluchte laut.

Sofort wusste ich, wer dort nach oben lief und er war auch nicht allein.

„Adriel, Zyan. Was wollt ihr denn hier?", fragte ich sie dann, als sie vor mir standen.

„Ich wollte wissen ob alles in Ordnung ist und Adriel wollte unbedingt mit." Zyan war ja süß.

„Ähm okay. Kommt doch rein." Ich machte die Tür weiter auf und ließ die beiden rein.

Adriel lief sofort interessiert durch die Wohnung. Gut das ich diese gestern Abend noch aufgeräumt hatte. Zyan blieb bei mir stehen.

„Ist bei dir wirklich alles in Ordnung? Man bleibt nicht ohne Grund Zuhause."

„Zyan. Ich habe einfach nur verschlafen und war kaputt, daher habe ich dann beschlossen ganz zuhause zu bleiben." Zyan wirkte etwas erleichtert, schien mir aber auch nicht ganz zu glauben.

„Hey Prinzessin. Hübsche Unterwäsche hast du hier.", kam es dann auf einmal von Adriel. Wie von einer Tarantel gestochen, sprintete ich in mein Zimmer und riss Adriel meine Unterwäsche aus der Hand.

„Du hast ja auch nichts Besseres zu tun, als in fremden Klamotten zu stöbern, oder?", fauchte ich, doch er schüttelte nur grinsend seinen Kopf. Zyan lehnte jetzt an der Zimmertür.

„Adriel du bist unmöglich." Adriel zuckte nur mit den Schultern. Plötzlich hörte ich in der Wohnungstür einen Schlüssel und ich verfiel in Panik. Warum musste er ausgerechnet heute so früh kommen.

Er durfte Zyan und Adriel nicht sehen. Er würde ausflippen. Ich packte ihre Arme und schob die beiden dann in meinen Wandschrank. Verdutzt schauten sie mich an.

„Mund halten, alle beide! Bitte." Ich sah sie flehend an, bevor ich die Tür schloss. Gerade rechtzeitig, denn da rief mein Vater auch schon nach mir.

„Emily!? Wo bist du?!" Er war am lallen. Das konnte man gut hören. Also musste er schon gut was getrunken haben.

„In meinem Zimmer." Ich setzte mich auf mein Bett, als wäre nichts gewesen. Mein Vater kam rein und blieb in der Tür stehen.

„Was macht du hier? Muss du nicht arbeiten?" Er klang wütend.

„Nein heute nicht. Aber du könntest dir doch auch mal wieder einen Job suchen." Er hob seinen Zeigefinger.

„Vorsichtig Fräulein. Ich habe dich Jahrelang durchgefüttert. Außerdem bist du meine Tochter." Er wollte noch weiter reinkommen. Schnell stand ich auf und stellte mich vor ihm.

„Aber ich muss jetzt auch noch was für die Uni machen, also…" Ich wollte ihn rausschieben, doch er packte meine Arme und hielt sie fest.

„Was schiebst du mich einfach aus deinem Zimmer raus? Wie lange bist du eigentlich schon Zuhause? Du hättest doch schon was machen können."

„Mir geht es nicht so gut und jetzt muss ich wirklich…"

„Dir geht es nicht gut! Was soll ich denn sagen du undankbares Stück! Jeden Tag deine Mutter vor Augen zu haben, wenn du vor mir stehst!"

„Dad, du hast zu viel getrunken. Bitte."

„Nein! Du bist undankbar. Ich habe dich großgezogen und dann tust du nicht was ich sage!

Deine Mutter ist wegen dir abgehauen! Sie wollte dich nicht haben!" Er pikste mir mit seinem Zeigefinger in die Brust. So hatte ich ihn noch nie erlebt.

„Papa bitte, das ist nicht fair." Ich war den Tränen nahe. Gerade vergaß ich total, dass in meinem Schrank noch zwei Jungs standen und alles mitbekamen.

„Nicht fair!? Es ist nicht fair, dass ich mich allein um dich kümmern muss und du mir noch nicht einmal dankbar bist! Doch ich werde dir noch gehorsam beibringen!"

„Aber..." Ein klatschen ging durch den Raum und mein Kopf flog zur Seite. Meine Wange fing sofort an zu brennen.

Er hatte mich geschlagen. Mein Vater hatte seine Hand noch nie gegen mich erhoben.

Ich stand völlig unter Schock. Der Alkohol machte ihn kaputt. Ich sah wie er wieder seine Hand hob.

„Du wirst gehorsam sein!" Er holte aus, doch plötzlich sprangen Zyan und Adriel aus meinem Schrank und stellten sich zwischen mir und meinem Vater.

„Sie sollten jetzt mal ganz ruhig werden.", sagte Zyan und fing die Hand meines Vaters ab.

„Woher kommt ihr beiden denn jetzt?! Willst du mich auch sitzen lassen, wie deine Mutter? Du kleine Göre!" Er versuchte an mich ran zu kommen, doch Zyan stand dazwischen.

„Jetzt reichtes aber wirklich. Zyan halt ihn fest."
Zyan tat es und Adriel drehte sich zu mir, doch ich stand noch völlig unter Schock und konnte mich einfach nicht bewegen.

„Hey Emily, hör mir zu. Wir nehmen dich jetzt mit und du musst dir ein paar Sachen einpacken." Ich hörte seine Worte, doch ich konnte ihnen nicht folgen.

„Adriel sie steht unter Schock. Da ist eine Tasche. Nimm sie und schmeiß einfach ein paar Klamotten rein und vergiss die Sachen für die Uni nicht."

„Nein! Ihr werdet meine Tochter nicht mitnehmen! Sie gehört zu mir, hier hin!"

„Ja mit Sicherheit nicht." Adriel wuselte durch das Zimmer. Zyan hatte alle Mühen meinen Vater fest zu halten, bekam es aber hin.

Als Adriel die Tasche fertig gepackt hatte, schnappte er sich meine Tasche mit den Unibüchern und schob mich nach draußen, den Flur entlang bis wir vor der Wohnung standen.

„Nein!", schrie mein Vater, doch dann hörte man einen Knall. Zyan hatte die Tür zu geschmissen. Er rannte den Flur entlang auf uns zu und machte dann die Wohnungstür auch zu.

„Wir sollten hier ganz schnell weg." Zyan hob mich hoch und trug mich die Treppe runter. Er setzte mich auf die Rückbank des Autos, dann stiegen die beiden auch ein und fuhren los.

Ich konnte immer noch kein Wort rausbringen. Zyan und Adriel schauten mich durch den Rückspiegel an.

„Ist deine Mutter Zuhause?", fragte Zyan dann Adriel.

„Ja ist sie. Sonst hätte ich sie angerufen. Sie kann besser mit Emily reden, als einer von uns aber wir müssen auch ihr Auge kühlen. Er hat sie heftiger erwischt, als gedacht.

Es wird schon ein wenig blau." Zyan stimmte ihm zu. Irgendwann hielten wir vor dem Haus von gestern. Zyan hob mich wieder aus dem Auto und trug mich ins Haus.

Dort kam uns eine Frau entgegen. Erst lächelte sie, doch als ihr Blick auf mich fiel, wurde er ernst.

„Guten Abend Jungs. Was habt ihr schon wieder angestellt?!" Sie stemmte ihre Hände in die Hüfte und musterte die Jungs streng.

„Wir haben nichts angestellt Mutter. Du musst ihr helfen, sie steht völlig unter Schock." Die Frau kam auf mich zu. Sie betrachtet mich.

„Oh mein Gott, was ist denn mit ihr passiert? Leg sie sofort auf das Sofa und du Adriel holst etwas zum kühlen." Adriel verschwand und Zyan legte mich auf das Sofa.

„So Zyan und du erklärst mir jetzt was passiert ist." Zyan nickte.

„Also Emily ist eine Freundin von uns. Wir haben sie vor kurzem kennen gelernt.

Heute war sie nicht in der Uni und ich habe mir Sorgen gemacht, also sind wir zu ihr nach Hause gefahren. Dort war erst alles normal.

Sie hatte mir erzählt, dass sie einfach nur verschlafen hatte, doch dann tauchte plötzlich ihr Vater auf. Sie sperrte uns in den Wandschrank, weil er uns wohl nicht sehen durfte.

Er machte sie von Anfang an fertig. Erst hat sie noch Widerworte gegeben, doch das war irgendwann auch vorbei, dann sagte er nur noch was von Gehorsam und dann haben wir auch schon den Schlag gehört.

Wir mussten uns erst orientieren, weil wir es nicht ganz glauben konnten, doch als er zum zweiten Mal ausholen wollte, sind wir dann dazwischen gegangen." Die Mutter von Adriel hielt ihre Hände vor dem Mund. Adriel kam mit einem Kühlakku wieder und gab es seiner Mutter. Diese seufzte.

„Das arme Mädchen. Jungs würdet ihr uns bitte allein lassen?" Sie nickten und verließen das Wohnzimmer. Hinter sich schlossen sie die Tür. Die Frau drehte sich zu mir.

„Hey Emily. Ich bin Kate, die Mutter von Adriel. Es ist alles gut und du bist in Sicherheit. Willst du mit mir darüber reden oder soll ich einfach nur zuhören?

Du brauchst keine Angst haben. Er wird dir nichts mehr an tun können." Kate war so freundlich und das ließ bei mir auch alle Dämme brechen. Die ersten Tränen merkte ich gar nicht, erst als Kate mich an sich zog und mein Körper von Schluchzern durch geschüttelte wurde, merkte ich, dass ich weinte.

Ich weinte mich an ihrer Schulter aus und sie tröstete mich dabei.

Sie sprach beruhigende Worte und strich meinen Rücken auf und ab.

„Du wirst auf jeden Fall hierbleiben. Du musst nicht wieder dorthin zurück. Das Haus ist riesig und daher bist du hier willkommen." sagte sie nach einiger Zeit, aber das konnte ich nicht annehmen.

Ich drückte mich von ihr weg, um sie ansehen zu können.

„Aber das kann ich nicht annehmen. Ich bin ja noch nicht mal wirklich mit den Jungs befreundet."

„Und ob du das annehmen wirst. Wie gesagt, wir haben genug Zimmer. Ich war schon öfter am Überlegen welche zu vermieten, aber du wohnst da natürlich ohne Miete. Jetzt drück das auf dein Auge, damit es nicht noch weiter anschwillt."

Dankend nahm ich das Kühlakku und drückte es auf mein Auge.

„Bist du so weit, dass ich dir dein Zimmer zeigen kann?" Ich nickte und wir standen auf.

Gemeinsam liefen wir aus dem Wohnzimmer raus und liefen eine Treppe nach oben. Oben ging sie sofort in das erste Zimmer links.

Auf dem Bett stand schon meine Tasche. Adriel musste sie hier abgelegt haben.

„Hier kannst du wohnen. Ich gebe dir gleich noch frische Bettwäsche."

„Ich weiß nicht wie ich das wieder gut machen soll." Sie winkte ab.

„Du brauchst nichts wieder gut machen. Du hast es nicht verdient geschlagen zu werden, außerdem kann ich hier eine weibliche Verstärkung gut gebrauchen bei den zwei Männern." Also gab es keinen Vater. Das war eine gute Information. Sie lächelte mich an.

„Danke." Ich wollte noch etwas sagen, wurde aber von einem stöhn Geräusch unterbrochen. Kate verdrehte die Augen.

„Ich muss mich kurz darum kümmern." Sie ging aus dem Zimmer. Sie klopfte wild an der Tür neben meinem Zimmer.

„Was willst du Mum?!" Das war Phoenixs Stimme. Sofort fühlte ich, wie mein Gesicht rot wurde.

Er hatte sein Zimmer direkt neben meinem und ich kann hören, was er darin trieb. Na klasse.

„Ihr seid zu laut und ich wollte fragen, ob deine Bekanntschaft zum Abendessen bleibt."

„Nein sie geht gleich wieder und jetzt verschwinde!" Die Tür wurde zu geknallt und Kate kam wieder ins Zimmer.

„Ich muss mich für meinen Sohn entschuldigen."

„Schon gut." Das zeigte mir nur umso mehr, was für Jungs das waren. Sie waren Herzensbrecher und nutzten die Mädchen für ihre Bedürfnisse aus.

„Ruh dich ein wenig aus. In einer Stunde gibt es Abendessen. Du siehst aus, als hättest du schon länger nicht mehr richtig gegessen."

„Danke." Mit einem Lächeln verließ Kate das Zimmer. Sie schloss hinter sich die Tür.

Ich schaute mich im Zimmer um. Es war schlicht gehalten. Die Wände waren weiß und die Möbel schwarz, weiß. Ich setzte mich auf das Boxspringbett und war überrascht.

Noch nie hatte ich so ein weiches Bett. Ich schreckte hoch, als es an der Tür klopfte. Ich war wohl für ein paar Minuten eingeschlafen.

„Ja?"

„Ich bin es Zyan. Darf ich reinkommen?"

„Ja." Die Tür ging auf und er kam rein. Hinter sich schloss er die Tür wieder.

Er kam auf mich zu und setzte sich neben mich auf das Bett.

„Du scheinst noch ein bisschen geschlafen zu haben." Ich schaute ihn verwundert an, da zeigte er schon auf meine Wange.

„Du hast Abdrücke im Gesicht." Zyan schmunzelte.

„Oh." Ich wurde rot.

„Wann ist denn das Abendessen fertig?"

„In einer halben Stunde." Dann hatte ich noch eine halbe Stunde geschlafen.

„Geht es dir denn wieder besser?", fragte er dann.

„Ja. Ich muss mich wohl bei euch bedanken."

„Bedanken? Wir haben nur das getan, was in diesem Moment gerade richtig war. Warum hast du nie was gesagt?" Ich lachte und schaute ihn an.

„Nach den Umständen wie wir uns kennen gelernt haben, hatte ich euch nicht vertraut und es ging euch auch nichts an.

Ich wollte euch ja eigentlich auch wieder los werden, da ihr mir auf die Nerven gegangen seid. Nur Stella wusste, dass es bei mir Zuhause ein wenig angespannt war."

„Sie wusste, dass er dich schlägt und hat nichts gemacht?" Zyan war entsetzt.

„Nein. Das ist heute das erste Mal vorgekommen. Vorher hatte er noch nicht die Hand gegen mich erhoben." Gehorsam. Dieses Wort flog durch meine Gedanken. Er wollte mir gehorsam beibringen.

„Emily?" Zyan holte mich aus meinen Gedanken.

„Ja tut mir leid. Was hast du gesagt?"

„Dein Vater war betrunken. Ist er das öfter gewesen?" Ich nickte. Zyans Miene war neutral und zeigte keine Emotionen. Irgendwas in seinem Blick machte mir Angst.

„Deswegen hattest du Angst ins Haus zu gehen.", sagte er auf einmal. Ich nickte und er stand plötzlich auf und zog mich in eine Umarmung.

„Er wird dir nichts mehr tun können. Ich hätte es schon viel eher merken sollen, dass du solche Probleme hast."

„Es ist alles gut Zyan. Du konntest nichts bemerken." Zyan ließ mich los und schaute auf die Uhr.

„Komm wir sollten runter gehen. Wenn es um Pünktlichkeit geht, ist Kate sehr pingelig."

„Okay." Wir lachten und gingen raus. Zyan führte mich nach unten und dann ins Esszimmer. Dort saß Adriel schon am Tisch und Kate trug gerade einen Topf ins Zimmer.

„Ah, da seid ihr ja. Essen ist gerade fertig." Sie stellte den Topf ab und wir setzten uns hin. Adriel lächelte mir kurz aufmunternd zu.

Kate setzte sich auch hin. Jetzt fehlte nur noch Phoenix.

Nach zwei Minuten hörte man die Haustür und wenig später stand Phoenix in der Tür.

„Tut mir leid. Musste da noch was erledigen."

„War die Kleine kratzbürstig?", fragte Adriel mit einem dreckigen Grinsen.

„Ach halt doch den Mund." Er setzte sich neben seine Mutter. Direkt mir gegenüber. Er schaute hoch und sein Blick traf meinen. Kalt schaute er mich an.

„Was macht sie denn hier?!", fragte er angepisst. Er schaute zu Zyan. Dachte er etwa ich wäre mit Zyan hier?

„Sie ist ein Gast Phoenix. Daher sei nicht so unhöflich. Sie bewohnt das Zimmer neben deinem.",

sagte dann Kate und Phoenix schaute sie ungläubig an.

Danach ging sein Blick wieder zu mir und blieb etwas länger an meinem blauen Auge hängen. Das hatte er wohl jetzt erst bemerkt.

Doch er sagte nichts mehr und auch in seinem Gesicht konnte man nichts erkennen. Still aßen wir. Nach dem Essen verabschiedete sich Zyan und ich ging wieder auf das Zimmer.

Kate war so freundlich, aber durch die Kälte von Phoenix fühlte ich mich nicht richtig wohl.

Er konnte mich nicht leiden und ich konnte ihn nicht leiden. Auch wenn er heiß war. Ich schüttelte meinen Kopf und beschloss Stella anzurufen. Sie nahm sofort ab.

„Hallo Schätzchen. Wie geht es dir?"

„Den Umständen entsprechend." Sofort wurde sie hellhörig.

„Emily was ist passiert?" Sie klang besorgt, aber ich wollte es ihr nicht am Telefon erklären.

„Das kann ich dir nicht am Telefon erklären. Ich wollte dir nur sagen, dass ich morgen auch nicht zur Uni komme."

„Okay. Aber ich will dich morgen sehen. Du kannst mir nicht verheimlichen was passiert ist."

„Ja Stella. Ich melde mich nochmal." Widerspenstig gab sie nach.

„Ja okay. Aber wenn du dich nicht meldest, melde ich mich bei dir."

„Ja." Wir legten auf. Seufzend legte ich das Handy auf den Nachttisch.

„Was hat meine Mutter nur dazu bewegt, dass du hierbleiben kannst?" Erschrocken drehte ich mich um. In der Tür stand Phoenix.

„Lass mich einfach in Ruhe Phoenix." Ich setzte mich auf das Bett und drehte ihm so meinen

Rücken zu. Ich hörte wie die Tür zu gemacht wurde. Ich dachte er wäre gegangen, doch dann kamen seine Füße in mein Sichtfeld. Ich seufzte.
„Phoenix bitte." Plötzlich zog er mich hoch und ich stand genau vor ihm.
Ich wollte mich von ihm losreißen, doch er ließ meine Handgelenke nicht mehr los. Er betrachtete mein Gesicht.
„Wer war das?" Er klang irgendwie verärgert. Ich konnte nur nicht zuordnen, warum er verärgert war.
„Ist doch egal Phoenix."
„Nein ist es nicht. Emily wer hat dich geschlagen?" Er war der Erste, der direkt danach fragte. Die Erinnerungen kamen wieder hoch und ich fing wieder an zu weinen.
„Es war mein Vater!", schrie ich schon fast. Mein Gesicht war schon nass. Ich weinte und es war mir egal, dass Phoenix es sah. Plötzlich zog er mich an sich und fing an über meinen Rücken zu streicheln.
Tröstete Phoenix Black mich gerade? Ich dachte nicht weiter darüber nach.
Ich war eingehüllt in seinen Geruch und seiner Wärme. Noch nie war ich Phoenix so nah. Irgendwann wurde ich schläfrig, bis ich die Augen nicht mehr aufhalten konnte.

. . .

Ein leises Klopfen holte mich aus meinem Tief-schlaf. Da ich dachte ich hätte es mir eingebildet, drehte ich mich noch einmal um.

Doch da kam es wieder. Ich setzte mich auf und rieb mir verschlafen durch die Augen.

Ich schaute mich um und musste mich erst mal wieder daran erinnern wo ich war. Sofort überfluteten mich alle Erinnerungen von gestern Abend.

„Emily. Hier ist Frühstück für dich. Kann ich reinkommen?", kam es dann von der anderen Seite der Tür.

„Ja." Kate kam mit einem Tablett rein.

„Bitteschön." Sie stellte es auf meinen Beinen ab.

„Lass es dir schmecken. Ich muss gleich arbeiten fahren, dann bist du allein hier, da Adriel und Phoenix zur Uni fahren."

„Ja okay." Sie lächelte.

„Schön. Fühl dich wie Zuhause. Es soll ja auch dein neues Zuhause sein." Mit diesen Worten ging sie wieder raus. Ich schaute auf das Tablett. Auf meinem Tablett war Rührei und zwei Brötchen. Ein Glas Orangensaft und ein Glas Milch waren auch drauf. So was großartiges hatte ich schon länger nicht mehr.

Schnell aß ich es auf und stellte das Tablett dann zur Seite. Ich beschloss mir das Haus anzuschauen.

Ich ging zu meiner Tasche und holte mir frische Klamotten. Adriel hatte zum Glück gute Sachen erwischt. Nach dem ich mich umgezogen hatte, ging ich aus dem Zimmer.

„Na auch Mal wach?" Ich bekam den Schreck meines Lebens und wäre fast die Treppe runtergefallen, wenn mich nicht jemand festgehalten hätte.

Dieser jemand lachte sich kaputt. Dadurch erkannte ich ihn auch.

„Man Adriel. Warum musst du mich so erschrecken und müsstest du nicht in der Uni sein?" Wir gingen ein paar Schritte von der Treppe weg und er ließ meinen Arm los. Dabei beruhigte er sich auch wieder.

„Nein meine erste Lesung beginnt erst in einer Stunde und ich finde es schön, dass wir hier mal allein sein." Er kam auf mich zu.

„Wir sind die ganzen Wochen noch nie wirklich allein gewesen. Irgendwer war immer dabei und jetzt könnte man ja ein wenig Spaß haben." Er drängte mich zur Wand und stemmte seine Arme neben mich. So war ich gefangen.

„Kannst du auch an was anderes denken. Und bei mir kannst du dir das abschminken."

„Ach wirklich?" Er schaute mich ungläubig an. Warum waren die Black Brüder nur so überzeugt von sich?

„Ich kann dir das Gegenteil beweisen." Und schon drückte er seine Lippen auf meine. Dieser Kuss hielt mich gefangen.

Ohne es richtig zu wollen erwiderte ich den Kuss. Er drückte sich immer mehr an mich. Zwischen uns passte noch nicht einmal ein Blatt. Sein Kuss war verlangend. Unsere Zungen kämpften um die Dominanz und gewann er sie.

„Hey nehmt euch ein Zimmer!" Sofort war ich wieder in der Realität und schubste Adriel von mir weg.

Ich schaute geschockt zu Phoenix, der mit seiner üblichen Miene auf der Treppe stand.

„Bruder, ich dachte du bist in der Uni.", sagte Adriel mit einem fetten Grinsen im Gesicht und drehte sich zu Phoenix um. Ihm schien es zu gefallen, dass Phoenix uns erwischt hatte.

„Ich habe meine erste Lesung schon durch und bis zur nächsten noch zwei Stunden. Ich wollte mir nur Bücher holen, die ich vergessen hatte, aber lasst euch nicht stören. Ich bin gleich wieder weg." Er ging in sein Zimmer.

Mich würdigte er keines Blickes mehr. Adriel kam wieder auf mich zu.

„Dann lass uns mal da weiter machen wo wir aufgehört haben." Doch ich stoppte ihn, indem ich mein Knie anzog. Ich traf seine Weichteile und er fiel stöhnend auf seine Knie.

„Ich bin keins deiner Püppchen Adriel. Mach das nie wieder."

„Aber dir hat es doch gefallen.", sagte er provokant. Darauf sagte ich nichts.

Phoenix kam wieder aus seinem Zimmer und betrachtete seinen Bruder auf dem Boden. Ich beobachtete ihn dabei und meine auch ein kleines Schmunzeln zu sehen.

„Ich nehme mal an sie hat es dir gezeigt. Ist nicht so schön, oder?" Spielte er etwa auf die Backpfeife von mir an? Adriel erhob sich langsam.

„Nein, nicht wirklich, aber ich habe sie geküsst und so mein halbes Ziel erreicht." Phoenixs Miene verhärtete sich wieder. Abweisend schaute er kurz zu mir, dann packte er sich den Arm von Adriel und zerrte ihn nach unten.

Als sie dann unten waren, fingen sie wohl an zu diskutieren. Ein paar Sekunden später wurden die Worte lauter. Jetzt schienen sie zu streiten. Ich verzog mich in mein Zimmer.

Das ging mich nichts an, also wollte ich davon auch nichts mitbekommen. Dort verbrachte ich auch den Rest des Tages. Irgendwann fiel mir Stella wieder ein. Ich sollte sie auf jeden Fall anrufen.

Ich verließ mein Zimmer und hörte von unten Stimmen. Die anderen Jungs waren wohl da. Ich beschloss nach unten zu gehen. Im Wohnzimmer fand ich sie dann.

Als Ryan und Blake mich sahen, sprangen sie sofort auf und umarmten mich.

„Es tut uns so leid. Wir hätten was bemerken sollen.", sagte Ryan.

„Es ist alles gut.", sagte ich daraufhin nur.

„Das ist es wirklich. Hier." Zyan, der auf dem Sofa saß, zeigte auf den Fernseher und drückte einen Knopf auf der Fernbedienung. Der Ton ging an. Dort sah man, wie mein Vater in Handschellen aus dem Haus geführt wurde.

Nachrichtensprecher: <Dies ist der Einbrecher, der letzten Einbruchwelle. Augenzeuge konnten ihn identifizieren. In seiner Wohnung wurde eine Menge Alkohol, aus dem letzten Einbruch und der Rest des gestohlenen Geldes gefunden. Er wird nun in Untersuchungshaft gebracht.>

„Ihr habt es meinem Vater angehangen?!", sagte ich hysterisch. Sofort lag eine Hand auf meinem Mund.

„Ich werde mal kurz mit ihr reden." Erklang die Stimme von Phoenix hinter mir und wurde dann auch schon aus dem Zimmer gezogen.

Er lenkte mich die Treppe hoch und dann in sein Zimmer. Dort ließ er mich los. Sofort drehte ich mich zu ihm und funkelte ihn wütend an.

„Was sollte das denn? Du kannst doch nicht einfach meinen Mund zu halten und mich nach oben bringen. Du verbietest mir nicht den Mund."

„Doch wenn es nötig ist. Du hast wohl vergessen, dass meine Mutter Zuhause ist. Hast du schon unser Geheimnis vergessen?" Er schaute mich wütend an. Daran hatte ich nicht gedacht.

„Tut mir leid Phoenix. Das wollte ich nicht, aber was fällt euch ein meinem Vater euren Einbruch anzuhängen?" Kam ich wieder auf das eigentliche Thema.

„Er hat es nicht anders verdient, oder willst du das er dich noch einmal schlägt?!", schrie Phoenix wütend.

„Aber er ist immer noch mein Vater und geht unschuldig in den Knast!" Phoenix massierte sich genervt die Schläfe, dann packte er mich auf einmal und kam mit seinem Gesicht näher.

„Emily. Du willst es nicht sehen, aber ich weiß es. Er hätte dich wieder geschlagen. Es fängt mit Alkohol an, dann kommen die Verletzungen die er sich irgendwo zu gezogen hat.

Er fängt an dich rum zu kommandieren und dich zu beleidigen, dann folgt der erste Schlag, weil du nicht mehr gehorsam bist in seinen Augen. Auf den ersten Schlag folgen mehr, weil er merkt, dass du dadurch gehorsam bist. Irgendwann zerbrichst du dann daran.

Er gehört hinter Gitter und ist nicht unschuldig."

„Phoenix du tust mir weh." Er hatte bei seiner Rede immer fester zu gedrückt. Wie von einer Tarantel gestochen ließ er mich los und wich ein paar Schritte zurück.

„Das wollte ich nicht, aber verstehst du jetzt Emily? Es wäre immer gefährlicher für dich geworden. Du hättest schon viel früher auf Stella hören sollen."

„Was hat den jetzt Stella damit zu tun?"

„Ich habe heute mit ihr geredet. Ich wollte wissen, wie viel sie von der Geschichte wusste und ob sie es hätte verhindern können, aber ich habe ihr nichts von dem Schlag erzählt. Das ist deine Sache." Ich schaute Phoenix an. Er wirkte jetzt so ruhig, blieb aber auf Abstand. Als hätte er Angst mich zu verletzten, aber das konnte nicht sein.

78

Phoenix machte sich keine Sorgen um ein Mädchen. Vor allem konnte er mich nicht leiden und ich konnte ihn nicht leiden.

„Ich wollte sowie so noch mit Stella reden." Mit diesen Worten ging ich raus. Ich wollte Phoenix ja verstehen, aber es war trotzdem noch mein Vater, der jetzt unschuldig in den Knast ging.

Ich ging in mein Zimmer und rief Stella an. Sie ging sofort dran. Sie hatte ja auch schon auf meinen Anruf gewartet.

„Hey Süße. Ich habe gerade die Nachrichten gesehen. Ist es wahr?" Ich schluckte.

„Ja. Würdest du zu mir kommen?"

„Natürlich. Sag mir wo du bist und ich bin so schnell da wie ich kann."

„Nouvelle Street 4."

„Bin auf dem Weg." Sie legte auf. Ich seufzte und legte mein Handy auf mein Bett. Sie wird so was von ausflippen und mir unter die Nase reiben, dass sie recht hatte.

Ich beschloss wieder runter ins Wohnzimmer zu gehen.

„Na, erst mit mir und dann mit meinem Bruder?", sagte Adriel sofort, als ich wieder reinkam. Die anderen Jungs schauten uns verwirrt an.

„Willst du mein Knie noch mal in deinen Weichteilen haben Adriel?", fragte ich darauf hin nur grinsend. Sofort verschwand sein Grinsen und er schnaubte.

„Nein, nicht unbedingt." Mit den Worten ging er raus.

„Haben wir irgendwas verpasst?", fragte Blake grinsend. Ich schüttelte nur mit dem Kopf.

„Nein, ihr habt nichts verpasst." Ich ließ mich auf das Sofa fallen, zwischen Blake und Zyan und schaute mit ihnen Fern.

Nach einer halben Stunde klingelte es an der Tür.

„Emily, es ist für dich!", rief Phoenix und ich sprang auf. Schnell lief ich zur Tür. Dort stand Stella und kam aus dem Staunen nicht mehr raus.

„Was um Gottesnamen hast du hier zu suchen? Geht da doch mehr mit einem der Jungs?" Erst jetzt schaute sie zu mir und schlug erschrocken ihre Hände vor dem Mund.

„Emily was ist passiert? Wer war das?" Sie nahm mein Gesicht in ihre Hände und betrachtete es.

„Lass uns in mein Zimmer gehen, dann kann ich dir alles erklären." Ich nahm ihre Hand und zog sie nach oben.

Dort erzählte ich ihr dann alles.

„Deswegen hatte Phoenix mich heute also ausgefragt. Ich hatte mich schon gewundert, warum er plötzlich alles wusste und warum er so viel Interesse hatte. Er scheint ein Auge auf dich geworfen zu haben." Verdutzt schaute ich sie an.

„Wie kommst du denn jetzt darauf?" Stella zuckte mit den Schultern.

„Er wirkte sehr besorgt heute."

„Das muss du dir eingebildet haben. Er kann mich nicht ausstehen." Stella lachte.

„Dann hast du die Blicke noch nicht gesehen, die er dir manchmal zuwirft."

80

„Stella du muss dich täuschen." Mehr wollte ich zu dem Thema auch nicht mehr sagen. Stella seufzte und ließ sich nach hinten auf mein Bett fallen.

Wir quatschten noch lange, bis Stella irgendwann wieder fuhr. Ich brachte sie zur Tür und warf danach einen Blick ins Wohnzimmer, aber es war keiner der Jungs mehr da.

Sie waren bestimmt draußen unterwegs. Es war mir aber auch egal. Ich ging wieder hoch in mein Zimmer und legte mich ins Bett. Schnell war ich eingeschlafen.

4.Kapitel

Phoenix

Emily lief mit Stella nach oben in ihr Zimmer. Hoffentlich erzählte sie ihrer Freundin nicht die ganze Wahrheit. Es legte sich eine Hand auf meine Schulter.
„Sie wird nichts erzählen, darüber waren wir uns doch schon einig.", sagte Zyan.
„Ansonsten weiß sie auch was passiert." Zyan seufzte und verdrehte die Augen. Ihn hatte es gar nicht gefallen, dass ich sie bedroht hatte, aber das war ja auch schon ein paar Wochen her.
Ich dachte an das Treffen in der Mädchentoilette zurück. Wie nervös sie gewesen war. Es machte richtig Spaß sie zu ärgern.
Doch als ich gestern das blaue Auge gesehen hatte, wollte ich am liebsten irgendwas kaputt

machen. Kein Mädchen und keine Frau hatte es verdient geschlagen zu werden.

„Hast du ihr alles erzählt?", fragte Adriel und holte mich so aus meinen Gedanken. Ich drehte mich zu ihm.

„Nein, natürlich nicht. Sie weiß so schon viel zu viel. Sie muss nicht wissen, dass ich gestern Abend noch bei ihrem Vater gewesen bin."

„Du hättest ihn kalt machen sollen.", sagte Ryan. Ich wusste das Emily, ihm und Zyan etwas bedeutete. Das löste bei mir ein Gefühl aus, dass ich nicht kannte und deswegen auch nicht zuordnen konnte.

„Wollen wir dann los?", fragte Blake. Sofort standen die anderen auf.

„Natürlich." Also verließen wir das Haus. Zwischendurch gingen wir abends gerne mal raus und streiften durch die Nachbarschaft.

„Hey Bruderherz. Wie wäre es wieder mit einer Wette?" Adriel legte einen Arm um meine Schulter.

„Ich habe keine Lust. Geh jemanden anderen nerven." Augen verdrehend ging er weg. Ich war immer noch sauer auf ihn. Er wollte Emily nur ins Bett bekommen und mir damit eins auswischen. Daher musste ich mir wirklich ein Lachen verkneifen, als sie ihm in die Weichteile getreten hatte.

Er hatte es nicht anders verdient.

Wir kamen an einer alten Lagerhalle an. Es standen schon viele Autos davor.

„Heute scheint wohl wieder was los zu sein.",
sagte Ryan und sprang wie ein kleines Kind auf
und ab.

„Du wirst aber heute nicht in den Ring steigen.
Dein Arm muss erst verheilen." Ryan setzte einen
Schmollmund auf aber das half bei mir nicht.

„Dann geh in den Ring, aber dann darfst du Emily
erklären, warum sie es noch einmal nähen muss."
Der Kommentar zog. Ryan gab Ruhe.

„Können wir auch endlich mal wieder einen
Abend verbringen, ohne über dieses Mädchen zu
reden?!", beschwerte sich Adriel und ich gab ihm
recht.

„Adriel hat recht. Lasst uns rein gehen.", sagte
ich und wir liefen zur Tür. Ein Türsteher kontrol-
lierte uns kurz und ließ uns dann rein. Drinnen
teilten wir uns auf.

Blake und Adriel wollten sich anmelden und ich
wollte erst mal nur zu gucken.

Ryan und Zyan suchten sich was zu Essen.

Ich stellte mich in einen der hintersten Rängen
„Phoenix Black. Heute mal nicht im Ring?" Genervt verdrehte ich die Augen.

„Was nicht ist kann noch werden." Ich drehte
mich zu der Person hin. Er hatte ein provokantes
Grinsen im Gesicht.

„Donovan Heal. Dich hat man hier auch schon
lange nicht mehr gesehen.", sagte ich. Er stellte
sich neben mich und wir beobachteten beide den
Ring.

„Ich hatte außerhalb der Stadt viel zu tun, aber ich habe gehört, dass du deinem Namen weiterhin alle Ehre gemacht hast." Ich zuckte mit den Schultern.

„Kämpfen ist halt nicht alles."

„Ja stimmt. So ein kleiner Einbruch kann auch viel Geld einbringen." Er wusste wirklich sehr viel.

„Du scheinst überall deine Vögel zu haben.", sagte ich daraufhin nur. Er lachte.

„Ja, es ist immerhin meine Stadt und vor allem die Leute, die nicht für mich arbeiten behalte ich im Auge. Wir sind tragisch auseinander gegangen Phoenix." Sofort kamen die Erinnerungen wieder hoch und ich ballte meine Hände zu Fäusten.

„Was willst du Donovan?!", knurrte ich gefährlich. Ich hatte keine Lust mehr auf diesen Kerl.

„Ich will das du wieder für mich arbeitest." Ich schüttelte meinen Kopf.

„Vergiss es Heal. Ich arbeite nicht für dich." Donovan seufzte.

„In Ordnung. Ich würde mich aber freuen, wenn du und deine Jungs zumindest einen Job für mich machen würdet. Es springt auch eine gute Belohnung für euch raus."

„Ich werde das mit meinen Jungs besprechen."

„Gut tu das. Bis zum letzten Kampf brauche ich eine Entscheidung." Mit diesen Worten ging er. Ich seufzte und entspannte meine Hände wieder. Ich konnte diesen Kerl auf den Tod nicht ausstehen. Doch das wussten die anderen nicht und Heal bezahlte immer gut.

Ich beschloss zu den Umkleiden zu gehen.

Adriel und Blake waren gerade dabei sich fertig zu machen. Zum Glück waren auch Zyan und Ryan da.

„Ah Phoenix. Doch Lust zu kämpfen?"

„Nein. Heal ist wieder in der Stadt." Sofort unterbrachen sie das, was sie gerade taten und schauten mich an.

„Er hat einen Job für uns."

„Da bin ich raus. Der Letzte hat mir gezeigt, dass ich erst mal ein wenig aussetzten werde.", kam es sofort von Zyan.

„Ich habe auch nicht mehr wirklich Lust darauf und außerdem haben die von Heal immer einen großen Harken." Irgendwo konnte ich Zyan verstehen, aber dafür war ich einfach zu gefühlskalt. Ich konnte Heal zwar nicht leiden, aber das Kriminelle hatte seinen Reiz.

„Wir sind auf jeden Fall dabei.", sagte Blake. Die anderen beiden nickten zustimmend.

„Gut, dann werde ich das Heal so weitergeben. Jetzt müsst ihr beiden aber raus." Adriel und Blake nickten und liefen in den Ring. Ich wandte mich zu Zyan.

„Und du willst wirklich nicht dabei sein?"

„Nein. Lasst mich bitte ganz da raus."

„Okay, wenn das dein Wunsch ist, werde ich darauf eingehen."

„Danke." Zyan verließ die Umkleide. Auch ich ging raus. Drinnen war es mir zu stickig und ich ging raus auf den Parkplatz.

Auf dem Parkplatz zündete ich mir eine Zigarette an. Ich sah mich um und entdeckte Heal.

„Hey Donovan." Ich ging auf ihn zu. Er drehte sich zu mir.

„Black. Was kann ich für dich tun?"

„Wir haben uns entschieden. Wir sind dabei."

„Das freut mich, dann komm doch mal direkt mit. Ich gebe dir die Information, die ihr benötigt." Wir gingen zu seinem Auto. Ein Bodyguard immer an seiner Seite.

Aus dem Kofferraum holte er einen Ordner und gab ihn mir.

„Da steht alles Wichtiges drin.

Ihr habt bis Sonntagabend Zeit. Du solltest mich nicht enttäuschen Phoenix. Mich will man nicht als Feind." Mit diesen Worten stieg er in sein Auto und fuhr davon. Ich öffnete den Ordner.

Als erstes fiel mir das Bild von dem Haus auf.

Es war eine große Villa und es kam mir auch sehr bekannt vor. Also konnte es nicht weit weg von unserm Haus sein.

Ich suchte nach der Adresse.

Dover Road 5. Das war tatsächlich nicht weit weg von unserem Haus. Ein weiteres Bild weckte mein Interesse.

„Wow was ist denn das?" Ryan stand auf einmal hinter mir.

„Das ist unser Ziel." Ryan riss mir das Foto aus der Hand.

„Wofür braucht Heal das?" Ich zuckte mit den Schultern.

„Keine Ahnung. Muss uns ja auch nicht interessieren. Hauptsache es gibt eine schöne Belohnung." Ich nahm Ryan das Bild wieder aus der Hand und steckte es in den Ordern zurück.

„Wann läuft es?"

„Morgen Abend. Zeitlimit ist bis Sonntagabend." Ryan nickte, dann beschlossen wir wieder rein zu gehen. Adriel und Blake kämpften ihre Runden, bis wir uns dann auf Kneipen Wanderschaft machten.

Als wir wieder Zuhause ankamen, war es schon sehr spät. Unsere Mutter schlief zum Glück schon.

Adriel verschwand sofort in sein Zimmer, da er gut was getrunken hatte. Wunderte mich, dass er es schaffte, leise nach oben zu gehen.

Ich wollte auch gerade nach oben gehen, als ich aus dem Wohnzimmer leise Geräusche hörte.

Leise lief ich auf die halb geschlossene Tür zu.

Ein wenig Licht drang in den Flur.

Als ich vor der Tür stand, erkannte ich die Geräusche als ein schluchzen. Das konnte nur von Emily sein. Irgendwie machte es mich wütend. Auch wenn ich nicht genau wusste warum.

Leise schlich ich mich ins Wohnzimmer und dort saß sie.

Auf dem Sofa, ihre Knie an ihren Körper gezogen und weinte still für sich. Auf dem Tisch lag ihr Handy. Ein Foto war offen. Dort waren ein Mann, eine Frau und ein kleines Kind zu sehen. Mein Herz zog sich zusammen.

Von Stella wusste ich, dass ihre Mutter sie früh verlassen hatte. Deswegen war ihr Vater auch so geworden und jetzt hatte sie niemanden mehr.

Ich legte meine Hand auf ihre Schulter.

„Em?" Sie zuckte zusammen und ich nahm meine Hand sofort wieder weg.

Aus rot geschwollenen Augen schaute sie mich an. Sofort wischte sie sich die Tränen weg. „Phoenix! Ich wollte gerade hoch gehen." Sie stand auf, nahm ihr Handy und wollte an mir vorbei gehen, doch ich hielt sie fest.

„Emily...", fing ich an, doch mir fiel nicht ein was ich sagen konnte, daher schloss ich sie einfach in meine Arme. Erst versteifte sie sich, doch nach einiger Zeit hörte ich sie wieder schluchzen und sie drückte sich an meine Brust.

Ihr Körper zitterte und ich drückte sie noch fester an mich. Jetzt wollte ich einfach nur für sie da sein. Auch wenn das zu Hundertprozent an dem Alkohol lag, doch das was sie durchmachte, wünschte ich niemanden.

Kurzerhand hob ich sie hoch. Sie protestierte nicht und ich trug sie in ihr Zimmer. Wie letzte Nacht auch, als sie in meinen Armen eingeschlafen war. Ich legte sie ins Bett.

„Phoenix?" Ich schaute zu ihr, doch sie drehte sich wieder um. Anscheinend war sie am Träumen. Das brachte mich irgendwie zum Schmunzeln. Ich deckte sie zu und ging dann in mein Zimmer. Als ich mich ins Bett legte, schlief ich auch sofort ein.

. . .

Am Morgen weckte mich dann mein scheußlicher Wecker. Stöhnend setzte ich mich auf und machte ihn aus.

„Hey du Schlafmütze. Beweg dich aus dem Bett!", klopfte dann Adriel wild an meiner Tür. Wie konnte man so viel getrunken haben, aber dann morgens so gut drauf sein? Kopfschüttelnd stand ich auf und zog mich um.

Beim runter gehen, blieb mein Blick an ihrer Tür hängen. Ob sie heute auch wieder zu Uni ging? In der Küche bekam ich dann meine Antwort.

Sie saß am Tisch und war sich mit meiner Mutter am unterhalten. Adriel saß auch am Tisch und folgte der Unterhaltung zwischen unserer Mutter und Emily.

„Guten Morgen Phoenix.", begrüßte mich meine gut gelaunte Mutter. Auch sie war ein Morgenmensch.

„Einer von euch müsste gleich Emily mitnehmen." Innerlich verdrehte ich die Augen. Hoffentlich erklärte sich Adriel bereit.

„Nein, schon in Ordnung Kate. Zyan wollte mich abholen." Verwundert schaute ich sie an.

„Ah das ist doch schön. Gut dann hat sich das ja geklärt." Sie nahm ihre Tasche und ihre Schlüssel.

„Ich muss jetzt los. Bis später." Sie verabschiedete sich und ging. Jetzt waren wir allein.

„Zyan also?", fragte Adriel meine unausgesprochene Frage. Er schaute Emily provokant an.

„Er ist ein guter Freund und will mir helfen. Außerdem ist er der Netteste von euch und ich fahre lieber mit ihm als mit einem von euch." Gab sie genau so frech wieder. Ein Grinsen konnte ich mir schlecht verkneifen.

Dieses Mädchen war frech und ließ sich von uns nicht einschüchtern. Da war die Backpfeife der beste Beweis. Ich war noch nie von einem Mädchen geschlagen worden. Ich musste mich wirklich zusammenreißen, aber es machte sie auch interessanter für mich.

„Habe ich dir etwa nicht gereicht?" Adriel lehnte sich zu ihr nach vorne. Sie erwiderte seinen Blick. Adriel wusste nicht, wann es besser war aufzuhören. Dafür musste er jetzt einstecken.

„Mein lieber Adriel, auch wenn das jetzt vielleicht an deinem Ego kratzt, aber ich kenne schon bessere Küsser." Mit diesen Worten stand sie auf und ging raus. Jetzt konnte ich mir ein Lachen nicht mehr verkneifen und wurde dafür böse angeguckt.

„Da hat sie es dir aber gegeben."

„Halt deine Fresse!" Er ging an mir vorbei nach draußen. Ich folgte ihm lachend. Draußen konnten wir gerade noch sehen, wie Zyan losfuhr.

„Was will er nur von ihr?", fragte sich Adriel.

„Dasselbe könnte ich dich auch fragen." Mit hochgezogenen Augenbrauen sah ich ihn an. Er zuckte mit den Schultern.

„Ich wollte nur meinen Spaß und ich wollte dich ärgern. Dir scheint sie ja auch was zu bedeuten." Ich schubste ihn zur Seite.

„Das stimmt nicht. Ich will einfach nur nicht, dass sie noch mehr erfahren könnte. Deswegen sollt ihr euch von ihr fernhalten." Adriel zuckte mit den Schultern.

„Wenn du meinst. Wir sehen uns an der Uni." Er ging zu seinem Auto, stieg ein und fuhr los. Ich stieg auf meine Maschine, setzte mir meinen Helm auf und fuhr auch los.

Nach kurzer Zeit hatte ich Adriel auch wieder eingeholt. Auf dem Parkplatz stieg ich ab und verstaute meinen Helm im Sitz, dann kamen auch Zyan und Adriel, denn auch Zyan hatte ich wieder überholt.

„Du musst ja auch immer angeben.", motzte Adriel sofort, als er ausstieg. Ich zuckte mit den Schultern. Zyan kam auf uns zu.

„Wo hast du die Prinzessin gelassen?", fragte ich, als ich Emily neben ihm nicht fand.

„Sie ist zur Stella gegangen." Ich nickte und dann kamen auch schon Ryan und Blake.

„Na um wie viel Uhr steigt die Sache?" Ich gab Ryan eine Nackenschelle.

„Wenn du weiter so rum schreist gar nicht mehr.", gab ich genervt von mir. Ryan rieb sich den Nacken.

„Ist ja schon gut." Ich schüttelte meinen Kopf. Manchmal war dieser Junge wirklich unausstehlich. Wir rauchten in Ruhe zu Ende und gingen dann rein.

Unsere Professoren achteten sowie so nicht darauf, ob man pünktlich kam.

Der Tag verging ohne große Vorkommnisse. Wir sprachen viel über heute Abend, weswegen Zyan auch zu Emily verschwunden war.

In der Uni war Emily das Gesprächsthema oder besser gesagt ihr Vater.

Zum Glück stellte ihr niemand Fragen, wegen des blauen Auges, aber man konnte ihr ansehen, dass es sie mitnahm.

„Hey Phoenix, können wir los?" Mein Bruder holte mich aus meinen Gedanken.

„Natürlich. Emily fährt wieder bei Zyan mit?" Adriel zuckte mit den Schultern und stieg in sein Auto. Da merkte man, dass Emily ihm eigentlich egal war. Aber mir sollte sie eigentlich auch so egal sein.

Ich musste mich unbedingt bald ablenken. Ich schüttelte meinen Kopf und setzte mir meinen Helm auf, dann fuhren wir los.

Am Haus warteten schon Ryan und Blake auf uns. Ich schloss die Tür auf und wir verzogen uns sofort in den Keller. Dort hatten wir einen kleinen Fitnessraum. Kate kam nie hier runter und Emily wusste von dem Raum nichts, also hatten wir hier unsere Ruhe.

„Also wie wollen wir vorgehen?", fragte Blake. Ich legte den Ordner auf den Tisch vor uns. Erklärte den Ablauf und wer welche Aufgabe hatte. Wir wollten auf die Dunkelheit warten, daher beschlossen wir noch etwas zu zocken.

Als wir ins Wohnzimmer kamen, wurden wir jedoch enttäuscht. Vor dem Fernseher saß Emily. Sie war vertieft in einen Film.

„Na Zuckerkätzchen.", sagte Ryan und schmiss sich neben sie auf das Sofa. Sie zuckte kurz zusammen.

„Hey. Seit wann seid ihr schon hier?" Sie schaute uns alle nacheinander an. Bei mir blieb ihr Blick länger hängen. Ich mochte es, was für eine Wirkung ich auf sie hatte und grinste dreckig.

Schnell guckte sie wieder zum Fernseher.

„Ich glaube wir sind sogar schon länger hier als du. Hast du die Autos nicht gesehen?", sagte Adriel.

„Nein, habe ich nicht darauf geachtet."

„Ja, ist auch egal, aber wir wollen jetzt da dran." Adriel klang genervt.

„Ich möchte aber den Film zu Ende schauen." Sie schaute Adriel beim Reden gar nicht an. Er fing schon an mit seinen Zähnen zu knirschen. Irgendwie war das ein lustiges Schauspiel.

„Lasst sie doch ihren Film zu Ende gucken. Der scheint interessant." Und schon saß Blake mit auf dem Sofa. Ich musste mir ein Lachen verkneifen und ging nach oben.

Vom Zimmer aus konnte ich sie immer noch wild diskutieren hören. Irgendwann verklang das aber und ich hörte hier oben eine Tür zu knallen. Ich nahm an, dass Adriel aufgeben musste.

So vergingen die Stunden und draußen wurde es immer dunkler. Ich ging irgendwann wieder runter. Unten saßen nur noch Blake und Ryan.

„Wo ist sie?", fragte ich die beiden.

„Sie war müde und ist hoch gegangen." Ich nickte. Als Adriel dann runterkam, machten wir uns auf den Weg.

Im Schatten der Dunkelheit liefen wir zu dem Haus. Von außen schien es leer zu sein. Nirgendwo brannte ein Licht.

„Setzt eure Mützen auf. Man weiß nie, ob es nicht doch irgendwo Kameras gibt." Die anderen nickten und setzten ihre Mützen auf, dann machte ich mich daran, dass Schloss zu knacken.

Laut Informationen gab es keine Alarmanlage oder Kameras, aber wir mussten immer auf Nummer sicher gehen.

Nach fünf Minuten waren wir drin. Das Adrenalin pumpte durch meine Adern. Wie immer, wenn wir uns auf der anderen Seite des Gesetzes befanden.

„Gut. Ihr sucht hier unten danach und wir gehen nach oben. Passt auf. Es kann immer noch sein, dass jemand Zuhause ist.", flüsterte ich und Ryan und Blake nickten. Sie verschwanden in Richtung Küche.

Ich gab Adriel das Zeichen, dass wir nach oben gingen. Dort suchten wir alles ab.

Doch wir fanden nichts. Plötzlich ertönte von unten ein lauter Knall. Adriel und ich schauten uns an und sprinteten dann nach unten.

In der Küche waren Ryan und Blake. Sie standen vor einem Stuhl, wo jemand gefesselt drauf saß. Dieser beobachtete uns spöttisch, aber reden konnte er nicht, da er ein Tuch in seinem Mund hatte.

„Woher kam er denn jetzt?", fragte ich dann Ryan.

„Aus dem Keller." Ich schaute zu dem Typen und nahm ihm das Tuch aus dem Mund.

„Ihr macht einen gewaltigen Fehler.", fing er sofort an zu reden. Ich lachte spöttisch.

„Das ist uns ja noch gar nicht aufgefallen.", gab ich dann als Antwort.

„Nein das meine ich nicht. Ihr dürft Heal diese Kiste nicht geben, wenn euch eure Freiheit lieb ist. Er hat euch reingelegt." Jetzt schauten wir uns gegenseitig an. Er kannte Heal.

„Woher kennst du ihn?"

„Jeder Kriminelle, der was aus sich machen möchte, kennt ihn und ich habe ihm die Truhe gestohlen, um mich frei zu kaufen.

Die Truhe ist ihm egal, es geht um den Inhalt und er wird euch nicht mehr aus seinen Fängen lassen, wenn ihr ihm die Truhe gebt." Verdammt. Ich hatte geahnt, dass Heal irgendeinen Hintergedanken hatte. Er würde mich nicht so einfach loslassen.

„Jetzt habt ihr noch die Chance. Sonst werden eure Familien damit reingezogen."

„Lass unsere Familien daraus!", knurrte Adriel. Der Typ auf dem Stuhl lachte.

„Ich werde es tun, aber Heal wird sie gegen euch benutzen. Ich weiß wovon ich spreche. Wegen ihm habe ich alle verloren und habe jetzt niemanden mehr.

Deswegen wollte ich daraus und wollte versuchen mich mit der Truhe frei zu kaufen, aber ich glaube das wird er niemals zulassen. Sonst wärt ihr ja jetzt nicht hier."

„Was ist in der Truhe drin?" Ich packte ihn am Kragen.

„Glaub mir, dass willst du nicht wissen. Verschwindet solange ihr noch könnt, wenn euch euer Leben lieb ist." Mir wurde das alles zu bunt und ich stopfte ihm wieder das Tuch in den Mund.

„Ryan, wir gehen nach unten. Wenn er aus dem Keller kam, wird er die Truhe mit Sicherheit dort verstecken. Ihr beide passt auf ihn auf." Adriel und Blake nickten und ich und Ryan gingen nach unten und dort stand sie tatsächlich.

„Willst du sie aufmachen?", fragte Ryan vorsichtig. Ich haperte mit mir selbst. Heal hatte was vor und wir könnten tatsächlich in Schwierigkeiten geraten, wenn wir die Truhe übergeben würden.

„Ich will zumindest wissen, womit wir es zu tun haben, aber ich glaube wir werden auf diesen Kerl da oben hören.

Ich hatte vorher schon im Gefühl, dass Heal Hintergedanken bei der Sache hat."

„Da bin ich froh das es als erstes von dir kommt." Ryan grinste mich an. Ich schüttelte nur meinen Kopf und ging auf die Truhe zu. Vorsichtig machte ich sie auf und als ich den Inhalt sah, stockte mir der Atem und ich ging ein paar Schritte zurück.

Ryan war verwirrt und schaute auch rein. Seine Reaktion war dieselbe.

„Verdammt scheiße. Wir haben uns geschworen niemals in die Drogen Szene zu rutschen." Er ging noch weiter zurück.

„Und das wird auch so bleiben. Wir verschwinden von hier." Ich machte die Truhe wieder zu und wir gingen wieder nach oben.

„Macht ihn los." Adriel schaute mich erst verwirrt an, band den Typen dann aber los.

„Du solltest so schnell wie möglich aus der Stadt verschwinden. Damit wirst du dich nicht freikaufen können. Er wird mit dir kurzen Prozess machen." Der Typ schaute mich an.

„Ich weiß, aber ich bin bereit dafür. Es ist mir lieber, als ein Leben auf der Flucht zu leben oder weiter für diesen Kerl zu arbeiten. Er wird es euch aber nicht so schnell verzeihen, dass ihr ihm nicht

98

die Truhe gebracht habt, aber es wird besser enden, als wenn ihr für ihn arbeitet." Ich senkte meinen Kopf. Ich wusste das er recht hatte. Immerhin hatte ich diese Erfahrung auch schon einmal gemacht und bin gerade so da rausgekommen, aber mit einem sehr hohen Preis.

Ich legte meine Hand auf die Schulter des Typen. „Danke das du uns vorher gewarnt hast. Ich hätte schon eher bemerken müssen, dass Heal mehr vorhat."

„Nichts zu danken und jetzt verschwindet." Das ließen wir uns nicht zweimal sagen und wir verließen das Haus.

„Warum haben wir das jetzt abgebrochen?", fragte Adriel. Er war darüber nicht sehr erfreute.

„Glaub mir Bruder. Du willst nichts mit Drogen zu tun haben." Sofort war er still und sagte nichts mehr. Als wir auf der Straße waren, hörten wir ein klatschen. Sofort blieben wir wie erstarrt stehen. Ich ballte meine Hände zu Fäusten.

„Donovan!"

„Phoenix. Ich hätte nicht gedacht, dass du mir in den Rücken fallen würdest."

„Und ich hätte nicht gedacht, dass du uns so über das Ohr hauen würdest."

„Naja. Männer wie euch muss man doch nicht verschwenden, aber anscheinend habt ihr kein Interesse." Er gab ein Handzeichen und einer seiner Männer ging in das Haus. Als ein lauter Knall ertönte, zuckten wir alle zusammen.

Heals Mann kam mit der Truhe wieder raus. Er packte sie in den Kofferraum und stellte sich dann wieder neben Heal.

„Wir haben keine Lust in deine Machenschaften mit hinein gezogen zu werden.", sagte ich dann.

„Phoenix, das ist zu schade. Ihr werdet schon noch merken, dass man mir am besten nicht in den Rücken fallen sollte und wenn du es wieder gut machen willst, weißt du was du tun musst Phoenix." Mit diesen Worten stieg er in sein Auto und ließ uns auf der Straße zurück. Von weitem konnte man schon die Sirenen hören. Einer der Nachbarn muss angerufen haben.

„Phoenix wir sollten hier weg." Blake legte seine Hand auf meine Schulter und holte mich so in die Realität zurück.

„Natürlich." Sofort rannten wir los. Als wir auf unsere Straße ankamen, zogen wir die Mützen runter und liefen schnell ins Haus. Alle waren geschockt.

„Wir hätten nie einen Auftrag von Heal annehmen sollen.", sagte Ryan. Ihm war die Angst ins Gesicht geschrieben.

„Jetzt beruhig dich mal. Heal wird so schnell nichts unternehmen. Wir sollten nur auf unsere Familien ein Auge haben und uns zurückziehen. Das hätten wir vielleicht auch schon früher machen sollen.

Emily hätte schon ein Zeichen dafür sein sollen, dass wir aufhören sollten. Wir hatten nie ein Problem und wurden nie erwischt, bis Emily

100

aufgetaucht ist.", sagte ich und die anderen stimmten mir zu.

„Hoffentlich gerät Emily nicht ins Kreuzfeuer.", sagte Blake, aber mehr zu sich selbst, daher erwiderte ich darauf nichts.

„Ich werde jetzt nach Hause fahren. Ryan soll ich dich mitnehmen?", fragte Blake dann und Ryan nickte. Die beiden verließen das Haus.

„Was machen wir jetzt?" Mein Zwillingsbruder stand neben mir und schaute mich von der Seite an.

„Und was meinte er damit, du wüsstest was du machen musst?"

„Ist nicht so wichtig. Lass uns einfach normal weiterleben und vielleicht auch erst einmal die Kämpfe meiden. Er wollte uns hauptsächlich Angst machen.", sagte ich, obwohl ich mir selbst nicht sicher war.

„Also auf ganz normal tun und so tun, als wäre das heute gar nicht passiert?" Ich nickte.

„Okay." Er zuckte mit den Schultern und verschwand nach oben. Auch ich ging langsam nach oben in mein Zimmer. Hoffentlich würde er wirklich so schnell nichts machen, weil für ihn arbeiten würde ich nie wieder und ich hatte auch Angst um meine Familie. Meine Mutter durfte davon nichts erfahren.

5.Kapitel

Emily

Etwas Schweres landete auf mir und ich wurde wach. Sofort sah ich in das Gesicht von Adriel.
„Guten Morgen Prinzessin. Es gibt Frühstück."
Er grinste mich an und ich ließ seufzend meinen Kopf zurück ins Kissen fallen.
„Dafür musst du Walross erst mal von mir runter.", keuchte ich und versuchte ihn von mir runter zu kriegen, doch er grinste gehässig und machte sich noch schwerer.
„Hey Adriel. Du zerquetschtest sie gleich noch.", kam es dann von der Tür und Adriel ging von mir runter.
„Dann soll sie mich nicht Walross nennen." Phoenix, der in der Tür stand, betrachtete seinen Bruder.

„Vielleicht hat sie ja gar nicht so unrecht. Wann warst du denn das letzte Mal trainieren?", meinte er dann belustigt. Adriel zog ein Schmollmund und klopfte sich überheblich auf die Brust.

„Das ist alles Muskelmasse.", sagte er dann und stolzierte mit hoch erhobenem Kopf aus dem Zimmer. Phoenix und ich mussten lachen.

„Ich kann nicht glauben, dass Mädchen auf sowas abfahren." sagte ich als wir uns wieder beruhigt hatten.

„Nur die, die es nötig haben. Komm wir sollten nicht zu spät zum Frühstück." Er drehte sich um und ging die Treppe runter. Ich sprang aus dem Bett und schlüpfte schnell in meine Jogginghose. Danach sprintete ich die Treppe runter.

„Ich glaube da hat jemand Hunger.", sagte Kate lachend, als ich rein gestürmt kam.

„Dein Essen ist einfach nur sehr lecker und bei den zwei Bergen hier muss ich mich ja beeilen." Ich setzte mich hin. Kate schmunzelte über meinen Kommentar.

„Da hast du wohl recht. Die beiden können sehr viel essen. Was habt ihr heute eigentlich vor?"

„Ich wollte mit Stella shoppen gehen."

„Ah schön und ihr?" Sie schaute ihre Söhne an. Die schauten sich gegenseitig an und dann wieder zu Kate. Kate verdrehte die Augen und seufzte.

„Wie sehr ihr beiden es immer ausnutzt, dass ich am Wochenende zu meiner Freundin fahre." Sie drehte sich um und ging in die Küche. Ich verstand kein Wort.

„Was meint sie? Was habt ihr heute vor?" Adriel schaute mich grinsend an.

„Heute ist Party, Baby.", rief er fröhlich. Jetzt verdrehte Phoenix die Augen.

„Heißt entweder du bleibst bei Stella, oder du musst hier mit einer Party klarkommen.", klärte mich dann Phoenix auf.

„Ich werde mir überlegen was ich mache." Mit der Antwort gab er sich zufrieden. Als Kate wieder aus der Küche kam, fingen wir an zu essen. Danach machte ich mich für die Stadt fertig. Mein Handy klingelte. Ich hatte eine Nachricht von Stella.

S: Schätzchen ich warte draußen auf dich.

E: Bin unterwegs.

Ich schmiss mein Handy in meine Handtasche und ging aus dem Zimmer. Vorsichtshalber schloss ich mein Zimmer ab, da ich noch nicht wusste, ob ich heute Abend wieder komme würde. Unten kam mir Kate entgegen.

„Hier Emily. Ich will, dass du das nimmst und dir was Schönes holst." Sie wollte mir Geld in die Hand drücken, doch ich wich zurück.

„Nein Kate, das kann ich nicht annehmen. Ich..."

„Emily nimm das Geld. Ich mache das gerne für dich und du hast es auch verdient. Hol dir schöne Klamotten. Du gehörst jetzt zur Familie und bist für mich wie eine Tochter." Widerspruch brachte nichts, also nahm ich das Geld und zog Kate in eine Umarmung. Glücklich erwiderte sie die

Umarmung, dann lösten wir uns wieder und ich lief nach draußen.

Stella stand am Ende der Einfahrt an der Straße.

„Warum hast du noch so lange gebraucht?"

„Tut mir leid. Kate hat mich noch aufgehalten." Stella nickte und wir stiegen zusammen in ihr Auto. Nach einer halben Stunde Fahrt waren wir an der Mall.

„Das haben wir schon länger nicht mehr gemacht.", quietschte Stella und harkte sich bei mir ein. Wir schlenderten durch viele Läden. Heute war das erste Mal, dass auch ich mir viele schöne Sachen holen konnte.

Sonst hatte ich nie das Geld dafür und ich wollte auch nicht immer, dass Stella alles bezahlte.

„Und was machen die Jungs heute so?", fragte Stella, als wir im Café saßen.

„Warum interessiert dich das?" Sie grinste mich verschwörerisch an.

„Du lebst mit zwei der beliebtesten Jungs zusammen unter einem Dach. Darf ich dann nicht mal fragen, was sie heute machen." Ich seufzte. Wenn ich ihr von der Party erzählte, würde sie da sofort hinwollen.

„Ach die wollen heute eine Party schmeißen."

„Eine Party?! Da müssen wir hin! Wann hat man mal eine Chance auf diese Partys zu kommen!", quietschte Stella. Die anderen Passanten schauten uns schon komisch an.

„Stella beruhig dich. Ich hatte eigentlich keine Lust, aber wenn du es unbedingt willst."

„Ja! Komm wir brauchen noch was zum Anziehen für die Party." Sie zog mich von dem Tisch weg. Ich konnte mir gerade so noch meinen Kaffee schnappen. So kauften wir uns noch Kleider für die Party, doch ich würde wieder bei meiner Jeans und einem Pullover bleiben, auch wenn es ihr nicht gefallen würde.

Stella und ich gingen zwar gerne Feiern, aber wir waren bisher nur in Clubs. Auf einer Hausparty waren wir beide noch nicht.

Wie Stella schon sagte, wann wird man mal zu einer eingeladen. Eher selten. Nach fast vier Stunden fuhren wir dann wieder zu mir.

„Oh ich bin ja so aufgeregt. Vielleicht kriege ich ja sogar einen deiner Jungs ab." Ich schaute Stella kopfschüttelnd an. Wenn es um Männer ging war Stella wirklich schlimm.

Am Haus angekommen, parkte Stella das Auto an der Straße und wir gingen rein. Dort rannte Adriel hektisch durch das Haus. Als er uns sah, blieb er vor uns stehen.

„Doch hier?" In seinen Augen funkelte was Gefährliches.

„Ja.", antworte ich daraufhin nur.

„Schön. Das freut mich, dann könnt ihr nämlich noch helfen. Phoenix hat sich auf sein Zimmer verpisst.", sagte Adriel und rannte wieder hektisch rum. Stella und ich schauten uns an und sie nickte dann.

Also brachten wir unsere Taschen nach oben in mein Zimmer, dann halfen wir Adriel ein wenig bis wir uns selbst fertig machen mussten.

Ich wollte eigentlich eine normale Hose anziehen, doch da hatte ich die Rechnung ohne Stella gemacht.

„Du wirst auf jeden Fall ein Kleid anziehen.", sagte sie drohend und drückte mir ein Kleid in die Hand. Ich seufzte und ging ins Bad. Schnell sprang ich einmal unter die Dusche und zog mich dann an. Danach ging ich wieder in mein Zimmer.

Ich fühlte mich ein wenig unwohl in dem Kleid. Stella betrachtete mich strahlend. Sie hatte es mir ausgesucht.

„Du siehst wunderschön aus Emily, also guck nicht so bedrückt." Stella betrachtete sich noch mal im Spiegel, bevor sie meinem Arm nahm und mich rauszog.

„Warte!" Ich riss mich los und schloss mein Zimmer wieder ab. Ich wollte heute Abend niemanden in meinem Zimmer haben, dann ging ich mit Stella nach unten. Dort wurden wir sofort von Zyan und Ryan begrüßt, die wohl in der zwischen Zeit gekommen waren.

„Hätte nicht gedacht, dass du hier bist Kätzchen.", sagte Zyan. Woher kommen immer nur diese kreativen Spitznamen? Sarkasmus lässt grüßen.

„Ja. Stella wollte unbedingt hier hin, daher hatte ich keine Wahl, aber dafür kann ich in meinem eigenen Bett schlafen."

„Freu dich da mal nicht zu früh. Irgendwann ist es sehr schwierig ein leeres Zimmer zu finden.", sagte Ryan und zwinkerte mir zu. Ich lachte.

„Dafür habe ich vorgesorgt. Mein Zimmer ist abgeschlossen, da kommt keiner rein außer ich." Ryan nickte mir anerkannt zu.

„Respekt. Bisher hatte immer nur Phoenix daran gedacht, aber auch nur, weil er das Zimmer selbst brauchte." Sofort hatte ich Bilder im Kopf. Angeekelt schüttelte ich meinen Kopf.

„Nein danke. Daran will ich gar nicht denken, vor allem weil mein Zimmer genau neben seinem Zimmer ist.", angewidert schaute ich die drei an, die dabei anfingen zu lache, dann klingelte es. Adriel kam aus dem Wohnzimmer und sprang schon förmlich zur Tür.

Manchmal war er wie ein kleines Kind.

Immer mehr Leute strömten herein. Damit konnte die Party anfangen.

Die Musik wurde aufgedreht und im Wohnzimmer brach das reinste Chaos aus. Stella hatte ich irgendwann aus den Augen verloren, so verzog ich mich in die Küche, da ich etwas trinken wollte.

„Hey Prinzessin. Ich habe dir einen Drink gemischt." Adriel hielt mir einen roten Plastikbecher unter die Nase. Der Geruch nach Alkohol war stark.

108

„Nein danke. Ich trinke nicht, außerdem hast du mir mit Sicherheit was untergemischt." Gespielt empört schaute er mich an.

„Auf so eine Idee würde ich doch nie kommen Prinzessin und jetzt trink schon. Ich habe wirklich keine Hintergedanken."

„Nein danke Adriel." Ich drehte mich um und ging ins Wohnzimmer. Dort fand ich dann auch Zyan und Blake auf einem Sofa. Ich ließ mich zwischen ihnen fallen.

„Hallo Kätzchen. Hat es Adriel tatsächlich nicht geschafft, dir den Drink anzudrehen?", fragte Blake mit einem Grinsen.

„Dafür vertraue ich ihm einfach noch nicht genug." Zyan und Blake lachten.

„Da hast du es ihm aber gezeigt. Aber mit uns trinkst du doch einen, oder?" Blake hielt mir ein Pinchen hin. Ich überlegte kurz, da ich noch nie wirklich Alkohol getrunken hatte und wusste, was es mit meinem Vater gemacht hatte. Zyan merkte mir meine Unsicherheit an.

„Du musst nicht, aber lass dir eins gesagt haben. Nicht jeder reagiert so auf Alkohol wie dein Vater und bei ihm war es auch mehr das Gefühl der Einsamkeit und das er verlassen wurde und nicht der Alkohol.

Also brauchst du keine Angst davor haben und abfüllen wollen wir dich auch nicht." Zyan hatte mich überzeugt. Ich nahm Blake das Pinchen aus der Hand. Wir stießen an und tranken es dann auf ex leer. Der Alkohol brannte in meinem Hals, doch ich fing an mich freier zu fühlen.

Blake und Zyan lächelten mich an.

„Und positiver Nebeneffekt. Du hast gute Laune.", sagte Blake und grinste. Ich grinste zurück. So konnte der Abend anfangen lustig zu werden. Nach einer Zeit kam auch Stella zu uns. Sie hatte schon gut was getrunken.

„Emily du trinkst ja auch. Das ich das mal erleben darf." Sie grinste mich an, dann legte jemand einen Arm um sie. Es war Adriel.

„Was haltet ihr von Wahrheit oder Pflicht?", fragte er dann in die Runde. Unauffällig kuschelte sich Stella an ihn. Hatte ich da etwa was verpasst? Anscheinend fiel es aber nur mir auf.

„Klar. Sind die anderen beiden auch dabei?", fragte Blake. Damit meinte er wohl Ryan und Phoenix, die ich schon länger nicht mehr gesehen hatte.

„Ja sie warten schon oben in Phoenixs Zimmer." Adriel und Stella liefen vor. Blake, Zyan und ich holten uns noch Bier und gingen dann auch nach oben.

Ich war noch nie wirklich in seinem Zimmer gewesen. Das erste Mal war ich so wütend, dass ich nicht richtig mitbekommen hatte, wo ich überhaupt war. Wir gingen ins Zimmer und fanden die anderen auf dem Boden sitzend.

Ich schaute mich kurz unauffällig um. Die Wände waren in einem dunklen Ton. Links neben mir stand ein schwarzes Boxspringbett. Sogar die

110

Bettwäsche war schwarz. Rechts von mir stand ein Kleiderschrank.

Die eine Tür war halb auf und ein Hosenbein hing raus. Mir gegenüber stand ein Schreibtisch. Dieser war aufgeräumt.

Links waren Ordner gestapelt und rechts lag ein Laptop, dann fiel mein Blick auf ein Paar was am knutschen war.

Als ich Phoenix erkannte, schaute ich schnell auf den Boden und setzte mich hin. Adriel klatschte in die Hände und Phoenix löste sich von dem Mädchen. Diese wischte sich über den Mund und setzte sich neben Phoenix. Alles an ihr schrie nach Schlampe.

„Gut dann können wir ja endlich anfangen." Adriel drehte die Flasche und wie sollte es anders sein traf es das Mädchen.

„Wahrheit oder Pflicht?"

„Wahrheit."

„Langweilig.", kam es von Ryan. Die anderen lachten und dann stellte Adriel seine Frage. Natürlich musste es so eine typische Frage sein. Ob sie noch Jungfrau war.

So ging es weiter. Bescheuerte Fragen und bescheuerte Pflichten. Ich hatte bisher noch Glück und wurde verschont, dann traf die Flasche Phoenix. Auch er war noch nicht dran gewesen. Gedreht hatte Adriel, der jetzt ein freches Grinsen im Gesicht hatte.

Er hatte irgendetwas vor und ich hatte ein schlechtes Gefühl.

„Wahrheit oder Pflicht mein lieber Bruder?"

„Natürlich Pflicht." Wie die ganzen andern Jungs auch schon. Adriel schaute zu mir und mein schlechtes Gefühl wurde stärker.

Was hatte er nur vor?

„Dann musst du jetzt Emily küssen." Geschockt schaute ich Adriel an. Auch die Schlampe hatte ihren Mund offenstehen.

War das sein Ernst? War das die Rache für den Tritt in seine Weichteile?

Dreckig grinste er mich an. Das hatte er von Anfang an geplant. Mit Sicherheit schon den ganzen Abend.

Ich schaute zu Phoenix. Er hatte noch gar nichts gesagt und sich noch nicht bewegt. Seine Miene war neutral, auch als er aufstand und auf mich zu kam.

Alle Blicke lagen auf ihm. Er hielt mir seine Hand hin, als er bei mir angekommen war. Ich nahm sie zögerlich und er zog mich hoch. Er ließ die Hand aber nicht mehr los.

Mit der anderen Hand strich er mir eine Haarsträhne aus dem Gesicht, dann zog er mein Gesicht zu sich. Ein paar Sekunden später lagen seine Lippen auf meinen.

Erst war ich geschockt, doch dann wurde dieser Gedanke weggesperrt und ich erwiderte den Kuss.

In meinem Bauch explodierte ein ganzes Feuerwerk.

Meine Arme wanderten wie von selbst in seinen Nacken. Auch seine Hände gingen auf Wanderschaft und verweilten dann auf meiner Taille. Der Kuss wurde immer verlangender. Er kämpfte um die Dominanz und gewann sie auch. In mir brodelte ein Feuer und meine Welt drehte sich.

Ich wusste nicht, ob es am Alkohol lag, aber mein Verlangen nach ihm wurde stärker. Er war so gefühlvoll und doch kräftig und verlangend. Er drückte seinen Körper weiter an meinen, doch dann räusperte sich jemand und wir ließen uns los, als hätten wir uns verbrannt.

Phoenix ging wieder auf seinen Platz, ohne mich noch einmal anzusehen. Ich setzte mich auch wieder hin.

Die Blicke von Stella und Zyan lagen auf mir, doch ich ignorierte sie erstmal. Von Stella durfte ich mir nachher bestimmt noch was anhören.

Wir spielten nicht mehr lange und ich hatte auch weiterhin Glück. Irgendwann hatte Adriel keine Lust mehr und packte sich Stellas Hand und zog sie aus dem Zimmer.

Ich war mir sicher das da heute Abend noch was laufen würde. Auch die anderen verließen das Zimmer, um sich wieder unter die anderen zu mischen. Ich drehte mich noch einmal zu Phoenix und entdeckte ihn wieder wild am rumknutschten mit dem anderen Mädchen.

Irgendwie gab es mir doch schon einen Stich ins Herz. Also ging ich auch runter und suchte mir etwas zu trinken. Ich lief Blake über den Weg, der mir ein Pinchen hinhielt.

„Du siehst gerade danach aus, als könntest du das gebrauchen." Dankend sah ich ihn an und nahm es, dann tranken wir es zusammen auf ex. Danach hatte ich Lust zu tanzen und zog Blake auf die Tanzfläche.

Soviel hatte ich noch nie getanzt und es machte mir auch Spaß. Ich sollte das auf jeden Fall öfter machen. Doch als jemand anfing sich beim Tanzen an mich zu schmiegen, hatte ich keine Lust mehr.

Ich wollte umdrehen und gehen, doch derjenige der mich angetanzt hatte, ließ mich nicht los.

„Du wirst jetzt nicht einfach verschwinden. Du hast was angefangen also bring es auch zu Ende.", hörte ich ihn dann an mein Ohr und ich erschauderte. Es war Phoenix. Ich drehte mich zu ihm um.

Er nahm es als Gelegenheit und legte seine Hände auf meine Taille. Ich schaute ihm in die Augen und erschrak. Sie waren komplett schwarz.

„Was ist mit der anderen? Die ging doch gerade auch.", fragte ich und versuchte mich von Phoenix los zu reißen.

„Nein sie ging nicht. Ich habe es versucht, aber bei ihr regt sich gar nichts mehr. Das hast du mir in diesem wunderschönen Kleid ganz schön vermiest, deswegen muss du jetzt herhalten." Er fing an Küsse auf meinen Hals zu verteilen.

Ich sah mich nach Hilfe um, konnte aber keinen entdecken. Wo war denn nur Blake hing gegangen?

Plötzlich blieb Phoenix an einer Stelle und fing an zu saugen. Ich warf meinen Kopf in Nacken und versuchte ein Stöhnen zu unterdrücken.

Er hatte meinen empfindlichen Punkt gefunden. Mir wurde ganz heiß und unbewusst drückte ich mich an ihn.

„Ich sagte ja du kannst mir nicht widerstehen." Er grinste dreckig, packte sich meine Hand und zog mich nach oben. Vor seinem Zimmer blieben wir stehen.

Er schloss es auf und drückte mich rein. Hinter sich schloss er die Tür wieder ab, dann kam er mit langsamen Schritten auf mich zu. Vor mir blieb er stehen.

Er packte mich an meiner Taille und zog mich zu sich.

„Phoenix du...", versuchte ich ihn aufzuhalten. Ich wollte nicht, dass er etwas machte, was er nachher bereuen würde. Doch er unterbrach mich.

„Wenn du glaubst ich werde es im Nachhinein bereuen, irrst du dich. Wie schon gesagt, ich habe es mit jemand anderem versucht, aber ich habe nur Lust auf dich.

Ich musste mich ganz schön zusammenreißen, dich nicht auf der Tanzfläche auszuziehen. Weißt du, ich habe dich erstmal ein bisschen beobachtet bevor ich zu dir gekommen bin." Fordernd drückte er seine Lippen auf meine. Sofort war ich wieder in diesem Feuer gefangen. Gierig küsste er mich und drückte mich dabei nach hinten, bis ich die Wand im Rücken spürte. Doch wir unterbrachen den Kuss nicht.

„Oh man Emily.", knurrte er und fing an Küsse auf mein Schlüsselbein zu verteilen, dabei entwich mir ein leises Stöhnen. Ich hoffte, dass er es nicht gehört hatte, doch sein Grinsen sagte mir das Gegenteil.

„Wie schon gesagt, auch du widerstehst mir nicht.", hauchte er an meinem Ohr, bevor er daran knabberte. Gänsehaut zog sich meinen Rücken runter und in meinem Bauch war ein ganzes Feuerwerk ausgebrochen. Als er dann wieder an meiner Schwachstelle saugte, war es um mich geschehen.

„Phoenix!", stöhnte ich und wölbte mich unter seinen Berührungen.

„Ja Babe. Stöhn meinen Namen." Er küsste wieder meinen Hals, bis er mich plötzlich hochhob. Sofort schlang ich meine Beine um seinen Körper.

Wir unterbrachen den Kuss nicht. Seine Zunge strich über meine Unterlippe und bat um Einlass. Er hatte komplett die Führung übernommen und genau das gefiel mir so sehr.

Als ich das Bett unter mir fühlte, löste er sich von mir und schaute mir in die Augen.

„Jetzt kannst du noch nein sagen, später werde ich mich nicht mehr halten können.", sagte er und verteilte dabei Küsse auf meinen Körper. Doch wer konnte dabei schon nein sagen. Mir entfuhr ein weiters Stöhnen und er grinste.

„Ich nehme das mal als deine Antwort." Er holte was aus seinem Nachttisch und kurz darauf landeten unsere Sachen auf den Boden.

Diese Nacht war einfach unbeschreiblich. Ich hätte nie gedacht, dass ich mit Phoenix so etwas fühlen konnte, aber mit seiner kalten Art hatte er mich schon immer angezogen auch wenn ich es nicht zugeben wollte.

. . .

Wild klopfte es an der Tür. Murrend drehte ich mich noch mal um dabei landete meine Hand auf etwas hartem was sich bewegte.

Doch ich machte mir keine weiteren Gedanken darüber und schlief weiter.

Wieder klopfte es laut an der Tür. Neben mir bewegte sich wieder etwas und schon hob sich die Matratze.

„Wer will um diese Uhrzeit was von mir?" Das war Phoenixs Stimme und ab da kamen die Erinnerungen der letzten Nacht wieder. Ich hatte die Nacht gemeinsam mit Phoenix Black verbracht.

„Ich will noch schlafen, also verpiss dich!", Motzte er aufgebracht. Kurz darauf merkte ich, wie er sich wieder ins Bett legte. Ich wollte so tun als würde ich noch schlafen, doch da hatte ich die Rechnung ohne Phoenix gemacht.

Ich wurde hochgehoben und fand mich auf Phoenixs Brust wieder. Sofort wurde ich rot und
senkte meinen Kopf.

Wir waren beide noch nackt. Ich versuchte wieder runterzurutschen, doch sein Griff war zu fest.

„Guten Morgen Engel. Ich habe mitbekommen,
dass du wach bist." Provokant grinste er mich an.

„Schön, aber könnte ich vielleicht wieder runter?", fragte ich, da ich es immer noch nicht geschafft hatte, aber ich dachte auch nicht daran still
liegen zu bleiben.

„Engel, wenn du dich weiter so bewegst halte ich
dich in diesem Bett fest und du kannst die nächsten Tage nicht laufen." Sofort hielt ich in meinen
Bewegungen inne und realisierte erst jetzt wo ich
lag. Dadurch wurde ich wieder rot und Phoenix
grinste mich an.

„Schade. Ich dachte du bewegst dich weiter." Ich
wurde noch röter.

„Wer war das an der Tür?", versuchte ich das
Thema zu wechseln.

„Ryan. Er wollte fragen ob ich schon wach bin
und ob ich weiß wo du bist." Geschockt schaute
ich ihn an.

„Hast du?"

„Nein habe ich nicht. Nicht ohne deine Erlaubnis." Ich atmete aus.

„Können wir das erst Mal für uns behalten?", fragend schaute ich ihn an. Phoenix musterte mich.
Seine Augen hielten meine gefangen. An seinen

intensiven Blick hatte ich mich noch nicht gewöhnt.

„Ich wollte dasselbe fragen, die Jungs würden mich auseinandernehmen.", sagte er dann nach einer Zeit.

„Okay. Würdest du mich dann jetzt runterlassen?" Er grinste mich an, doch lockerte seinen Griff. Ich kletterte von ihm runter und zog die Decke enger um meinen Körper.

„Glaub mir Engel. Da ist nichts, was ich noch nicht gesehen habe.", sagte er und stand auf. Ich wurde durch seine Worte wieder rot.

„Könntest du mir trotzdem meine Sachen geben?" Er betrachtete mich eine kurze Zeit schmunzelnd, bis er mir meine Unterwäsche zu warf, dann ging er an seinen Schrank und gab mir ein Shirt und eine Hose von sich.

„Dann musst du nicht wieder in dein Kleid rein." Ich zog die Sachen an.

„Meine Sachen stehen dir. Daran könnte ich mich wirklich gewöhnen." Er leckte sich über die Unterlippe und ich schaute verlegen auf den Boden. Plötzlich spürte ich seine Finger unter meinem Kinn.

Er drückte es leicht hoch, sodass ich gezwungen war, ihn anzuschauen.

„Ich will, dass du eins weißt. Ich bereue nichts von dem was gestern Abend passiert ist. Es war die reine Wahrheit, als ich dir gesagt habe, dass ich mich schon länger zurückhalten musste. Du bist ein scharfes Mädchen und so gefühlskalt bin

ich nun dann auch nicht, als dass du mich kalt lassen würdest. Ich hoffe du bereust es auch nicht."
Er drückte seine Lippen auf meine, doch dieses Mal sanfter.

Irgendwie fühlte sich dieser Kuss nach einem Abschied an. Aber ich konnte mich auch täuschen. Seine Hände umklammerten meine Taille und ich spielte mit seinen Haaren. Langsam löste er sich wieder von mir.

„Wenn wir jetzt nicht aufhören kann ich nichts versprechen.", sagte er leise und entfernte sich von mir. Er ging zur Tür schaute mich noch einmal an und verließ dann das Zimmer. Sein Verhalten verwunderte mich, aber ich beschloss mir keine weiteren Gedanken darüber zu machen.

Ich verließ das Zimmer auch und ging schnell auf mein Zimmer. Dort zog ich mir erst einmal eine Jogginghose von mir an, da die von Phoenix zu groß war.

Das Shirt ließ ich an. Es war zu gemütlich, um es auszuziehen. Im Bad machte ich mich kurz frisch und ging dann runter.

„Guten Morgen Prinzessin. Wo hast du dich die Nacht rumgetrieben?", fragte mich ein gutgelaunter Ryan. Er war auf jeden Fall ein Morgenmensch. Sogar mit einem Kater.

„Ich habe mich irgendwann auf mein Zimmer zurückgezogen.", antwortete ich und setzte mich an den Tresen.

„Okay, hier." Er gab mir eine Tasse Kaffee. Ich nickte ihm dankend zu und nahm sofort einen Schluck.

Nach einer Zeit spürte ich den Blick von Zyan auf mir und schaute zu ihm. Er hatte seinen Blick auf meinen Hals fixiert.

Als er meinen Blick merkte, schaute er mir kurz ins Gesicht, bevor er sich abwandte. Er war kein Morgenmensch. Was war mit ihm los?

Bevor ich mich das weiter fragen konnte, kamen Stella und Adriel in die Küche. Die beiden sahen fertig aus und hatten die Nacht augenscheinlich zusammen verbracht.

„Meine Güte seht ihr beiden scheiße aus.", sprach Ryan meinen Gedanken aus. Die beiden quittierten es mit einem Lächeln und nahmen sich auch jeweils eine Tasse Kaffee. Ein Klingeln an der Tür ließ uns alle genervt aufstöhnen.

„Ich geh ja schon, wenn sich keiner bewegen will.", kam es von Phoenix aus dem Wohnzimmer.

„Emily es ist für dich." Verwundert lief ich zur Tür. Dort standen zwei Polizisten.

„Sind Sie Emily Summer?" Ich nickte.

„Schön. Ich bin Kommissar Frey und das ist Smith. Wir sind hier, da ihr Vater in U-Haft sitzt. Wir wollten Sie fragen, ob Sie eine Aussage machen möchten.

Von Ihren Nachbarn haben wir die Information, dass Sie sich mit Ihrem Vater oft gestritten haben und er Sie nicht gut behandelt hat. Wenn das der

Fall sein sollte, können wir Ihren Vater auch wegen häuslicher Gewalt festnehmen." Ich musste schlucken. Das musste ich erst einmal verarbeiten. Er war doch immer noch mein Vater.

6.Kapitel

Emily

Die Polizisten waren sehr schnell wieder weg. Sie hatten mir noch einen Brief übergeben, indem die Gerichtstermine drinstanden und baten darum, dass ich doch vorher noch die Aussage machen sollte.

Jetzt saß ich in meinem Zimmer und dachte darüber nach. Leise klopfte es.

„Ja?" Die Tür ging auf und Zyan kam rein.

„Du bist schon sehr lange hier oben. Ich wollte nachschauen, ob bei dir alles in Ordnung ist." Er setzte sich neben mich auf das Bett.

„Ja irgendwie schon. Ich denke nur darüber nach was ich machen soll." Ich stand auf und legte den Brief weg.

„Also, wenn du meine Meinung hören willst, du solltest Aussagen. Wegen dem Einbruch bekommt er im Höchstfall ein Jahr oder direkt nur eine Geldstrafe.

Mit deiner Aussage geht er auf jeden Fall für längere Zeit in den Knast." Ich schaute Zyan an.

„Aber eigentlich will ich ja gar nicht, dass er in den Knast geht." Zyan sprang auf und kam auf mich zu.

„Bist du bescheuert Emily? Wenn er jetzt wieder auf freien Fuß kommt, wird er dir erstrecht weh tun da er genau weiß, dass er den Einbruch nicht begangen hat und er wird dir dafür die Schuld geben.

Er wird dich suchen und wer weiß was mit dir machen. Bitte Emily, mach diese Aussage. Ich will nicht die ganze Zeit in Angst um dich leben." Besorgnis war in seinen Augen zu lesen. Ich raufte mir die Haare wie automatisch ging der Blick von Zyan wieder auf meinen Hals.

Ich schaute ihn verwirrt an und lief dann ins Bad. Als ich in den Spiegel sah, keuchte ich erschrocken auf.

Phoenix hatte mir einen dicken Knutschfleck verpasst aber warum reagierte Zyan da so drauf? Ich lief zurück in mein Zimmer, wo Zyan wieder auf dem Bett saß und sein Gesicht in seine Hände vergraben hatte.

Er sah niedergeschlagen aus.

„Zyan?" Er schaute hoch. Aus seinem Blick konnte ich nichts herauslesen.

„Bitte denk noch einmal darüber nach." Mit diesen Worten ging er wieder raus. Was war das denn bitte? Ich seufzte und schmiss mich auf mein Bett. Warum musste eigentlich immer alles so kompliziert sein?

„Emily?" Ich schaute hoch. Stella stand in der Tür.

„Komm rein." Schnell versteckte ich den Fleck mit meinen Haaren. Stella kam rein und setzte sich zu mir aufs Bett.

„Wo warst du eigentlich die Nacht über?", fragte ich Stella. Sie stöhnte auf und schmiss sich nach hinten.

„Ich habe bei Adriel geschlafen.", sagte sie trocken. Ich musste grinsen.

„Bei oder mit?", fragte ich sie grinsend.

„Mit." Ich lachte und bekam dafür einen bösen Blick von ihr.

„Warum lachst du? Ich habe es genossen."

„Danach siehst du aber nicht wirklich aus." Stella seufzte erneut und setzte sich wieder auf.

„Ach es war komisch. Nicht währenddessen, nein das war gut, richtig gut. Aber danach. Als wäre ich gar nicht mehr da, so hat er mich behandelt." Ich hob meine Hände.

„Erspare mir die Details." Jetzt lachte Stella und fuhr dann fort mit dem erzählen.

„Es fehlte ein wenig Gefühl. Er war besoffen und ich glaube er kann sich noch nicht mal richtig daran erinnern. Ich habe mich heute sogar aus dem Zimmer geschlichen und als ich von der Toilette wiederkam und wir uns im Flur begegnet sind, hat er mich nicht darauf angesprochen."

„Ach so deswegen seid ihr zusammen runter." Stella nickte. Ich legte eine Hand auf ihre Schulter.

„Glaub mir eins Stella. Wenn ich eins weiß, dann dass er dich darauf nie ansprechen wird. Er ist ein Player."

„Dann ist ja gut, dass ich auch nur auf einen One-Night-Stand aus war und dann war dieser noch so gut.

Jeder der sagt, er ist gut, untertreibt. Er ist ein Gott im Bett und dann noch dieser Körper.", schmachtete Stella und ich musste mir ein Lachen verkneifen.

„Aber ich glaube er ist nicht so gut wie Phoenix." Sofort hielt ich mir meinen Mund zu, aber Stella hatte natürlich etwas mitbekommen.

„Was redest du da? Emily Summer habe ich etwa was verpasst?" Ihr Grinsen wurde immer breiter. Ich schüttelte ganz schnell meinen Kopf.

„Nein du hast nichts verpasst und du wirst auch nichts aus mir rauskriegen." Ich stand auf und flüchtete. Doch Stella war niemand, der so schnell aufgab. Sie lief mir hinterher.

„Emily jetzt sag, oder ich muss es aus dir raus prügeln!", rief sie hinter mir, aber ich dachte nicht daran stehen zu bleiben. Ich lief ins Wohnzimmer, wo die Jungs vorm Fernseher saßen.

Ich lief um den Tisch, doch auf der anderen Seite stand schon Stella.

Wenn sie mich in die Finger bekam, war es vorbei. Sie kannte meine Schwachstelle. Ich war sehr kitzelig. Die Jungs beobachteten uns verstört.

„Emily du machst es nur noch schlimmer. Also bleib stehen."

„Und ich habe gesagt, dass ich es dir nicht sagen werde." Wir mussten bei dieser Verfolgungsjagd lachen, doch als Stella auf einmal Gas gab, hatte ich nichts mehr zu lachen.

Wir jagten uns durch das Haus, bis wir wieder ins Wohnzimmer liefen. Dort rannte ich sofort in die Arme von Phoenix und wurde von ihm festgehalten.

„Was ist denn bei euch beiden schiefgelaufen?" Er musterte uns belustigt. Stella stand vor uns und ich schaute zu ihm hoch.

„Nichts. Ich will das Emily redet.", sagte Stella und stemme ihre Arme in die Hüfte. Phoenix schaute mich an und verstand wohl sofort was gemeint war.

„Ich wüsste aber auch nicht, was es da zu erzählen gibt. Doch jetzt lasst uns entspannen und klärt es ein anderes Mal." Mit diesen Worten zog Phoenix mich Richtung Sofa und setzte sich mit mir hin. Stella folgte uns misstrauisch.

An ihrem Blick sah ich, dass es noch lange nicht vorbei war.

Der restliche Sonntag verging an der Playstation und da ich durch die Partynacht müde war, ging ich auch sehr früh schlafen.

Auch die ersten Tage der Woche vergingen ereignislos. Das einzige Interessante war, dass man am Samstag eine Leiche gefunden hatte. Ein Mord, nicht weit weg von unserem Haus. Bisher hatte man aber keine genauen Details.

Nach längerem Diskutieren mit Phoenix und Zyan hatte ich auch zugestimmt gegen meinen Vater auszusagen.

Die beiden waren sehr erleichtert darüber.

Da am Donnerstag schon der Gerichtstermin war, wollte Phoenix mich heute zur Polizei fahren.

Wir standen in der Einfahrt und waren wie immer am Streiten.

Das hatte sich in der letzten Zeit nicht wirklich geändert. Es war fast so, als hätte es unsere Nacht nie gegeben.

„Engel, jetzt steig endlich auf, oder ich binde dich drauf fest."

„Ich werde nicht mit dir auf diesem Motorrad fahren, das ist viel zu gefährlich." Ich verschränkte die Arme, um meinen Standpunkt klar zu machen. Phoenix verdrehte genervt die Augen und kam auf mich zu.

„Ich mache meine Drohung war und so wie du hier geradestehst, machst du mich auch noch richtig an.", sagte er an meinem Ohr. Das war der einzige Punkt, der sich zwischen uns verändert hatte. Er reizte mich gerne da er wusste wie ich darauf reagierte.

Sofort wurde ich rot konnte aber auch nichts darauf erwidern, da er mich plötzlich hochhob.

128

„Phoenix!" Ich schlug auf seinen Rücken, aber das schien ihn überhaupt nicht zu stören. Er setzte mich auf seiner Maschine ab und drückte einen Helm auf meinen Kopf, dann setzte er sich auch drauf.

„Ich hatte dich gewarnt." Er grinste mich an, setzte seinen Helm auf und fuhr los. Automatisch schlang ich meine Arme um seinen Bauch. Ich spürte wie er lachte. Das würde er wiederbekommen.

Nach einer halben Stunde Fahrt waren wir in der Stadt am Polizeirevier. Er stellte seine Maschine ab und wir gingen rein. Wir liefen auf den Empfang zu. Die Polizistin dahinter lächelte mich fröhlich an.

„Guten Tag, ich bin Emily Summer. Ich will eine Aussage machen."

„Okay folgen Sie mir." Die Polizistin, führte mich in einen Raum.

„Sie müssen leider draußen warten.", sagte sie zu Phoenix. Ich zeigte ihm kurz, dass es okay wäre und ging dann in den Raum.

„Ich hole kurz meine Kollegen." Ich nickte und sie verschwand. Zwei Minuten später standen die Polizisten von Sonntag im Raum.

„Emily Summer. Ich freue mich, dass Sie sich dafür entschieden haben.", sagte Kommissar Frey und schüttelte meine Hand. Smith lächelte mich nur kurz freundlich an.

„Wir können uns doch mit Sicherheit duzen?" Ich nickte.

„Okay, dann setz dich doch hin. Wir werden dir ein paar Fragen stellen, die du uns einfach nur beantworten musst.", erklärte Kommissar Frey, als wir uns hingesetzt hatten.

„Douglas Summer ist dein Vater, richtig?"

„Ja richtig." Frey führte die Fragen. Smith hörte nur interessiert zu.

„Deine Mutter, Jasmin Summer ist weggegangen, als du noch klein warst, richtig?"

„Ja." Die Erinnerungen kamen wieder hoch, ich unterdrückte sie aber.

„Okay. Wie war dein Verhältnis zu deinem Vater, in der Zeit bis heute?"

„Also am Anfang war es ganz normal. Wir haben beide um Mutter getrauert, bis er mit dem Alkohol anfing.

Er trank viel und zwang mich zum Haushalt, egal wie spät es war. Er verlor seinen Job und ich musste das Geld einbringen. Ich hatte Glück ein Stipendium zu bekommen, sonst hätte ich nie zur Uni gehen können.

Irgendwann hatte ich das Gefühl, dass er mir die Schuld gab. Es wurde immer schlimmer. Ich bekam weniger Schlaf, bis es dann damit endete, dass wir uns immer mehr stritten und das endete damit, dass er mich geschlagen hat." Frey schrieb sich alles auf einen Zettel.

„Du bist also von deinem Vater geschlagen worden?", fragte er noch mal nach.

„Ja, aber nur einmal. Das war auch das erste Mal. Einen Tag später wurde er dann festgenommen."

Auch wenn ich wusste was er getan hatte, verteidige ich ihn immer noch. Er war immerhin mein Vater.

Aber hat dich geschlagen und wird es auch ein weiteres Mal tun, sagte meine innere Stimme und mein Verstand gab ihr recht. Nur mein Herz schmerzte bei diesen Gedanken.

„Emily?" Kommissar Frey riss mich aus meinen Gedanken.

„Tut mir leid." Er lächelte mich aufmunternd an.

„Schon gut. Ich hatte dich gefragt, ob es sonst noch irgendwelche Vorfälle gab. Uns kannst du es sagen."

„Nein. Es gab keine anderen Vorfälle. Haben Sie sonst noch Fragen?" Die beiden schauten sich an, dann schaute Kommissar Frey wieder zu mir.

„Nein. Das wird reichen, um ihn auch wegen Häuslicher Gewalt festzunehmen. Immerhin hat er deutlich gezeigt, dass er zu sowas noch einmal fähig wäre.

Er hat bei seiner Festnahme zwei Polizisten verprügelt. Er ist sehr Gewaltbereit. Wir sehen uns dann morgen bei Gericht. Du kannst gehen. Danke, dass du uns alle Fragen beantwortet hast."

Ich nickte und stand auf.

Ich verabschiedete mich und verließ den Raum.

Phoenix lehnte an der gegenüberliegenden Wand und hatte wohl dort gewartet.

„Du hättest nicht hier drin warten müssen." Er zuckte mit den Schultern und sagte nichts dazu.

Zusammen verließen wir das Revier.

„Stellst du dich wieder so an?", fragte Phoenix, als ich vor seiner Maschine stehen blieb. Ich überlegte kurz, entschied mich dann aber doch dagegen und setzte mich drauf.

„Braves Mädchen.", sagte er grinsend und setzte sich vor mich. Ich schlug ihm nur einmal auf den Rücken, wodurch wir beide lachen mussten. Wir setzten die Helme auf und Phoenix fuhr los. Ich umschlang seinen Bauch und unbewusst kuschelte ich mich an ihn.

Da jetzt die Stadt voller war, brauchten wir etwas länger, bis wir zuhause waren. Als wir ein fremdes Auto in der Einfahrt sahen, schauten wir uns verwirrt an.

„Hat deine Mutter heute noch Besuch?" Phoenix schüttelte den Kopf.

„Nicht das ich wüsste." Er packte die Helme weg und zusammen gingen wir rein.

„Phoenix, Emily? Seid ihr das?", kam es von Kate aus der Küche.

„Ja Mutter!", antwortete Phoenix.

„Ah schön. Emily, würdest du mal bitte zu mir kommen?" Ich schaute verwirrt zu Phoenix. Dieser zuckte nur mit den Schultern und ging in Richtung Wohnzimmer. Ich machte mich auf den Weg in Richtung Küche.

Als ich reinkam, saß Kate mit einer anderen Frau an der Theke. Die andere Frau hatte mir den Rücken zu gedreht.

„Ah Emily, da bist du ja.", begrüßte mich Kate. Dabei drehte sich die andere Frau um und ich wäre am liebsten schreiend davongerannt.

„Hallo meine Kleine." Mein Mund stand offen. Kate zwinkerte mir kurz zu und verließ dann die Küche um mich mit meiner Mutter allein zu lassen.

„Was tust du hier?" Meine Stimme triefte vor Abscheu. Jasmin stand auf und wollte auf mich zu kommen, entschied sich am Ende aber doch dagegen. Zu ihrem Glück.

„Ich habe in den Nachrichten davon gehört, dass dein Vater festgenommen wurde. Ich wollte sehen wie es dir geht und dich zu mir holen." Ich konnte es nicht fassen.

„Dafür kommst du ein paar Jahre zu spät. Du hättest mich schon viel früher holen können, aber nein, du bist abgehauen und hast ein dreijähriges Kind mit seinem Vater allein gelassen.

Du hast dich nie bei uns gemeldet und daran ist Vater kaputt gegangen." Jasmin lachte spöttisch.

„Da irrst du dich. Dein Vater war schon immer so, er hat es vor dir nur versteckt. Du warst ihm das Heiligste auf der Welt.

Mich hingegen hat er wie Dreck behandelt. Er hat mich geschlagen und gedemütigt, bis ich daran zerbrochen war. Deswegen sah ich auch keinen anderen Weg mehr, als abzuhauen.

Ich wollte dich ja holen, aber dein Vater ist mit dir weggezogen und ich habe es körperlich nicht geschafft euch zu folgen.

Ich habe mir eingeredet, dass er dich nicht so behandelten wird, aber das war ja anscheinend falsch."

„Da hast du recht, dass war es. Er hat mir immer wieder die Schuld dafür gegeben, dass du abgehauen bist." Jasmin schlug die Hände über den Kopf.

„Es tut mir so leid Emily. Ich hätte dich holen sollen, herausfinden sollen wo du wohnst. Ich hätte nie damit gerechnet, dass wir wieder in die gleiche Stadt ziehen.

Alles was dir passiert ist, ist meine Schuld, doch jetzt bin ich hier und möchte, dass du mit mir kommst." In dem Moment wurde mir alle zu viel. Mein Vater, der im Gefängnis saß, meine Mutter, die nach vielen Jahren wiederauftauchte und denkt, ich würde sofort mit ihr gehen.

Mein Körper reagierte darauf und mir wurde schwindelig. Sofort spürte ich zwei starke Arme, die mich hielten.

„Emily es ist alles gut. Komm setz dich hin." Es war Phoenix. Er führte mich zur Theke und dort setzte ich mich auf den Barhocker.

Phoenix blieb vorsichtshalber hinter mir stehen. Jasmin schaute mich geschockt an. Sie war sichtlich überfordert.

„Jasmin ich werde nicht mit dir gehen. Dazu bin ich nicht bereit. Du warst jahrelang weg und verlangst jetzt sofort, dass ich mit dir gehe. Du musst mir Zeit geben, dann kann man darüber reden." Sie schaute bedrückt auf den Boden und nickte.

134

Ich wollte wieder aufstehen und hatte sofort Phoenix hinter mir stehen.

Ich sah Jasmin noch einmal an und ging nach oben in mein Zimmer. Phoenix folgte mir.

„Du solltest mit ihr gehen." Irritiert schaute ich ihn an.

„Du stehst auf ihrer Seite?"

„Ich stehe auf gar keiner Seite, aber du solltest ihr zumindest die Chance geben, sich zu erklären. Nur für heute. Morgen würde ich dich dann abholen und wir fahren gemeinsam zum Gericht, dann kannst du immer noch entscheiden, ob du deine Mutter abblocken willst.

Ich kann dich verstehen Emily, aber das ist Vergangenheit. Hör dir ihre Seite der Geschichte an, bevor du urteilst." Ich schaute Phoenix lange an, bis ich dann seufzte. Eine Nacht würde ich ja wohl überleben.

„In Ordnung. Du kannst ihr Bescheid sagen, ich packe mir noch kurz ein paar Klamotten zusammen." Phoenix nickte und ging nach unten. Ich packte mir die Tasche und stellte sie im Flur ab. Die Sachen für die Uni brauchte ich nicht, da ich wegen des Gerichtstermins nicht gehen würde. Ich atmete noch einmal tief durch und ging dann raus.

Als ich meine Tasche nicht fand, guckte ich mich verwirrt um und sah dann, wie Phoenix mit meiner Tasche aus seinem Zimmer kam.

„Was hast du damit gemacht?" Er grinste schief.

„Da wirst du schon sehen und jetzt lass uns runter gehen. Deine Mutter wartet." Ich nickte und gemeinsam gingen wir runter. Jasmin unterhielt sich gerade mit Kate. Als sie uns sahen, lächelten beide mich an.

„Okay dann können wir ja los." Jasmin nahm sich meine Tasche und ging aus der Tür. Ich verabschiedete mich kurz und folgte ihr dann. Wir setzten uns ins Auto und fuhren los. Nach kurzer Zeit war ich eingeschlafen.

· · ·

„Ihr werdet euch schon wiederfinden Schatz. Du hast sie seit über zehn Jahren nicht gesehen. Mach dir nicht so viele Vorwürfe."

„Aber ich mache mir so viele Vorwürfe. Ich hätte sie damals mitnehmen sollen und nicht bei meinem kranken Ex lassen sollen. Ich war so egoistisch. Sie wird mir das nie verzeihen." Diese Stimme erkannte ich sofort, es war die von Jasmin.

„Sag so etwas nicht mein Schatz. Die Zeit wird es regeln." Dann hörte ich eine Tür. Anscheinend waren sie rausgegangen.

Also öffnete ich langsam die Augen. Ich musste bei der Fahrt wohl eingeschlafen sein und sie haben mich nicht mehr wach bekommen.

Ich lag in einem großen Bett, was mit Satin Bettwäsche bezogen war. Ich suchte nach meinem

Handy, fand es aber nicht. Auch meine Tasche stand nicht mit in diesem Zimmer. Wo könnten die Sachen nur sein?

Plötzlich ging die Tür wieder auf. Erschrocken drehte ich mich dahin und schaute einem fremden Jungen in die Augen. Auch er war erschrocken.

„Dad!!!" Rief er auf einmal laut, sodass ich zusammenzuckte. Man hörte laute Schritte und dann standen zwei weitere Personen im Raum. Jasmin und ein Mann.

Hatte sie etwa einen neuen Freund?

„Was macht dieses Mädchen in meinem Bett?!" Jasmin sah zu mir.

„Du hast mir einen ganz schönen Schrecken eingejagt. Du hast einen sehr festen Schlaf.", sagte Jasmin, kam auf mich zu und zog mich in eine Umarmung. Die Frage des Jungen wurde ignoriert.

„Dann ist ja alles gut, oder nicht Schatz?"

„Schatz?" Verwirrt schaute ich den Mann an. Der Junge verließ schnaubend das Zimmer.

Jasmin und der Mann schauten sich verlegend an.

„Emily das ist Steve. Wir sind seit acht Jahren verheiratet." Ich schluckte. Meine Mutter hatte also nochmal geheiratet.

„Wir wissen, dass du das noch alles verarbeiten musst und dafür hast du alle Zeit der Welt.

Es gibt gleich Essen und ich würde mich freuen, wenn du mit uns essen würdest. Aber du musst nicht." Jasmin lächelte mich an. Steve verließ den Raum.

„Es ist halt einfach alles sehr schwierig für mich. Wie kommt es, dass du wusstest wo ich bin?" Sie seufzte.

„Ich kenne Kate von der Arbeit. Sie hatte einmal mitbekommen, wie ich mich über deinen Vater aufgeregt hatte und dass ich mir Sorgen um dich machte. Da hat sie alle Puzzleteile zusammengesetzt und hat mich dann zu sich eingeladen." Ja so hatte ich Kate kennengelernt. Sie wollte immer jedem helfen.

„Okay. Dann werde ich zum Essen kommen." Jasmins Augen fingen an zu strahlen.

„Das freut mich." Sie stand vom Bett auf und wartete an der Tür auf mich. Langsam stand auch ich auf und folgte ihr dann.

Das Haus war groß, aber nicht so groß wie das Haus von Phoenix.

Wir gingen eine Treppe runter. Unten erstreckte sich ein langer Flur. Am Ende des Flurs war ein Torbogen, von dort konnte man schon den Esstisch sehen.

Lautes Stimmengewirr kam aus diesem Raum. Jasmin neben mir verdrehte nur die Augen.

„Dann wollen wir dir auch gleich mal die Chaoten vorstellen.", sagte sie und wir gingen ins Esszimmer.

Sofort war es still und zwei neugierige Blicke lagen auf mir. Nur der eine war auch ein wenig genervt und Abscheu konnte ich auch in seinen Augen sehen. Das war der, der vorhin auch so ins Zimmer reingeplatzt war.

„Luca, Samuel. Das ist Emily, meine Tochter. E-mily, das sind Samuel und Luca. Die Söhne von Steve und somit deine Stiefbrüder." Der Kleinere von beiden kam auf mich zu und zog mich auf einmal in eine feste Umarmung.

„Ich habe mir schon immer eine kleine Schwester gewünscht." Ich war überrumpelt und bevor ich die Umarmung erwidern konnte, ließ er mich auch schon wieder los.

Er strahlte mich von einem Ohr bis zum anderen Ohr an.

Der Größere, Samuel, rührte sich nicht vom Fleck. Er konnte mich anscheinend nicht leiden. Gut, dass dies auf Gegenseitigkeit beruhte.

„Das ist ja schon einmal gut gelaufen. Lasst uns essen." Jasmin klatschte in den Händen und wir setzten uns an den Tisch. Steve kam nach ein paar Minuten mit dem Essen rein. Das Abendessen verging ruhig. Es wurden nur Blicke getauscht und wenig geredet.

„Ähm Jasmin wo ist eigentlich mein Handy?" Ich konnte einfach noch nicht Mum sagen. Dafür waren die Wunden noch zu frisch.

Jasmin schluckte ihren Bissen runter.

„Das ist rausgefallen, als wir dich aus dem Auto getragen haben. Wir haben es in deine Tasche gepackt. Ich bringe sie dir gleich." Ich nickte.

„Wo soll sie eigentlich schlafen?", fragte Samuel auf einmal. Ich war anscheinend in seinem Zimmer aufgewacht und jetzt hatte er Angst, dass ich es besetzten würde. Jasmin und Steve schauten sich an.

„Sie wird in deinem Zimmer schlafen und du bei deinem Bruder.", sagte Steve. Samuel knallte das Besteck auf den Tisch.

„Das könnt ihr schön vergessen!" Damit stand er auf und ging nach oben. Eine Tür knallte. Jasmin seufzte.

„Sie kann in meinem Zimmer schlafen.", schlug Luca sofort vor.

„Nein schon gut. Ich werde das Gästezimmer noch schnell aufräumen." Wir aßen zu Ende, dann verschwand Steve durch eine Tür und Jasmin ging nach oben.

Luca packte meine Hand und zog mich auch nach oben.

„Komm wir gehen in mein Zimmer bis Jasmin fertig ist." In seinem Zimmer angekommen, ließ er mich dann los.

„Willkommen in meinem Reich. Und allgemein, willkommen in der Familie." Ich lachte sarkastisch und ließ mich auf sein Bett fallen. Luca war verwirrt.

„Nicht glücklich darüber?" Er setzte sich neben mich.

„Es ist nicht wegen dir oder sonst jemanden, aber ich habe meine Mutter seit Jahren nicht mehr gesehen und mein Vater steht morgen vor Gericht. Es ist gerade alles etwas kompliziert." Luca nickte verständnisvoll.

„Okay, kann ich verstehen." Dann kam Jasmin ins Zimmer.

„Nebenan ist jetzt alles fertig. Deine Tasche habe ich dir auf das Bett gestellt." Ich nickte und ging nach nebenan.

In der Tasche kramte ich sofort nach meinem Handy, was ich dann auch fand. Als ich die Tasche wieder zu machen wollte, fiel mir ein Shirt auf, mit einem Zettel dran.

Es war ein Shirt von Phoenix. Das musste er mit meiner Tasche gemacht haben. Ich las mir die Nachricht durch.

<Ruf an, wenn du Zeit hast.> Das war eindeutig seine Schrift. Sofort suchte ich nach seiner Nummer und wählte sie.

„Engel, dir geht es gut. Ich hatte mir Sorgen gemacht, als du fast umgekippt bist."

„Und trotzdem hast du mich hierhin geschickt." Stille. Ich konnte mir schon bildlich vorstellen, wie er sich jetzt durch die Haare fuhr.

„Ich wollte einfach, dass du mit deiner Mutter sprichst, bevor du sie wegstößt." Ich lachte.

„Ja danke. Lange halte ich das hier auf jeden Fall nicht aus. Sie hat wieder geheiratet und dadurch habe ich zwei Stiefbrüder und einer kann mich nicht leiden." Jetzt lachte Phoenix.

„Er hat eine Macke, wenn er dich nicht leiden kann. Dich kann man nur mögen."

„Du magst mich doch auch nicht besonders." Er fing an zu stottern und hatte wohl überhaupt keine

Ahnung, was er zu mir sagen sollte. Ich musste lachen.

„Ist ja auch egal. Ich hole dich morgen um neun Uhr ab. Wir müssen ja um zehn beim Gericht sein."

„Ja okay, dann bis morgen."

„Ja bis Morgen und gute Nacht Engel. Träum von mir." Er legte auf und ich schüttelte grinsend meinen Kopf. Sowas kann ja auch nur von Phoenix kommen, oder seinem Bruder.

Ich wollte meine Schlafklamotten aus der Tasche nehmen, aber sie waren nicht mehr da. Also hatte Phoenix die Sachen ausgepackt und dafür sein Shirt reingepackt. Was für ein Idiot.

Ich nahm das Shirt und machte mich auf die Suche nach dem Badezimmer. Es war direkt zwei Türen vom Gästezimmer entfernt.

Ich ging rein und zog mich um, als ich gerade das Shirt runterzog, ging die Tür plötzlich auf. Vor Schreck schrie ich kurz auf.

„Verdammt scheiße musst du mich so erschrecken?!" In der Tür stand Samuel.

„Warum schließt du denn auch nicht ab?" fragte er nur gehässig und ließ dabei seinen Blick auffällig über meinen Körper wandern.

Das Shirt von Phoenix ging mir bis zur Mitte meiner Oberschenkel und trotzdem fühlte ich mich unter seinem Blick nackt.

„Ich habe nicht dran gedacht, wollte aber sowieso gerade rausgehen." Ich wollte an ihm vorbei gehen, doch er hielt mich noch einmal auf.

142

„Ob dein Freund es gutheißen würde, dass du hier so halbnackt rumläufst?"

„Ich habe keinen Freund." Samuel grinste.

„Umso besser, aber wieso trägst du dann ein Männershirt?" Er kam mir immer näher und ich wich zurück.

„Das geht dich nichts an. Lass mich einfach in Ruhe." Ich schubste ihn weg und ging zurück ins Zimmer. Was für ein Arsch.

Genervt legte ich mich ins Bett und beschloss auf meinem Handy noch ein bisschen zu lesen. Irgendwann schlief ich dann auch ein.

7.Kapitel

Emily

Heute war die Gerichtsverhandlung. Mit diesem Gedanken wurde ich am Morgen sehr früh wach und konnte auch nicht mehr einschlafen.
Ich nahm mir frische Klamotten und ging ins Bad.
Dieses Mal schloss ich auch ab.
Nachdem ich mich umgezogen hatte und die übliche Morgenroutine fertig war, ging ich mit meiner Tasche nach unten. Im Esszimmer saßen schon Jasmin und Luca.
„Guten Morgen." Die beiden schauten hoch.
„Guten Morgen Emily.", sagte Jasmin und Luca lächelte mich einfach nur an.
„Frühstück steht in der Küche. Du kannst dich einfach bedienen." Ich nickte und stellte meine Tasche an der Tür ab, dann ging ich in die Küche.

Dort standen auf einem Teller jede Menge Pfannkuchen. Ich nahm mir zwei und setzte mich dann
zu den anderen beiden an den Tisch.

„Konntest du gut schlafen?", versuchte Jasmin
eine Konversation aufzubauen.

„Es ging. Die Gedanken an heute haben mir nicht
allzu gute Träume beschert."

„Deswegen bist du auch schon so früh wach. Ich
hatte mich schon gewundert, da du ja heute nicht
zur Uni gehst.", sagte Jasmin und ich nickte.

„Hey du Schlafmütze du hast es ja auch endlich
geschafft.", trällerte Luca plötzlich und ich
konnte mir schon denken, wen er meinte.

„Halt mal die Luft an. Ich muss heute sowieso
erst später los. Mein Chef braucht mich erst in
zwei Stunden." Samuel ging also schon arbeiten.
Jasmin klatschte in die Hände und erschreckte
mich damit kurz.

„Dann kannst du ja Emily wegbringen." Panisch
schaute ich zu Jasmin.

„Schon gut Jasmin. Ich werde abgeholt." Ich sah
wie Samuel erleichtert ausatmete. Doch auch ich
war sehr froh darüber, dass Phoenix mich abhol-
ten wollte.

„Oh okay. Ja dann vergiss was ich gesagt habe
Sam." Er verdrehte die Augen und ging in die Küche.

„Okay ich muss jetzt los. Ich hoffe wir sehen uns
bald wieder." Luca umarmte mich noch einmal,
hervor er aus der Tür stürmte.

„Wann lernt er endlich mal das Haus pünktlich zu verlassen?", sagte Jasmin mehr zu sich selbst. Ich musste über den Kommentar grinsen. Jasmin und ich fingen an uns zu unterhalten.

Unteranderem redeten wir viel über meinen Vater und ich hätte nie gedacht, dass er so ein Schwein sein konnte. Doch wer weiß, vielleicht brachte genau das mich und meine Mutter wieder näher.

Es klingelte und Jasmin stand auf. Da ich mir denken konnte wer es war, lief ich ihr hinterher und es stand tatsächlich Phoenix vor der Tür.

„Du bist Phoenix Black, richtig?" Er nickte und reichte meiner Mutter die Hand.

„Ich bin hier, um Emily abzuholen. Wir fahren gemeinsam zum Gericht."

„Gehst du nicht auch studieren?" Jasmin sah ihn misstrauisch an. Was sollte das werden?

„Nein heute gehe ich nicht zur Uni. Eine Freundin braucht Unterstützung und da kann man auch mal einen Tag ausfallen lassen." Bei dem Wort eine Freundin, durchfuhr mich ein kleiner Stich. Aber ich beachtete ihn nicht weiter.

„Ah. Es ist schön zu wissen, dass meine Tochter jemanden hat, auf den sie zählen kann." Jasmin drehte sich zu mir.

„Es war schön so viel mit dir zu reden und dich wiederzusehen. Ich hoffe wir können von vorne anfangen und uns langsam wieder annähern." Ich zog sie in meine Arme. Das war wohl Antwort genug für sie. Nach kurzer Zeit lösten wir uns wieder und ich ging mit Phoenix raus.

Zu meinem Bedauern war er mit seinem Motorrad gekommen.

„Du siehst ja sehr begeistert aus. Muss ich wieder mit Sturheit kämpfen?", fragte er mich und schmunzelte. Ich seufzte.

„Nein. Bringt ja sowie so nichts." Phoenix lachte.

„Das mal aus deinem Mund zu hören hätte ich nicht gedacht." Ich streckte ihm die Zunge raus.

Er schüttelte nur grinsend den Kopf. Doch plötzlich versteifte er sich und fixierte einen Punkt hinter mir.

Auch das Grinsen verschwand aus seinem Gesicht.

Ich drehte mich verwirrt um und entdeckte Samuel an der Tür.

„Ach das ist nur mein Bruder. Lass uns fahren." Ich wollte ihn zum Motorrad ziehen, aber er blieb wie angewurzelt stehen, packte meine Arme und schaute mich an.

„Dein Bruder?" fragte er mit einem komischen Unterton.

„Ja mein Stiefbruder. Der, der mich nicht leiden kann." Dieser musste gerade auf uns zu kommen. Ich seufzte und drehte mich zu ihm.

„Ist noch irgendwas?", fragte ich ihn genervt.

„Das ist also dein Freund?", fragte Samuel und musterte Phoenix mit einem Grinsen. Ich bekam das Gefühl, dass die beiden sich kannten.

„Er ist nicht mein Freund." Samuels Grinsen verschwand nicht und er schaute weiter zu Phoenix.

„Ja wer's glaubt. Ich wollte dir nur das geben, dass hast du wohl in meinem Zimmer vergessen." Er gab mir meine Jacke, drehe sich wieder um und ging rein, ohne nochmal etwas zu sagen. Phoenix packte mich auf einmal an den Armen und drehte mich zu sich.

„Was hattest du in seinem Zimmer zu suchen?", fragte er mich wütend.

Warum war er denn jetzt so wütend? Allgemein verhielt sich Phoenix gerade merkwürdiger als sonst.

„Dort hat mich Jasmin hingebracht, da ich im Auto auf dem Weg nach hier eingeschlafen war und das Gästezimmer nicht aufgeräumt war.

Also beruhig dich und lass uns fahren." Phoenix ließ mich los und ging zum Glück nicht weiter darauf ein.

Er fuhr sich durch die Haare, was sehr heiß aussah und nickte. Schnell schüttle ich meinen Kopf. Was hatte ich da nur für Gedanken.

Warum dachte ich nur daran, wie heiß er war? Wir waren zum Glück noch früh genug da. In der Eingangshalle des Gerichtsgebäudes wurde wir von Kommissar Frey erwartet.

„Emily. Gut, dass du es geschafft hast." Er schüttelte mir die Hand und wandte sich dann zu Phoenix.

„Und Sie sind?"

„Ich bin Phoenix Black und als Verstärkung dabei. Bei uns wohnt sie zurzeit." Kommissar Frey schüttelte die Hand von Phoenix.

148

„Es ist schön Sie kennenzulernen. Ich bin Kommissar Frey. Dann folgt mir doch bitte." Wir liefen eine große Treppe hoch und dort einen langen Flur entlang, bis wir am Gerichtssaal 5 hielten. Dort drehte sich Kommissar Frey noch mal zu mir um, um mir alles zu erklären.

„Also, wenn ich dich aufrufe, kommst du in den Zeugenstand und beantwortest meine Fragen und die des Verteidigers, wenn er welche hat.

Von mir werden es die gleichen Fragen sein, wie gestern. Lass dich einfach nicht unterkriegen und bleib stark." Er drückte meine Schulter und ich nickte, dann gingen wir rein.

Phoenix und ich setzten uns in die letzte Reihe. Kommissar Frey ging nach vorne. Dabei entdeckte ich auch meinen Vater.

Ein schlechtes Gewissen machte sich breit, aber auch die Worte von Jasmin kamen mir wieder ins Gedächtnis.

Er hatte auch sie damals geschlagen und gedemütigt und das ließ mich wütend werden. Ich wollte es zwar am Anfang nicht glauben, aber immer mehr Details deuteten daraufhin.

„Er hat es nicht anders verdient Em." Ich schaute zu Phoenix. Er hatte anscheint meine Unruhe bemerkt.

„Ich weiß Phoenix. Es ist nur so schwer das zu akzeptieren." Er schaute mich mitfühlend an.

„Ich weiß. Doch du wirst es schaffen, das weiß ich." Ich lächelte Phoenix an. Wer hätte gedacht, dass er so gefühlvoll sein konnte. Phoenix nahm

149

meine Hand in seine und wir schauten beide nach vorne.

Als der Richter reinkam, standen alle auf. Der Richter erklärte das Gerichtsverfahren für eröffnet und es fing an.

„Mr. Heal bitte." Die Hand von Phoenix verkrampfte sich auf einmal und drückte meine fest. Was war denn jetzt schon wieder los mit ihm? So langsam tat es auch weh.

„Phoenix du zerquetscht meine Hand." Sofort schaute er mich verwirrt an, ließ aber wieder locker.

„Tut mir leid." Komisch. Ich beschloss ihn nachher danach zu fragen und konzentrierte mich erst mal wieder auf das Geschehen vorne.

Nach einer halben Stunde war es dann soweit und ich musste meine Aussage machen.

„Ich rufe jetzt Emily Summer in den Zeugenstand.", sagte Kommissar Frey und ich stand nervös auf. Phoenix drückte noch einmal meine Hand und lächelte mich aufmunternd an. Ich erwiderte sein Lächeln kurz und lief dann mit nassgeschwitzten Händen nach vorne.

Als ich kurz zu meinem Vater schaute, war ihm der Schock ins Gesicht geschrieben. Er hatte wohl nicht damit gerechnet, dass ich gegen ihn aussagen würde.

Ich setzte mich in den Zeugenstand, leistete den Eid und wartete auf die erste Frage von Kommissar Frey. Und er stellte tatsächlich die gleichen Fragen wie gestern im Revier.

„Schön. Ich habe keine weiteren Fragen mehr." Frey lächelte mich aufmunternd an. Dann drehte er sich zum Tisch meines Vaters.

„Verteidigung, haben Sie noch Fragen an die Zeugin?" Dieser Mr. Heal betrachtete mich.

„Nein, keine weiteren Fragen." Unbemerkt atmete ich erleichtert aus.

„Gut. Mrs. Summer. Sie sind entlassen." Ich stand auf und ging wieder zu Phoenix.

„Wollen wir kurz frische Luft schnappen?", fragte dieser sofort und ich nickte.

Wir gingen nach draußen. Die frische Luft tat gut und ich atmete einmal tief ein. Jetzt war auch die beste Gelegenheit zu fragen, warum er vorhin so komisch war.

„Phoenix. Warum hast du vorhin auf einmal meine Hand so gedrückt?" Er schaute mich an und schien zu überlegen.

„Ist nicht so wichtig." Er wollte es mir nicht sagen, dabei dachte ich, er würde mir langsam vertrauen.

Ich wollte nicht weiter nachfragen, da ich einen Streit gerade nicht gebrauchen konnte. Doch einen Stich ins Herz gab es mir schon.

Nach zehn Minuten gingen wir wieder rein. Eine weitere halbe Stunde und wir nährten uns langsam dem Ende.

Jetzt gerade war Pause für uns, da die Geschworenen sich beraten mussten. Danach kam das Urteil und aus irgendeinem Grund, machte ich mir Sorgen.

Der Verteidiger, Mr. Heal war richtig gut. Er konnte vieles Widersprechen und hat die Geschworenen ganz schön verwirrt.

„Emily, du brauchst dir keine Sorgen machen." Phoenix legte seine Hand auf meine Schulter, doch ganz überzeugt sah er selbst nicht aus.

Nach fünfzehn Minuten waren die Geschworenen fertig und wir gingen wieder rein.

„Dann kommen wir nun zum Urteil. Bitte erheben Sie sich." Alle standen auf.

„Mr. Summer. Ihr Urteil lautet drei Jahre Bewährungsstrafe. Das Verfahren ist hiermit beendet." Der Richter schlug mit einem Hammer auf sein Pult. Mir stand der Mund offen und ich sah zu meinem Vater.

Dieser bedankte sich gerade bei seinem Anwalt.

„Emily lass uns gehen." Phoenix zog mich nach draußen. Doch seine Stimme, hielt uns auf.

„Emily, wo willst du denn hin?" Phoenix und ich liefen weiter, doch mein Vater lief an uns vorbei und stellte sich uns in den Weg. Phoenix drückte meine Hand fester.

„Ich werde nach Hause gehen, Vater.", sagte ich ruhig. So nah war ich ihm schon länger nicht mehr. Die Erinnerungen von dem Schlag kamen wieder hoch.

„Dann kannst du ja auch mit mir fahren." Bei dem Satz schaute er Phoenix voller Abscheu an. Er wollte nach mir greifen, doch Phoenix stellte sich dazwischen.

„Sie wird nicht mit Ihnen gehen, Mr. Summer. Sie ist alt genug, um selbst zu entscheiden, wo sie wohnt." Mein Vater lachte.

„Du willst mich also auch verlassen, wie deine Mutter?! Du kleine..."

„Na na, Mr. Summer. Sie wollen doch vor einem Gericht nicht handgreiflich werden, oder?" Kommissar Frey war hinter meinem Vater aufgetaucht. Mein Vater senkte seine Hand und schaute zu mir.

„Komm bloß nicht angekrochen." Mit diesen Worten verschwand er. Kommissar Frey drehte sich zu uns.

„Es tut mir sehr leid Emily. Wir werden deinen Vater die ersten Wochen beobachten. Solltest du Probleme mit ihm bekommen, dann komm zu uns." Ich nickte und verabschiedete mich dann. Phoenix und ich liefen zu seiner Maschine, doch wir wurden ein weiteres Mal aufgehalten.

„Phoenix Black!" Phoenix blieb stehen und drehte sich um. Mich drückte er dabei hinter sich. So konnte ich nicht sehen, wer jetzt vor uns stand.

„Was willst du?" Phoenix klang angespannt und aggressiv.

„Na na, warum so unfreundlich? Ich war ganz verwundert, dich im Gerichtssaal zu sehen, bis ich dich mit der Kleinen gesehen habe, die du gerade angestrengt versuchst zu verstecken." Der Fremde lachte und Phoenix drückte mich noch mehr hinter sich. Ich ließ es einfach geschehen.

Denn so wie er gerade war, machte er mir ein wenig Angst.

„Verschwinde Donovan!"

„Nein, das werde ich nicht. Ihr seid mir immer noch was schuldig, oder soll ich euch meine Rache spüren lassen? Jeder von euch hat Familie, oder die Kleine hier, bekommt es zu spüren."

„Halte dich bloß fern von ihr.", knurrte Phoenix und der Fremde lachte wieder.

„Gefühle machen angreifbar Phoenix. Ich dachte du bist so schlau. Lasst euch besser einfallen, wie ihr es wieder gut machen könnt, oder arbeite für mich, dann erlasse ich euch eueren Schulden sofort."

„Nur über meine Leiche." Der Fremde seufzte.

„Gut. Pass auf, dass das nicht so schnell eintrifft. Wir sehen uns." Ich hörte Schritte, die sich entfernten.

„Phoenix?" Er drehte sich zu mir um und schaute mich an.

„Lass uns fahren Emily." Also wollte er darüber nicht reden. Ich nickte und wie stiegen aufs Motorrad.

Schnell waren wir zuhause angekommen. Hier fühlte ich mich auf jeden Fall wohler, als bei Jasmin.

Als wir ins Wohnzimmer kamen, sprangen sofort drei Jungs auf. Ryan, Zyan und Blake. Adriel blieb desinteressiert sitzen. An ihren fragenden Gesichtern konnte ich mir denken, was sie wissen wollten.

154

„Und wie ist das Urteil ausgefallen?", fragte dann Kate die unausgesprochene Frage. Sie kam gerade aus der Küche.

„Er hat nur drei Jahre Bewährung bekommen.", antwortete ich und sofort wurden die Blicke der Jungs wütend. Kate kam auf mich zu.

„Das tut mir leid. Er hätte viel mehr verdient, aber du kannst auf jeden Fall hier bleiben Emily. Du bist hier mehr als nur willkommen." Sie umarmte mich und ich lächelte sie an.

„So jetzt muss ich aber los. Macht keinen Unsinn." Sie verschwand. Wenige Minuten später hörte man die Haustür.

„Wir haben ein Problem.", fing Phoenix dann sofort an und setzte sich auf das Sofa. Da ich das Gefühl hatte, hier nicht erwünscht zu sein, wollte ich mein Zimmer gehen.

„Prinzessin wo willst du hin?", kam es dann von Ryan. Ich schaute zu Phoenix, doch er wich meinem Blick aus.

„Ich wollte nach oben gehen. Ihr habt anscheinend was zu besprechen." Ryan schüttelte den Kopf.

„Nein, du kannst auch hierbleiben. Wir sind doch jetzt Freunde oder nicht?" Er schaute in die Runde und Blake und Zyan nickten zustimmend. Nur Phoenix und Adriel hielten sich raus.

Ryan kam auf mich zu und zog mich auf das Sofa.

„Du bleibst hier und du Phoenix, spuck es endlich aus. Was ist los?" Phoenix seufzte und schaute zu mir. Wieder fühlte ich mich unwohl.

155

„Wir müssen auf Emily aufpassen. Donovan hat sie heute an meiner Seite gesehen. Er hat sie bedroht und würde sie auch gegen uns einsetzten. Außerdem hat er ihren Vater verteidigt.

Das sind zwar jetzt nur Vermutungen, aber es könnte sein, dass Donovan daraus auch seine Hilfe zieht. Emilys Vater würde glaube ich alles dafür tun, um seine Tochter wiederzubekommen." Die Gesichter verfinsterte sich noch mehr. Also war der Fremde vorhin am Gericht, Mr. Heal der Anwalt meines Vaters, aber warum hatte er es so auf die Jungs abgesehen?

Da verstand ich nur Bahnhof. Ich hatte auch keinen Nerv darauf.

„Ich bin wirklich müde und geh jetzt nach oben." Zu meiner Überraschung sagte keiner was dagegen und ich ging hoch. Ich legte mich auf mein Bett und dachte über viele Dinge nach. Zwischendurch schrieb ich noch mit Stella.

8.Kapitel

Phoenix

Ich schaute Emily hinterher. „Phoenix?" Ich drehte mich wieder zu Blake. „Er muss schon länger gewusst haben, dass wir Emily mögen. Warum sollte er sonst ihren Vater verteidigen.", sagte Blake. Ich schüttelte den Kopf.
„Nein das glaube ich nicht. Er sah viel zu überrascht aus. Es spielt ihm jetzt einfach nur verdammt in die Karten." Ich fuhr mir durch die Haare. Warum habe ich sie nur so nah an mich rangelassen?
„Hat sich mein Bruder etwa verknallt?" Wütend schaute ich Adriel an und auch Zyan schaute ihn wütend an. Warum reagierte er denn jetzt so?
Da musste ich auf jeden Fall noch nachhaken.
„Du spinnst. Ich verknall mich doch nicht, aber irgendwie ist sie uns allen wichtig geworden und wird somit zum Ziel." Adriel gab wieder Ruhe.
Ich würde ihm nicht die Genugtuung geben, dass er vielleicht recht haben könnte. Er hatte von Anfang an schon versucht mich mit Emily eifersüchtig zu machen.

Der Kuss im Treppenhaus war bisher die größte Sache und danach hatten wir uns auch richtig in die Haare bekommen.

Er hatte die Hoffnung sie ins Bett zu bekommen, doch da war ich ihm jetzt zuvorgekommen. Nur hatte es mir vielleicht auch etwas bedeutet ich würde es aber niemals zugeben.

Ich war mir selbst nicht sicher, was ich empfand. Es wurde Zeit, dass ich mir eine Ablenkung suchte.

„Phoenix!?" Blake holte mich aus meinen Gedanken.

„Ja sorry."

„Schon gut. Ich hatte dich gefragt was du denn jetzt vorhast. Wenn ihr Vater auf freien Fuß ist, ist es schon verdammt gefährlich aber wenn Heal es auch noch auf sie abgesehen hat, wird es noch gefährlicher für sie. Allgemein für uns alle."

„Das weiß ich. Wir können nur nicht viel machen. Ich schlage vor, dass wir sie nicht mehr aus den Augen lassen. Mindestens einer von uns muss jetzt immer bei ihr bleiben oder in ihrer Nähe. Sie soll aber nichts mitkriegen.

Wenn sie Panik bekommt, kann es nur komplizierter werden." Die Jungs nickten. Adriel würde es wieder dazu ausnutzen, sie für sich zu gewinnen aber mein lieber Bruder, ich habe diesen Kampf schon längst gewonnen.

Spät am Abend gingen die Jungs Nachhause. Auch ich verzog mich in mein Zimmer, da ich keine Lust auf meinen Bruder hatte.

158

Dort konnte ich in Ruhe nachdenken und da fiel mir auch wieder Samuel ein. Der Stiefbruder von Emily und mein ehemaliger bester Freund, bis uns eine verhängnisvolle Nacht auseinanderbrachte.

Auch ihn musste ich unbedingt von Emily fernhalten, und zwar ohne, dass die Jungs das mitbekamen. Keiner wusste etwas über Samuel oder unsere gemeinsame Vergangenheit und das sollte auch so bleiben.

Diese Nacht konnte ich verdammt schlecht schlafen.

Samuel hatte die Erinnerungen an meinen Vater geweckt. Somit träumte ich die ganze Zeit von IHM.

. . .

Ich war schon vor meinem Wecker wach. Im Grunde hatte ich gerade mal zwei Stunden geschlafen. Es klopfte leise an der Tür.

„Verschwinde Adriel!", schrie ich sofort. Mit nur zwei Stunden Schlaf, konnte ich meinen Bruder gar nicht gebrauchen. Er würde mich nur unnötig provozieren.

Doch trotzdem ging die Tür auf. Ich wollte wieder schreien, bis ich erkannte, dass es nicht Adriel an der Tür war.

Emily schaute ins Zimmer und sah so schlecht aus wie ich mich fühlte. Dabei waren ihre Augen

auch noch rot unterlaufen. Sofort saß ich Kerzengerade im Bett.

„Hast du geweint?", sprach ich meinen Gedanken
aus.

„Darf ich zu dir kommen?" Sie wich meiner
Frage aus, aber sie klang sehr verweint und müde.
Ich nickte und sie kam ins Zimmer.

Hoffentlich würde ich das nicht noch bereuen.
Hinter sich schloss sie die Tür und kam dann auf
mein Bett zugelaufen.

Sie blieb stehen und lief auf einmal rot an. Sie
hatte wohl bemerkt, dass ich kein T-Shirt anhatte.
Ein Grinsen schlich sich auf mein Gesicht.

„Hey komm her." Ich nahm ihre Hand und zog
sie aufs Bett. Wir fielen nach hinten und sie lag
jetzt halb auf mir.

Nach kurzer Zeit legte sie ihren Kopf auf meine
Brust. Ich fing an ihr durch die Haare zu streicheln. Dieses Mädchen hatte mich eindeutig zu
weich gemacht.

Vor ein paar Tagen hätte ich ein Mädchen nie so
angefasst und wenn ich nicht aufpasse, wächst
mir das über den Kopf. Ich musste Emily von mir
fernhalten.

„Willst du mir erzählen warum du geweint
hast?", fragte ich sie dann doch. Ich konnte sie
später immer noch von mir fernhalten, jetzt
brauchte sie jemanden zum Reden. Denn ich
wollte auch wissen, warum mein Mädchen weinen muss. Ich schüttelte meinen Kopf.

Mein Mädchen. Ich brauchte eindeutig Abstand und ein wenig Schlaf.

„Ich habe nicht sonderlich gut geträumt. Es fing normal an, doch dann kam mein Vater." Sie fing wieder an zu schluchzen und ich nahm sie fester in den Arm.

„Erst hat er mich beschimpft und dann hat er mich wieder geschlagen. Immer und immer wieder." Sie fing an zu zittern und ihr Schluchzen wurde lauter.

„Bevor es mehr werden konnte bin ich wach geworden. Was ist, wenn..." Schnell unterbrach ich sie.

„Sshht. Denk einfach nicht mehr daran. Es war nur ein Traum Engel. Er wird dir nichts mehr tun können." Ich fing an auf ihrem Rücken Kreise zu malen.

Nach einer Zeit wurde ihr Atem regelmäßiger. Sie war eingeschlafen.

Wenn sie genau so wenig Schlaf hatte wie ich, war das auch verständlich. Auch ich wurde schläfrig und schloss meine Augen.

· · ·

Es klopfte und ich schlug meine Augen auf. Sofort sah ich in das schlafende Gesicht von Emily. Ich musste einfach Lächeln.

Es klopfte wieder und vorsichtig legte ich Emily auf die Matratze und stand auf.

Dabei fiel mein Blick kurz auf die Uhr.

Wow wir hatten es schon kurz vor zwei. Also hatten wir noch ganze fünf Stunden geschlafen. Ich ging zur Tür und verließ das Zimmer leise. Vor der Tür stand meine Mutter. Sie grinste mich an.

„Was ist?", fragte ich sofort.

„Ich wollte euch eigentlich zum Mittagessen holen, da ihr schon nicht gefrühstückt habt aber wie es scheint, schläft sie immer noch." Ich nickte.

„Ja und wir sollten sie auch schlafen lassen. Das hat sie sich verdient. Sie kann später essen. Warum grinst du so Mutter?" Kate grinste mich immer noch an und so langsam wurde das unheimlich.

„Ach nichts." Sie ging runter und ließ mich verwirrt zurück. Ich holte noch schnell mein Handy aus dem Zimmer und ging dann auch runter.

Ich hatte eine Nachricht von meiner Mutter.

Ich öffnete den Chat und sah ein Foto. Sie hatte tatsächlich ein Foto von mir und Emily gemacht, als wir geschlafen hatten. Deswegen hatte sie so gegrinst.

Ich schüttelte grinsend meinen Kopf. Meine Mutter war unverbesserlich, aber ich musste ihr aus dem Kopf schlagen, dass wir beide zusammen waren.

Ich speicherte das Bild trotzdem und ging dann ins Esszimmer. Dort saß Adriel auch schon am Tisch. Er hatte wohl heute einen kurzen Uni Tag. Er tippte auf seinem Handy rum und schaute erst hoch, als ich mich vor ihm setzte.

162

„Ah die Schlafmütze ist auch mal wach. Die Jungs haben dich heute vermisst.", sagte er dann und legte sein Handy auf den Tisch.

„Wo hast du denn die Prinzessin gelassen?"

„Sie schläft noch." Kate kam mit dem Essen rein.

„Und sie wird auch in Ruhe gelassen Adriel." Adriel hob sofort abwehrend seine Hände hoch.

„Warum verdächtigst du mich immer sofort?", fragte er empört.

„Weil ich meinen Sohn jetzt schon zweiundzwanzig Jahre kenne." Sie stellte das Essen ab. Adriel kreuzte beleidigt seine Arme. Kate machte sich nichts daraus und wir fingen an zu essen.

Als Adriel fertig war verschwand er sofort nach oben.

„Ich mach Emily was fertig." Ich wollte in die Küche gehen, doch Kate hielt mich noch einmal auf.

„Okay mach das. Ihr gebt übrigens ein schönes Paar ab." Und da hatten wir es. Meine Mutter dachte, Emily und ich wären zusammen.

„Mum! Wir sind nur Freunde. Wir sind nicht zusammen. Ich wollte sie einfach nur trösten und dann sind wir eingeschlafen.", versuchte ich sie von dem Weg abzubringen.

„Jaja." Sie verschwand ins Wohnzimmer. Sie glaubte mir nicht. Ich seufzte.

Mütter konnten manchmal ganz schön nervig sein. Hoffentlich würde sie diesen Trip ganz schnell wieder verlassen.

Ich ging in die Küche und machte einen Teller für Emily fertig. Ich stellte die Sachen auf ein Tablett und ging dann damit nach oben. Ich ging ins Zimmer und sah, dass sie immer noch schlief.

Ich stellte das Tablett auf den Schreibtisch ab und setzte mich dann auf das Bett.

Vorsichtig strich ich ihr eine Haarsträhne aus dem Gesicht. Sie sah so friedlich aus und ich wollte auf keinen Fall der Grund sein, warum sie nicht mehr so friedlich schlafen kann.

„Hey Emily?" Ich rüttelte leicht an ihrer Schulter. Langsam schlug sie ihre wunderschönen Augen auf, in denen ich mich immer wieder verlieren konnte.

„Haben wir es schon morgen?", fragte sie verschlafen und ich musste lachen.

„Nein Engel. Wir haben es Mittag. Wir haben schon Mittag gegessen und deins habe ich mit hochgebracht." Ich stand auf und holte das Tablett. Emily setzte sich in der Zeit auf.

„Hier. Meine Mutter hat sich wieder selbst übertroffen." Ich grinste sie an und setzte es auf ihren Beinen ab.

„Danke, aber du hättest mich auch ruhig wecken können, ich wäre auch mit runtergekommen."

„Dafür hast du zu süß geschlafen. Ich konnte dich einfach nicht wecken." Sie lächelte und fing an zu essen. Ich beobachtete sie dabei.

Immer wieder versuchte sie unauffällig zu mir rüber zu blicken, aber das funktionierte nicht so ganz. Es gefiel mir was ich für eine Wirkung auf sie hatte.

„Kannst du aufhören mich so zu beobachten? Du machst mich damit nervös.", sagte sie dann nach einer Zeit und schaute dabei auf ihr Essen. Ich setzte mein provokantes Lächeln auf.

„Aber mir gefällt was ich hier sehe und es ist auch viel interessanter als der Rest des Zimmers." Sie wurde sofort rot und ich musste lachen.

„Ich gehe duschen, dann kannst du in Ruhe essen." Ich zwinkerte ihr einmal zu, nahm mir frische Klamotten und ging dann ins Badezimmer. Ich zog mich aus und sprang unter die Dusche. Als ich mit allem fertig war, ging ich wieder ins Zimmer. Emily stand vor meinem Bücherregal und hatte mich noch nicht bemerkt. Ich ging leise auf sie zu und stellte mich hinter sie.

„Schnüffelst du hier etwa rum?" Auf ihrer Haut bildete sich sofort eine Gänsehaut und ich konnte mir denken, dass sie gerade rot wie eine Tomate war.

„Nein. Ich fand nur die Bilder hier sehr interessant." Sie hatte eins in der Hand und zeigte es mir. Sofort verschwand das Lächeln aus meinem Gesicht.

Auf dem Bild war ich mit meinem Motorrad abgebildet. Das Foto wurde gemacht als ich es bekam. Von meinem Vater. Leicht gereizt nahm ich es ihr aus der Hand.

„Es sind nur Fotos.", sagte ich kalt. Ich baute meine Mauer wieder um mich herum. Emily ging vom Schrank weg und ich stellte das Foto wieder an seinen Platz.

„Phoenix es tut…"

„Nein schon gut.", unterbrach ich sie sofort. Bevor sie noch etwas sagen konnte, kam Kate ins Zimmer.

„Ich muss doch noch arbeiten fahren. Würdet ihr beiden bitte Einkaufen fahren?" Sie schaute uns fragend an.

„Ja machen wir.", antwortete ich ihr und Kate ging lächelnd raus. Doch meine Laune war im Keller.

„Dann zieh dich an, damit wir loskönnen." Mit den Worten ging ich an ihr vorbei nach draußen. Es tat mir weh sie so stehen zu lassen, aber es gab Sachen, die ich nicht mit ihr teilen wollte und es war sicherer für sie, wenn ich nicht an ihrer Seite war.

Unten gab mir meine Mutter den Einkaufszettel und verschwand dann durch die Tür. Ich wartete noch auf Emily, die nach fünfzehn Minuten dann auch mal runterkam.

Ich gab ihr den Zettel, nahm mir meine Autoschlüssel und wir gingen nach draußen und alles passierte, ohne dass wir ein Wort wechselten. Ich konnte Emily ansehen, dass es sie verletzte. Vielleicht blieb sie dann ja auch von sich aus von mir fern.

Es war eine unangenehme Stille. Auch die ganze Autofahrt lang. Am Supermarkt ging ich den Einkaufswagen holen und sie ging schon einmal rein.

Doch als ich drin war, fand ich sie erst einmal nicht wieder.

Ich lief die Gänge ab und fand sie anschließend beim Obst. Sie redete freudig mit einem fremden Jungen. Unbewusst ballte ich meine Hände zu Fäusten.

„Wieder würde man denken, dass du ihr Freund bist." Die Stimme erkannte ich sofort und ich wurde nur noch angespannter. Jetzt sollte keiner mehr ein falsches Wort sagen.

Samuel stand neben mir und beobachtete Emily.

„Wir sind nicht zusammen. Wir können uns noch nicht einmal richtig leiden.", sagte ich gepresst, während ich versuchte meine Wut unter Kontrolle zu halten. Samuel lachte.

„Das weiß ich doch. Phoenix Black würde sich doch nie in eine feste Beziehung einlassen." Samuel zwinkerte mir zu.

„Was willst du Sam?" Bald würde mein Geduldsfaden reißen. Ich würde ihm jetzt so gerne eine reinhauen.

„Nichts. Ich finde es ist nur ein sehr lustiger Zufall, dass sie zu meiner Familie gehört und du mit ihr befreundet bist. Ist so was ähnliches nicht schon einmal passiert?" Ich wusste worauf er hinaus wollte und sah ihn wütend an.

„Du hast sie verführt Samuel. Wir waren gerade frisch zusammen.", knurrte ich gefährlich. Ich hasste es, auf meine Ex Freundin angesprochen zu werden.

„Sie hat dich nicht geliebt Phoenix. Sie hat dich nur ausgenutzt und davor wollte ich meinen besten Freund bewahren.

Doch ich glaube mit Emily könnte man dir sehr viel mehr weh tun, denn dir liegt mehr an ihr. Auch wenn du es nicht zugeben willst.

Dabei ist dieser ganze Hass doch aus ganz anderen Gründen entstanden." Er grinste mich provokant an und da riss bei mir der Geduldsfaden. Ich drehte mich zu ihm und packte ihn am Kragen.

„Sprich dieses Thema nicht an, dazu hast du kein Recht und du lässt deine dreckigen Hände von ihr! Verstanden!?", knurrte ich ihn an.

„Phoenix was machst du da?!", kam es plötzlich von Emily. Sie stand mit dem anderen Jungen plötzlich neben uns. Ich ließ Samuel los, schaute ihn noch mal böse an und packte mir dann den Arm von Emily.

„Lass uns weiter einkaufen." Ich nahm den Wagen und wollte sie mit mir ziehen, aber sie riss sich von mir los. Sie lief nochmal auf den anderen Jungen zu.

„Wir sehen uns Luca."

„Aber natürlich." Sie umarmten sich. Als sie sich gelöst hatten, kam Emily dann wieder auf mich zu.

Der Name kam mir bekannt vor, dann fiel der Groschen bei mir.

Luca war der Bruder von Samuel und somit der Stiefbruder von Emily. Das beruhigte mich zumindest etwas. Samuel grinste mich noch ein letztes Mal an, bevor sich die beiden umdrehten und gingen.

„Darf ich erfahren was das da eben werden sollte?", fragte sie dann, als die beiden weg waren. Sie klang gereizte. Doch ich war genauso gereizt.

„Nein! Lass uns einfach weiter einkaufen. Ich muss nachher noch weg." Ich lief einfach weiter. Emily und ich waren wieder in unserer Normalität angekommen und das brachte auch Abstand zwischen uns und so war sie in Sicherheit.

Als wir nachdem einkaufen wieder Zuhause waren, verschwand sie sofort in ihrem Zimmer.

Sie war sauer auf mich, dass hatte ich die ganze Fahrt über bemerkt. Ich seufzte und fing an die Einkäufe wegzuräumen. Ich war fast fertig, da klingelte es an der Tür.

„Adriel du fauler Hund! Mach die Tür auf!", schrie ich nur und packte weiter die Sachen weg.

„Jaja!" Kam es zurück und ein lautes Poltern war zu hören.

Dieser Junge konnte auch nicht leise die Treppe runter gehen. Ich hörte wie er die Tür aufmachte. Dann entstand plötzlich eine Unruhe.

„Nein! Sie dürfen hier nicht rein. Verschwinden Sie sofort oder ich rufe die Polizei." Sofort ließ ich die Sachen liegen und lief verwirrt zur Tür und sah dort Emilys Vater. Der hatte Nerven hier aufzukreuzen.

Ich schubste Adriel zur Seite und baute mich vor Douglas auf.

„Was wollen Sie hier?" Er schaute mich wütend an.

„Ich bin hier, um mein Kind abzuholen.", sagte er bestimmend.

„Sie wird nicht mit Ihnen gehen. Sie ist zwanzig und kann selbst entscheiden wo sie wohnen will."

„Sie ist meine Tochter, also bestimme ich, was mit ihr passiert und jetzt lasst mich durch." Er versuchte an mir vorbeizukommen, doch Adriel stellte sich neben mich und so waren wir wie eine Mauer.

Mr. Summer war zum Glück nicht so sportlich fit. Er kam nicht durch.

„Wenn Sie nicht jetzt gleich verschwinden, werde ich die Polizei rufen.", drohte ich ihm ein weiteres Mal. So langsam fing ich an meine Geduld zu verlieren. Er hob drohend seinen Zeigefinger.

„Glaubt mir, dass werdet ihr noch bereuen." Mit diesen Worten verschwand er. Ich knallte die Tür zu und seufzte. Er wusste also wo sie war. Das konnte ihm nur Heal verraten haben.

„Was für ein Idiot. Ich hoffe er kreuzt hier nicht wieder auf." Adriel ging Kopf schüttelnd nach oben.

Ja ein Idiot, aber ein Idiot, der sehr gefährlich werden konnte, wenn er kapiert, wo er die Hilfe bekommen würde. Hoffentlich würde nichts Schlimmes passieren.

Ich packte die Einkäufe weiter weg und beschloss dann Blake anzurufen. Ich brauchte eine

170

Ablenkung und da war feiern die beste Möglichkeit. Blake nahm natürlich auch sofort ab.

„Phoenix. Alles in Ordnung?"

„Ja alles bestens. Gehst du heute wohl mit mir durch die Clubs?"

„Aber klar. Bin in einer halben Stunde bei dir.", kam die Antwort wie aus einer Pistole geschossen. Blake war immer zu begeistern, wenn es ums Feiern ging.

„Gut dann bis gleich." Wir legten auf und ich ging ins Wohnzimmer. Dort wartete ich bis Blake klingelte.

„Und was gibt mir das Vergnügen mit dir Feiern zu gehen?", fragte er sofort, als ich die Tür öffnete.

„Muss mein Kopf frei bekommen. Lass uns los." Ich schloss die Tür hinter mir und wir machten uns auf den Weg. Hoffentlich bekam ich Emily so aus dem Kopf.

9.Kapitel

Emily

Mein Wecker klingelte und ich machte ihn seufzend aus. Danach ließ ich mich wieder ins Bett fallen.
Die letzten zwei Nächte hatte ich so gut wie gar nicht schlafen können. Phoenix schien die ganzen Nächte Besuch gehabt zu haben und mein Zimmer war ja immer noch neben seinem, also hatte ich alles mitbekommen.
Selbst Kopfhörer halfen nicht. Als es in der ersten Nacht anfing, versetzte es mir ein Stich ins Herz. Auch wenn ich mir nicht genau erklären konnte warum.
Phoenix konnte machen was er wollte.
Ich setzte mich wieder auf und beschloss dann auch aufzustehen.
Ich nahm mir die Sachen, die ich mir rausgelegt hatte und ging ins Bad. Doch da war schon

jemand drin. Mit großen Augen sah ich das Mädchen vor mir an.

„Ah guten Morgen. Du musst die Schwester von Phoenix sein." Sie reichte mir ihre Hand, doch ich schaute sie nur vernichtend an.

„Bist du hier fertig? Ich würde gerne duschen gehen." Sie zog ihre Hand wieder zurück und nickte schnell.

„Ja natürlich. Ich war gerade fertig." Sie nahm ein kleines Täschchen und verschwand nach draußen. Ich schloss die Tür und seufzte laut.

Er hatte mich als seine Schwester vorgestellt? Ich konnte es nicht fassen. Schläft man etwa mit seiner Schwester?

Frustriert stellte ich mich unter die Dusche und dachte darüber nach.

Erst legt er sich fast mit Samuel an und will mir nicht sagen was da los war und dann ist er so abweisend und kalt, obwohl ich doch dachte, dass jetzt alles anders war zwischen uns, aber anscheinend war ich doch nur sein Spielzeug. Warum tat dieser Gedanke nur so weh? Ich wollte das er auf mich zu kam, aber ich glaube dadurch ist jetzt alles kaputt gegangen.

Seufzend stellte ich das Wasser ab und stieg aus der Dusche. Ich trocknete mich schnell ab und zog mich an.

Nach einer halben Stunde war ich fertig und ging nach unten. Dort stieg mir der Geruch von frischen Eiern und Speck in die Nase.

„Guten Morgen Emily. Die Jungs sollten sich mal ein Beispiel an dir nehmen. Du hast immer genug Zeit zum Frühstücken.", sagte Kate, die durch die Küche tänzelte und wenn ich tänzelte sagte, meinte ich das auch so.

Im Hintergrund lief Musik und dazu tanzte sie. Sie hatte morgens einfach immer so gute Laune.

„Dafür bekomme ich ja auch das Beste vom Frühstück."

„Da hast du recht.", sagte sie und gab mir einen Teller. Ich setzte mich an die Theke in der Küche, da ich nicht allein im Esszimmer essen wollte. Ich schaute auf die Uhr, es war halb sieben.

Die Jungs tauchten immer erst so gegen sieben auf und da Phoenix nächtlichen Besuch hatte, wird er mit Sicherheit noch später als sonst auftauchen und ich behielt Recht. Adriel kam gegen sieben runter, aber von Phoenix war nichts zu sehen.

„Guten Morgen. Wo ist denn dein Bruder?" Adriel zuckte mit den Schultern.

„In seinem Zimmer und sein Mädchen von gestern Nacht ist auch noch da, also erklärt sich ja alles von selbst." Kate verdrehte die Augen und sah mich einmal kurz an, bevor sie Adriel das Frühstück gab.

Warum hatte sie mich denn jetzt so angesehen? Hatte sie etwa mitbekommen was zwischen mir und Phoenix passiert war?

Ich schob den Gedanken zur Seite. Da wird schon nichts sein.

174

Kurz nach sieben hörte man dann die Haustür und kurze Zeit danach tauchte Phoenix in der Küche auf.

„Guten Morgen.", sagte er verschlafen und setzte sich neben seinen Bruder.

„Du würdest nicht so müde sein, wenn du nicht die ganze Nacht mit diesem Mädchen geschlafen hättest." Dafür kassierte Adriel eine Nackenschelle von Phoenix und einen bösen Blick von Kate.

Ich ignorierte den Kommentar einfach. Genauso wie den Blick von Phoenix, der auf mir lag.

„Adriel würdest du mich heute mitnehmen?", fragte ich nach einer Weile. Mit Phoenix würde ich auf keinen Fall fahren.

Da würde ich sogar lieber laufen. Adriel schaute zu seinem Bruder und dann wieder zu mir.

„Ja warum nicht. Wenn ich jetzt nein sagen würde, würde mich meine Mutter töten." Wir lachten und Kate verdrehte die Augen. Um halb acht fuhren wir dann los.

Ich war froh, dass Adriel mit einem Auto fuhr und nicht mit einem Motorrad. Wir stiegen ein und fuhren los.

Als wir auf dem Schülerparkplatz ankamen, lagen natürlich sofort alle Blicke auf mir. Das war in letzter Zeit immer mehr geworden. Stella kam strahlend auf mich zu.

„Ich habe dich ja so vermisst." Sie schloss mich in ihre Arme.

„Stella du erdrückst mich ja fast und außerdem waren es doch nur ein paar Tage." Sie ließ mich los.

„Ein paar Tage zu viel. Komm wir gehen zu den Jungs." Sie zog mich in deren Richtung. Eigentlich wollte ich ungern dahin, aber gegen Stellas Willen konnte man sich nicht wirklich durchsetzen. Dort begrüßten mich dann auch die anderen drei.

Zyan zog mich einmal kurz zur Seite. Verwirrt schaute ich ihn an.

„Können wir vielleicht heute einmal ungestört reden?"

„Klar. Sag mir einfach wann."

„Ja mache ich." Er lächelte und stellte sich wieder neben Ryan. Ich ging zu Stella.

In der Zwischenzeit war auch Phoenix eingetroffen, doch der unterhielt sich mit Blake nur über seine gestrige Errungenschaft.

Den ersten Kurs hatte ich mit Ryan und Adriel zusammen. Ich hatte mich daran gewöhnt, dass sie neben mir saßen.

Doch über den Tag wurden sie richtig anhänglich. Schlimmer als sonst. Egal wo ich hin ging, einer der Jungs war immer an meiner Seite.

Sie gingen mir zwar nicht auf die Nerven, aber sie folgten mir auf Schritt und Tritt.

Als ich zwischen den Lesungen mit Stella in der Cafeteria essen wollte seufzte sie, als ich auf sie zu kam.

Sie hatte Blake hinter mir entdeckt.

„Die können dich heute auch nicht mal in Ruhe lassen, oder?", fragte sie, als ich bei ihr ankam. Ich setzte mich neben sie. Ich schüttelte meinen Kopf und da ließ sich Blake auch schon neben uns fallen.

„Na ihr beiden." Stella schaute ihn aus zusammengekniffenen Augen an.

„Könnt ihr mal aufhören zu nerven?", fragte sie ihn direkt. Blake zuckte nur mit den Schultern, sagte dazu aber nichts. Stella stöhnte genervt auf, dann schaute sie mich auf einmal begeistert an. Oh nein, was kam jetzt?

„Lass uns heute shoppen gehen Emily." Blake schaute sofort erschrocken hoch. Jetzt wusste ich was Stella vor hatte.

Wenn sie nicht freiwillig gehen wollten, würden wir die Jungs weg ekeln.

„Ja, warum nicht. Hol mich um zwei ab."

„Schön." Stella und ich grinsten uns an. Blake schluckte und schaute schnell wieder weg, als er unsere Blicke bemerkte. Ich glaube dieser Plan würde funktionieren.

Ich schaute auf die Uhr. Meine nächste Lesung fing in zehn Minuten an. Ich verabschiedete mich von Stella und ging zum Kursraum.

Dort tauschte Blake dann mit Phoenix. Sie sprachen noch kurz miteinander bevor Blake dann zu seiner Lesung verschwand.

Der Professor kam, schloss den Saal auf und ich setzte mich auf meinen üblichen Platz. Phoenix zum Glück auch. Immer wieder spürte ich seinen Blick auf mir.

Als dann auch die letzten beiden Stunden zu Ende waren atmete ich erleichtert aus und verließ das Gebäude.

Vor dem Gebäude atmete ich die frische Luft ein, dann sah ich Zyan, der auf sein Auto zu lief. Er wollte doch noch mit mir reden.

„Zyan warte. Kannst du mich nach Hause fahren?" Ich rannte auf ihn zu und blieb vor ihm stehen, er schaute einmal hinter mich und nickte dann.

„Klar, steig ein." Ich setzte mich auf den Beifahrersitz und Zyan hinter das Steuer. Dann fuhren wir auch schon los.

„Wolltest du nicht noch mit mir reden?", fragte ich ihn dann direkt. Zyan fuhr sich durch seine Haare.

„Ja. Ich wollte dich fragen, ob du mit mir ausgehen würdest?" Er wurde rot. Irgendwie fand ich das süß.

„Ja warum nicht." Zyan wirkte erleichtert.

„Schön. Wie wäre es heute Abend?"

„Also heute Mittag wollten Stella und ich shoppen gehen, aber danach könnten wir gerne zusammen was machen." Zyan lächelte nur noch mehr.

„Okay also abgemacht. Heute Abend gehen wir aus." Wir lächelten uns kurz an bevor er sich wieder auf die Straße konzentrieren musste. Schnell waren wir bei mir zuhause.

Zyan parkte am Straßenrand und stieg auch noch mit aus.

„Kommst du noch mit rein?", fragte ich verwundert.

„Ja. Wir Jungs wollten uns treffen und dann zwei auslosen die mit euch shoppen gehen." Ich verdrehte meine Augen, ließ mir aber nichts anmerken.

„Das müsst ihr doch gar nicht. Stella und ich sind alt genug, um allein shoppen zu gehen." Ich konnte es ja zumindest Mal versuchen. Zyan war immer schon der Verständnisvolle.

„Darum geht es nicht Emily und mehr kann ich dazu nicht sagen." Ich seufzte und schloss die Tür auf.

Kate hatte mir am Samstag einen eigenen Schlüssel gegeben. Ich ging sofort nach oben. Auf die Jungs hatte ich gerade keinen Nerv. Sie würden es schon noch bereuen, dass sie mit mir und Stella zum Shoppen gehen.

Ich hörte wie unten eine lautstarke Diskussion anfing und musste schmunzeln. Ja, die beiden die mitkommen würden, würden es am Ende wirklich bereuen.

Ich beschloss mir etwas anderes anzuziehen und entschied mich für eine schwarze Jeans und einen dunkelblauen Pullover. Zum Shoppen auf jeden Fall angenehmer als ein Rock.

Ich zog mich um und schaute auf die Uhr. Um zwei würde Stella kommen. Wir hatten es viertel vor.

Ich nahm mir meine Tasche und ging nach unten. Die Diskussion war seit zwei Minuten verklungen.

Ich lugte ins Wohnzimmer. An den Gesichtern konnte ich schon erahnen wer mit uns kommen würde und auf einen davon hatte ich keine Lust. „Und wer hat die Auslosung verloren?" Die Jungs zuckten zusammen und ich musste lachen. Dafür erntete ich böse Blicke.

Doch Ryan änderte auf einmal seine Miene auf gut gelaunt.

„Warum verloren Prinzessin? Ich würde eher sagen gewonnen, oder nicht Phoenix?" Er grinste mich provokant an. Also waren es tatsächlich die beiden. Phoenix grinste mich auf einmal auch an.

„Ja. Ich würde auch eher gewonnen sagen. Ich war schon länger nicht mehr shoppen.", sagte er freudig. Die beiden wollten sich also nichts anmerken lassen?

Okay sie wollten Krieg, dann bekommen sie ihn auch. Ich lächelte zuckersüß, drehte mich dann auf dem Absatz um und ging zur Tür. Ich ging genau richtig raus, denn Stella kam gerade um die Kurve gefahren. Sie stieg aus und kam auf mich zu.

„Emily was guckst du denn so komisch?"

„Die Jungs wollen Krieg, dann bekommen sie den auch. Das wird für die beiden der schlimmste Tag, den sie je hatten." Stella schaute mich verstört an, doch als sie die beiden Jungs hinter mir sah, verstand sie es wohl.

„Das ist doch nicht deren Ernst? Selbst dann können sie dich nicht allein lassen? Ich bin auf jeden Fall dabei Schatz. Machen wir ihnen diesen Tag zum schlimmsten Tag.", sagte sie und wir grinsten uns böse an.

„Hey Mädels, wollen wir nicht langsam los?" fragte Ryan und legte seine Arme um unsere Schultern.

„Natürlich. Steigt doch ein." Stella zeigte auf ihr Auto. Die Jungs schauten sich gegenseitig an.

„Ihr wollt damit fahren?", fragte Phoenix skeptisch.

„Was hast du gegen mein Auto? Steigt ein oder Emily und ich fahren allein." Sofort saßen die beiden auf dem Rücksitz. Man musste dazu sagen, dass Stellas Auto ein roter Mini Cooper war mit nicht sehr viel Platz auf der Rückbank.

Stella und ich mussten uns das Lachen verkneifen. Es sah einfach sehr witzig aus wie die Jungs sich da rein quetschten mussten, immerhin waren sie sehr groß und breit gebaut.

Da merkt man, dass Muskeln nicht überall zu gebrauchen sind. Stella und ich stiegen auch ein und wir fuhren los.

Ich schaute in den Rückspiegel. Die Jungs lächelten uns an. Wir schauten uns noch mal an und waren uns einig. Es gab auf jeden Fall Krieg.

Später würden sie nicht mehr Lächeln, wenn sie die ganzen Tüten auf dem Schoß haben.

„Warum wolltet ihr eigentlich unbedingt heute shoppen gehen? Das letzte Mal ist doch noch gar nicht so lange her?", fragte Ryan nach einer Zeit.

„Ja, aber da haben wir nicht wirklich viel Zeit gehabt, weil ja dann die Party war.", sagte Stella. Wenn es nach ihr gehen würde, würden wir jeden Tag shoppen gehen und danach feiern.

Die Jungs bleiben den Rest der Fahrt still.

Als wir an der Mall ankamen sah man den Jungs an, dass sie froh waren das Auto endlich verlassen zu können. Doch als wir sie anschauten ließen sie sich wieder nichts anmerken und lächelten. Stella hackte sich bei mir ein und beschloss die Jungs zu ignorieren.

„Dann lass uns den Spaß mal beginnen." Sie grinste mich verschwörerisch an und wir gingen rein. Wir gingen in so gut wie jeden Laden. Ab und zu konnten wir einen Blick erhaschen, wie die Jungs genervt seufzten. Darüber lachten wir dann leise.

Doch bei der nächsten Gelegenheit taten sie wieder so als wären sie fröhlich. Das brachte mich und Stella langsam zur Weißglut.

Wir schlenderten weiter die Gänge entlang, bis Stella auf einmal stehen blieb. Ich lief in sie hinein und die Jungs hinter mir in mich.

„Stella kannst..." Bevor ich meinen Satz beenden konnte, nahm sie meine Hand und zog mich in den Laden, wo wir vor stehen geblieben waren. Sie lief gezielt auf einen Kleiderständer zu. Es bestand aus weißen Kleidern. Sie suchte eins raus und drückte es mir in die Hand.

„Das gehst du jetzt anprobieren und keine Widerrede." Sie hatte ihren typischen Ton drauf, wo man am besten nicht widersprach. Somit liefen wir zu den Umkleiden.

Ryan, Phoenix und Stella setzten sich auf die Sessel und ich zog den Vorhang der Umkleide zu.

Dann zog ich mir das Kleid an. Ich betrachte mich im Spiegel und staunte nicht schlecht.

Das Kleid ging mir bis kurz über die Knie. Bis zur Brust war ein es weißer Stoff und ab dem Dekolleté bestand es aus weißer Spitze und ging bis zum Hals. Es hatte halb lange Ärmel, die Brust war eng Anliegen und ab dem Rock fiel es wunderschön nach unten.

Ich hatte mich in das Kleid verliebt.

Strahlend ging ich aus der Kabine, um es den anderen zu zeigen. Stella sprang auf und klatschte in die Hände.

„Ich habe gewusst, dass es dir so gutstehen würde. Das müssen wir auf jeden Fall kaufen." Sie schaute mich freudig an und ich musste Lächeln.

Wir drehten uns zu den Jungs, die bisher noch nichts gesagt hatten. Diese schauten mich einfach nur mit offenem Mund an. Vor allem Phoenix konnte seinen Blick nicht abwenden.

„So dann zieh dich schnell wieder um, damit wir noch weiter shoppen können.", sagte Stella und verließ den Umkleidebereich. Die beiden Jungs zog sie mit sich. Ich ging wieder in die Umkleide und wollte mich umziehen, als ich einen warmen Atem an meinen Nacken spürte.

„Weißt du wie gerne ich dir jetzt dieses Kleid vom Körper reißen würde?" Ein Schauer lief meinen Rücken runter.

„Phoenix wir stehen hier in einer öffentlichen Umkleide." Er hauchte einen Kuss auf meine Haut. In meinem Bauch kribbelte wieder alles.

„Das hält einen Mann wie mich nicht auf." Er verteilte weiter Küsse auf meine Haut, doch ich durfte nicht schwach werden. Die letzten zwei Nächte hatte er noch mit anderen Frauen geschlafen und mich hat er ignoriert und dann hat er mich noch als seine Schwester vorgestellt. Ich war immer noch wütend auf ihn.

Ich drehte mich zu ihm und schubste ihn von mir weg. Sauer sah ich ihn an.

„Phoenix ich bin nicht eins deiner Spielzeuge." Er wollte etwas sagen aber ich unterbrach ihn sofort.

„Erst habe ich das Gefühl, das zwischen uns alles besser wird und dann machst du wieder fünf Schritte zurück. Du hast mit mir gespielt Phoenix und das mache ich nicht mehr länger mit.

Du spielst mit meinen Gefühlen." Ich drückte ihn vollständig aus der Umkleide.

Erst dann wurde mir bewusst, dass ich ihm gerade meine Gefühle gestanden hatte. Aber gab es denn überhaupt Gefühle?

Ich schaute mich im Spiegel an. Ich sollte mir schnell etwas Klarheit über ein paar Dinge verschaffen. Vielleicht war das Date mit Zyan die perfekte Gelegenheit dafür.

Schnell zog ich mich um und verließ dann langsam die Umkleide.

Phoenix war hier nicht mehr zu sehen, also musste er zu den anderen zurückgegangen sein.

Ich ging aus dem Umkleidebereich raus und fand die anderen schnell. Doch Phoenix war nicht bei ihnen.

„Hey wo ist den Phoenix?" Ryan und Stella drehten sich zu mir.

„Er sagte er müsste noch was erledigen und ließ mich dann allein.", sagte ein beleidigter Ryan. Über seinen Schmollmund musste ich lachen.

„Dann lass uns zur Kasse.", sagte ich dann und die beiden nickten. Denn auch mir war die Lust auf shoppen vergangen.

Phoenix hatte wieder alles hochgeholt was ich über den Tag verdrängt hatte. Wir fuhren zurück. Als Ryan erfuhr, dass er die ganzen Tüten mit nach hinten nehmen musste, war er natürlich nicht sehr begeistert.

Stelle fragte zum Glück nicht nach, warum ich das Shoppen abgebrochen hatte. Zumindest jetzt nicht. Sobald wir allein sein würden, würde sie mich fragen.

Wir kamen Zuhause an und Stella kam noch mit rein. Bis zu dem Date mit Zyan hatte ich noch ein wenig Zeit und konnte diese Zeit nutzen mit

185

Stella zu quatschen. Sie verschwand auf die Toilette und Ryan brachte meine Tüten nach oben. Er legte die Sachen auf das Bett und wollte dann gehen, doch an der Tür drehte er sich noch einmal zu mir.

„Ich weiß, dass du und Stella versucht haben uns zu vergraulen, weil wir dir auf Schritt und Tritt folgen. Ich kann dich auch verstehen, dass dich das nervt, aber ich wollte dir nur eins sagen.

Wir machen das, um dich zu beschützen." Ich war verwirrt.

„Wieso denn? Bin ich in Gefahr?" Ryan kratzte sich nervös im Nacken. Er hatte wohl bemerkt, dass er zu viel gesagt hatte.

„Darüber solltest du nicht mit mir sprechen.", waren seine letzten Worte und er verließ mein Zimmer. Frustriert ließ ich mich auf mein Bett fallen. Diese Jungs waren einfach nur unmöglich und vor allem haben sie mein ganzes Leben umgekrempelt.

„Was wollte Ryan noch?", fragte dann Stella, die ein paar Minuten später ins Zimmer kam. Hinter sich machte sie die Tür zu. Ich setzte mich wieder auf und schaute sie an.

„Er wollte mir den Grund sagen, warum sie mir auf Schritt und Tritt folgten. Aber er hat mir nur gesagt, dass sie mich beschützen wollen." Stella verdrehte die Augen.

„Vor ein paar Wochen kannten sie dich noch nicht mal." Sie ließ sich neben mich fallen.

„Man kann schon Monate sagen. Mir sind die Jungs in den wenigen Monaten auch wichtig geworden. Ich weiß gar nicht mehr was ich ohne sie machen soll." Stella grinste.

„Vor allem ohne Phoenix, oder?" Ich schlug sie mit einem Kissen.

„Das stimmt nicht. Außerdem hat er die letzten zwei Nächte Frauen bei sich gehabt. Das konnte ich nicht überhören." Ich seufzte. Stella sah mich an.

„Du kannst mir aber glauben, wenn ich dir sage, dass er was für dich empfindet.

Ich habe es heute gesehen, als du aus der Umkleide kamst. Jeder Blinde würde es sehen." Ich zuckte mit den Schultern.

„Er spielt nur mit mir. Außerdem habe ich heute ein Date mit Zyan." Sofort schluckte Stella den Köder und wir waren bei einem anderen Thema.

„Wie kam es denn dazu?", fragte sie aufgeregt. Ich zuckte mit den Schultern.

„Er hat mich heute gefragt. Ich habe aber keine Ahnung, was er vorhat." Stella stand auf und ging zu meinem Schrank.

„Dann werden wir dir was raussuchen, was vielseitig ist. Wahrscheinlich werdet ihr ins Kino gehen." Ich zuckte mit den Schultern.

„Ich hatte eigentlich gedacht so zu gehen. Ich muss mich doch nicht aufbrezeln." Stella drehte sich zu mir um und betrachtete mich nachdenklich.

„In Ordnung, aber ich mache dir noch ein wenig die Haare." Ich seufzte und nickte. Stella schnappte sich sofort meine Bürste und fing an meine Haare zu machen.

Als mein Handy klingelte, hüpfte Stella vor Aufregung. Ich schüttelte nur lachend meinen Kopf und las die Nachricht.

Z: Kommst du gleich runter? Oder hast du es dir anders überlegt?

„Oh wie süß. Er hat Angst, dass du ihn sitzen lassen könntest.", sagte Stella. Ich antwortete ihm schnell.

E: Nein. Ich kann in zehn Minuten unten sein.

Z: Schön ich freue mich.

Ich musste lächeln. Ich freute mich auch auf dieses Date. Ich packte mein Handy weg und schaute zu Stella.

„Ich habe schon verstanden. Lass uns gemeinsam runter gehen." Stella ging schon zur Tür. Ich schnappte mir meine Tasche und zusammen gingen wir runter.

Zyan stand schon an der Treppe und lächelte mich an. Unten begrüßte er Stella kurz und drehte sich dann zu mir.

„Ich verabschiede mich kurz von den Jungs. Würdest du draußen warten?" Ich nickte und lief mit Stella zur Tür.

Als ich am Wohnzimmer vorbeilief, schaute ich kurz rein. Alle waren da, außer Phoenix. Langsam machte ich mir Sorgen.

„Hey du gehst auf ein Date mit Zyan. Schlag dir Phoenix aus dem Kopf. Du hast doch gesagt, er will sowie so nichts von dir." Ich schaute Stella an.

„Du hast ja recht." Wir gingen raus. Draußen verabschiedete ich mich dann von Stella und wartete allein auf Zyan.

Nach fünf Minuten kam er dann raus.

„So bist du bereit?" Ich nickte und wir stiegen in sein Auto. Schon fuhr er los Richtung Stadt.

10.Kapitel

Emily

„So auf was hast du denn Lust?", fragte Zyan nach fünf Minuten Fahrt. Ich überlegte.
„Ich weiß es nicht genau. An was hast du denn so gedacht?"
„Wie wäre es mit Kino und anschließend gehen wir essen?" Das war eine gute Idee. Ich nickte.
„Sehr gerne." Er lächelte.
„Schön. Auf einen schönen Abend." Wir fuhren zum nächsten Kino. Dort ließ er mich dann den Film aussuchen.
Ich entscheid mich für eine Fantasyfilm. Wir saßen in der obersten Reihe.
Während des Films, schaute ich Zyan immer mal wieder von der Seite an. Es fühlte sich gut an, mit ihm hier zu sein.
Doch immer wieder wanderten meine Gedanken zu Phoenix. Ich musste ihn endlich aus meinen Gedanken bekommen. Er tat mir nicht gut.
Nach zwei Stunden war der Film zu Ende und wir fuhren in ein kleines Restaurant. Wir bekamen einen Tisch für zwei.

Als der Kellner uns dann die Karten gegeben hatte, beobachtete ich Zyan. Irgendwann schaute er von der Karte hoch und traf meinen Blick.

„Was ist?", fragte er schmunzelnd.

„Ich beobachte dich nur und genieße diese Zeit.", antwortete ich Zyan lächelnd.

„Damit darfst du natürlich gerne weiter machen." Wir lachten und schauten dann wieder auf die Karten.

Nach zehn Minuten kam der Kellner wieder und nahm unsere Bestellung entgegen. Als dieser wieder weg war, sahen Zyan und ich uns an.

„Wie komme ich dazu, dass du mich zu einem Date einlädst?" Die Frage hatte ich schon länger auf der Zunge, denn mir war vorher nicht wirklich aufgefallen, dass er Interesse an mir haben könnte.

„Ich mag dich Emily. Deswegen habe ich dich gefragt. Ich habe mich vorher nicht wirklich getraut und so sind wir auch mal allein und es keiner der anderen dabei." Er fuhr sich nervös durch seine braunen Haare.

Das sah süß aus, aber bei Phoenix sah es besser aus. Ich schüttelte meinen Kopf.

„Alles in Ordnung?", fragte dann Zyan, der mein Kopf schütteln mitbekommen hatte.

„Ja alles gut." Ich lächelte ihn an und da kam auch schon unser Essen. Beim Essen unterhielten wir uns fröhlich. Er erzählte mir von seiner Familie. Auch von seiner kleinen Schwester.

Ich war überrascht. Ich wusste nicht, dass er eine Schwester hatte. Wir amüsierten uns einfach prächtig.

„Ich habe schon lange nicht mehr so viel Spaß gehabt.", sagte Zyan und ich stimmte ihm mit einem Lächeln zu. Plötzlich legte er seine Hand auf meine. Ich schaute dort hin. Seine Hand war rau und ein wenig kalt.

Sofort kamen mir die Gedanken und Bilder einer weichen und warmen Hand in den Sinn. Ich zog meine Hand weg.

„Zyan es..." Er unterbrach mich.

„Schon gut. Ich war zu schnell. Tut mir leid." Er lächelte mich an, doch irgendwie konnte ich sein Lächeln nicht erwidern. Meine Gedanken waren wieder bei Phoenix.

„Zyan kannst du mich nach Hause bringen?"

„Aber natürlich komm." Er zahlte und führte mich dann nach draußen. Ich wollte zum Auto laufen, aber Zyan hielt mich noch einmal fest. Er stand jetzt genau vor mir und ich musste zu ihm hochgucken.

„Emily ich habe dich wirklich sehr gern. Ich will das du das weißt." Er kam mir plötzlich näher. Wollte er mich etwa küssen?

Ein Bild von Phoenix kam in meinen Kopf und ich drehte mich weg.

„Zyan ich kann das nicht." Ich löste mich von Zyan und ging ein paar Schritte zurück. Er schaute mich an, ohne etwas zu sagen. Ich wünschte mir gerade sehr, ich könnte in seinen Kopf schauen.

„Du kannst das nicht.", wiederholte er dann nach einer Zeit meinen Satz. Er fuhr sich durch die Haare.

„Also hat er dich schon so weit." Ich verstand kein Wort.

„Wer hat mich soweit?" Fragend schaute ich ihn an.

„Phoenix!", sagte er wütend. Was hatte Phoenix denn jetzt damit zu tun? Du hast die ganze Zeit an ihn gedacht, kam es von meiner inneren Stimme.

„Ihr habt auch schon miteinander geschlafen, o-der?!!" Zyan war wütend und zwar richtig wü-tend.

„Ja aber..." Er unterbrach mich.

„Ich will davon nichts wissen. Du scheinst dich ja schon entschieden zu haben. Ich will dir nur eins sagen. Er wird dir nur weh tun Emily und dann komm nicht zu mir." Zyan ging. Er ging und ließ mich einfach hier stehen.

. . .

Ich stand noch fünf Minuten allein vor dem Res-taurant, bis mir klar war, dass Zyan nicht wieder zurückkommen würde.

Zumindest in der nächsten Zeit nicht.

Zum Glück hatte ich meine Kopfhörer dabei. Ich machte meine Kopfhörer rein und meine Musik an.

So konnte ich auch die dunklen Gassen um mich herum ausblenden. Ich war so in meine Musik vertieft, dass ich die Gestalt vor mir, erst sehr spät sah.

Ich blieb stehen und machte meine Musik aus. Vor mir stand jemand unter einer Straßenlaterne. Sein Blick lag auf mir.

Ich schluckte und drehte mich um. Ich hätte jemanden anrufen sollen.

Ich lief meinen Weg wieder zurück. Als ich nach hinten schaute, stand dort aber keiner mehr.

Dadurch wurde meine Angst nur größer. Ein Schauer lief mir über den Rücken und ich drehte mich wieder nach vorne.

Ich sollte hier so schnell wie möglich weg.

Doch ich kam nicht weit, da ich sofort in jemanden reinlief.

Ich landete mit meinem Hintern auf dem kalten Boden.

„Oh das tut mir leid. Komm ich helfe dir." Jemand reichte mir seine Hand. Nach kurzem Zögern ergriff ich sie und er zog mich hoch.

Doch als ich wieder auf meinen Beinen stand, ließ der Fremde mich nicht mehr los.

Ich schaute hoch und ihm ins Gesicht. Es war der Mann, der unter der Laterne gestanden hatte.

„Ich hoffe ich habe dich nicht allzu sehr erschreckt." Er lächelte mich an und zeigte somit

194

seine strahlend weißen Zähne. Im Allgemeinen sah er sehr gut aus. Er hatte ein markantes Gesicht. Seine Augen waren grau mit kleinen Sprenkeln drin. Er hatte blondes Haar was hoch gegellt war.

Sein Körper war muskulös und unter seinem schwarzen T-Shirt erkannte man seinen Six-Pack. Dazu trug er eine schwarze Jeans und eine Lederjacke.

„Ist die Dame fertig mit betrachten und zufrieden damit was sie sieht?" Ich wurde sofort rot und schaute verlegend nach unten.

Mir wurde bewusst, dass er immer noch meine Hand hielt und wollte sie ihm entziehen, aber er ließ sie nicht los. Im Gegenteil.

Er zog mich plötzlich an sich, so dass meine freie Hand auf seiner Brust lag. Dadurch wurde ich nur noch röter.

„Du musst doch wegen mir nicht verlegend sein. Ich bin übrigens Damian und wie lautete der Name dieses wunderschönen Engels?" Er konnte ganz gut schmeicheln. Eigentlich für mich schon eine Schüppe zu viel, aber ich ließ ihn machen.

„Emily." Irgendwie faszinierte er mich, obwohl ich eigentlich Angst haben sollte. Immerhin waren wir allein auf einer dunklen Straße, wo mich keiner hören konnte.

„Das ist ein wunderschöner Name. Wie kommt es, dass du um diese Uhrzeit hier allein rumläufst? Wer weiß was für komische Gestalten hier rum lungern."

„So wie du?" Ich schaute hoch und ihm in die Augen. Er schmunzelte.

„Ich habe keinen einzigen bösen Gedanken. Außer dich vielleicht heile nach Hause zu begleiten." Ich musste Lächeln.

„Dann würde ich mich auf jeden Fall sicherer fühlen." Er grinste und ließ mich jetzt los. Nebeneinander liefen wir zu mir nach Hause. Dabei unterhielten wir uns viel. Er fragte mich Sachen und ich ihn.

Wir verstanden uns echt gut und so verging der Weg bis nach Hause sehr schnell.

Im Haus brannte kaum noch Licht. Ich drehte mich zu Damian.

„Danke das du mich bis nach Hause begleitet hast." Er lachte.

„Immer gerne. Dir wäre doch sonst noch was passiert." Ich wollte zur Haustür laufen, doch er hielt mich noch einmal fest.

„Würde mir dieses wunderschöne Mädchen auch ihre Nummer geben?" Ich musste über seine Wortwahl schmunzeln und nickte.

„Wenn man schon so süß gefragt wird." Wir tauschten kurz unsere Handys und speicherten unsere Nummern ein.

„Dann sag ich mal gute Nacht." Er gab mir noch einen Kuss auf die Wange, dann drehte er sich um und ging. Ich sah ihm hinter her.

Komisch was für Menschen man manchmal trifft. Ich schmunzelte und schlich mich dann leise ins Haus und hoch in mein Zimmer.

196

Als ich meine Zimmertür geschlossen hatte, drehte ich mich erleichtert um und kreischte dann erschrocken auf.

„Phoenix!! Was machst du in meinem Zimmer?" Phoenix saß auf meinem Bürostuhl und sah mich wütend an. Durch das Licht auf dem Schreibtisch wurde sein Gesicht gespenstig beleuchtet.

Ich machte das große Licht an und kreuzte meine Arme.

Er stand auf und kam auf mich zu.

„Mich würde es viel mehr interessieren wo du warst!" Er blieb vor mir stehen und schaute mich wutentbrannt an.

„Das hat dich aber nicht zu interessieren. Das ist mein Leben und ich kann machen was ich will!" Ich ging an ihm vorbei und wollte zu meinem Schrank, doch er zog mich zurück und drückte mich an die Wand.

Mit seinem Körper hielt er mich gefangen. Er vergrub sein Gesicht in meine Halsbeuge. Ich war verwirrt.

„Man Emily ich habe mir Sorgen gemacht, als die Jungs mir sagten, dass du nicht mehr da bist und dann wurde es auch noch immer später." Sein Atem kitzelte meine Haut, doch ich musste widerstehen, ich durfte nicht wieder schwach werden. Ich schob ihn von mir weg, um Abstand zwischen uns zu kriegen.

„Trotzdem gibt es euch keinen Grund mir die ganze Zeit zu folgen.

Außerdem war Zyan ja bei mir." Den letzten Satz sagte ich sehr leise, doch er hörte ihn. Phoenixs Augen wurden zu Schlitzen.

„Zyan war bei dir? Warum ist er dann nicht an sein verdammtes Handy gegangen? Und überhaupt, was habt ihr zusammen gemacht?"

„Er hat mich zu einem Date ausgeführt." Ich konnte regelrecht sehen, wie wütend er wurde.

„Du warst mit Zyan auf einem Date?", fragte er nochmal nach.

„Ja. Ich weiß auch nicht warum du dich so aufregst. Wir sind nicht zusammen. Du hast doch die letzten Nächte auch Weiber hier gehabt.

Nur weil ich mit dir geschlafen habe, heißt das nicht, dass du ein Anrecht auf mich hast.

Ich darf machen was ich will genauso wie du. Außerdem hat er mich am Ende sowie so sitzen lassen." Ich seufzte und ging zu meinem Bett.

„Er hat dich also nicht hierhergebracht? Du bist den ganzen Weg allein zurück, um die Uhrzeit, im dunklen?" Ich nickte.

Von Damian wollte ich ihm jetzt nichts erzählen, er war schon aufgeregt genug. Phoenix ballte seine Hände zu Fäusten.

„Warum hat er dich denn einfach stehen gelassen?", fragte er gepresst. Er versuchte sich abzulenken.

Sollte ich es ihm wirklich erzählen?

„Das erzähle ich dir erst, wenn du mir den Grund verrätst, warum ihr mir überallhin folgt." Ich verschränkte meine Arme vor der Brust. Phoenix

198

ging ein paar Schritte zurück und fuhr sich durch die Haare.

„Es ist...", fing er an, doch ich unterbrach ihn sofort.

„Phoenix ich warne dich! Block mich nicht wieder ab oder Versuch mir nicht ein Märchen zu erzählen." Ich wurde leicht wütend und zeigte ihm das auch.

Er schaute nervös durch die Gegend und tigerte im Zimmer auf und ab.

„Man Emily man bedroht dich!", sagte er dann und mein Mund blieb offenstehen.

„Wir Jungs haben scheiße gebaut. Du hast es doch mitbekommen. Donovan ist Mr. Heal und einer der größten Gangsterbosse überhaupt.

Wir haben ihn verraten und seit dem Gericht weiß er, dass du uns wichtig bist. Wir wollen dich nur im Auge behalten, um dich zu beschützen. Wir..."
Er stoppte kurz und schaute auf den Boden.

„Ich könnte es nicht ertragen dich zu verlieren und das weiß er auszunutzen.", sprach er dann weiter.

„Aber du stößt mich doch immer von dir. Jeder Außenstehende würde denken wir können uns nicht leiden.

Immer wenn ich dir zu nah gekommen bin, hast du mich zurück gedrängt. Du wolltest wissen warum Zyan mich hat stehen lassen?

Weil ich das ganze Date über nur an dich denken konnte.

Du bist mir nicht aus dem Kopf obwohl ich dich hassen sollte und jetzt aus meinem Zimmer schmeißen sollte.

Aber ich tue es nicht. Zu naiv ist mein Herz, dass du ihm vielleicht eine Chance gibst." Ich hatte gar nicht bemerkt, dass ich weinte, bis ein Tropfen auf meine Hand fiel.

Sofort war Phoenix bei mir und schloss mich in seine Arme.

Ich wollte ihn wegstoßen, doch meine Arme waren zu schwach. Beruhigend strich er mir über den Rücken.

„Das tut mir alles so leid Emily. Wir hätten dich nie ansprechen dürfen, dann würdest du jetzt nicht so in Gefahr sein."

„Dann hätte ich dich aber nie besser kennenlernen können." Er lachte kurz.

„Ja und ich hätte dich nicht kennenlernen können. Emily..." Er stoppt in seinen Bewegungen und drückte mich etwas von sich weg, so dass wir uns ansehen konnten.

„Du hast mir jetzt heute mehr als einmal klar gemacht, dass ich ein großer Idiot war und bin.

Ich war egoistisch und habe dich deswegen immer wieder von mir weggestoßen.

Selbst die Frauen haben mir nicht geholfen, um dich aus meinem Kopf zu kriegen.

Ich finde es immer noch sehr gefährlich, aber ich kann dich nicht mehr wegstoßen. Ich hasse es, dich zu verletzten.

Ich möchte es gerne probieren, denn auch ich habe sehr starke Gefühle für dich.

Wir können sie beide vielleicht noch nicht richtig zuordnen, aber ich möchte uns die Chance geben, dies zu tun. Wirst du meine Freundin, Emily Summer?" Ich war von seiner Rede überwältigt.

Als ich nach fünf Minuten immer noch nichts gesagt hatte, konnte ich Phoenix ansehen, dass er nervös wurde.

Schnell schüttelte ich meinen Kopf und nahm die Hände von Phoenix in meine.

„Ja ich würde es auch sehr gerne ausprobieren. Ich glaube gemeinsam können wir viele Herausforderungen meistern." Phoenix fing an zu strahlen und schloss mich in seine Arme.

Er drehte sich mit mir im Kreis und ich fing an zu kichern.

„Du machst mich gerade so glücklich." Er stellte mich wieder auf den Boden ab und zog mein Gesicht zu seinem.

Er küsste mich und in diesem Kuss war so viel Gefühl wie noch nie.

Alles was sich in uns aufgestaut hatte, wurde in diesem Kuss entladen. Wir lösten uns und Phoenix legte seine Stirn an meine. So schauten wir uns in die Augen.

„Ich glaube wir sollten jetzt schlafen gehen. Morgen ist wieder Uni angesagt.", sagte er nach einer Zeit. Ich nickte und entfernte mich von ihm. Ich wollte nicht in den Sachen schlafen.

Ich ging zu meinem Schrank und suchte mir was Bequemes raus.

Als ich mich wieder umdrehte, war Phoenix verschwunden. Wahrscheinlich war er noch mal kurz bei sich im Zimmer.

Ich zog mich schnell um und legte mich dann ins Bett. Ich schaute auf die Tür, die sich nach ein paar Minuten auch öffnete.

Phoenix hatte sich auch umgezogen. Er machte das Licht aus und kam auf mich zu.

Die Matratze senkte sich und kurze Zeit später legten sich zwei starke Arme um mich.

„Gute Nacht mein Engel."

„Gute Nacht Phoenix." So ging dieser Tag voller Gefühlschaos endlich zu Ende.

11.Kapitel

Phoenix

Am Morgen wurde ich durch die Sonnenstrahlen auf meiner Nase wach. In der Nacht hatte ich den Wecker von Emily ausgestellt, da wir heute nicht zur Uni gehen würden.
Ich wollte ein wenig Zeit mit ihr allein verbringen.
 Emily bewegte sich neben mich und drehte sich zu mir. Sie war einfach so wunderschön und sah immer so friedlich aus, wenn sie schlief.
Ich erinnerte mich an gestern. Nachdem sie mich in der Umkleide so angeschrien hatte, musste ich über vieles Nachdenken und war deswegen auch gegangen.
 Emily hatte gesagt ich würde mit ihren Gefühlen spielen und das brachte mich sehr zum Nachdenken. Ich war in der Stadt herumgelaufen und hatte versucht meinen Kopf frei zu bekommen. Je länger ich herumgelaufen war, desto mehr wurde

mir klar, dass Emily mir sehr viel bedeutete und ich langsam zu meinen Gefühlen stehen musste. Ansonsten hätte ich sie vermutlich für immer verloren.

Als sie mir sagte, dass sie mich auch nicht aus dem Kopf kriegen konnte, war ich überglücklich. Vorsichtig strich ich ihr eine Haarsträhne aus dem Gesicht, doch dabei schlug sie verschlafen ihre Augen auf. Ich zog meine Hand wieder zurück.

„Tut mir leid. Ich wollte dich nicht wecken." Sie fing an zu Lächeln.

„Ist nicht schlimm. Es ist schön wach zu werden und dich direkt zu sehen." Ich schmunzelte.

„Da kenne ich aber noch eine bessere Art wach zu werden." Ich beugte mich zu ihr vor und küsste sie.

Sofort erwiderte sie meinen Kuss. Nachdem wir uns gelöst hatten, legte ich meine Stirn an ihre und wir lächelten uns an.

„Ja, stimmt. Das ist noch viel besser.", sagte sie und ich musste noch mehr schmunzeln. Dann schien ihr wohl einzufallen, dass wir es mitten in der Woche hatten.

Sie saß sofort kerzengerade im Bett und ich musste mir ein Lachen verkneifen.

„Phoenix wir müssen doch zur Uni. Wir kommen…" Sie wollte aus dem Bett springen, doch ich packte sie am Arm und zog sie wieder zu mir runter.

„Heute nicht, Engel. Wir werden heute mal die Uni ausfallen lassen. Ich möchte einen ganzen Tag mit dir allein verbringen." Sie schaute mich ungläubig an, bevor sie dann lächelte und sich wieder an meine Brust kuschelte.

„Wenn das so ist, kann ich ja sogar noch ein wenig meine Augen zu machen." Ich lachte.

„Ja das kannst du." Schon schloss sie ihre Augen und war nach zwei Minuten eingeschlafen. Ich schüttelte grinsend meinen Kopf.

Das konnte auch nur Emily schaffen.

Ich legte sie neben mich, ohne sie zu wecken und stand auf. Ich wollte uns Frühstück machen, da ich nicht mehr schlafen konnte.

Da wir es schon zehn Uhr hatten, waren die anderen beiden schon aus dem Haus. Somit hatten wir unsere Ruhe und waren allein.

In der Küche suchte ich mir die Sachen zusammen und stellte mich dann an den Herd. Ich machte Rührei und ein paar Pfannkuchen.

Irgendwann spürte ich einen intensiven Blick auf mir und ich musste schmunzeln. Also in Starren war Emily nicht wirklich unauffällig.

„Bin ich so interessant anzuschauen?" Aus dem Augenwinkel sah ich, wie sie zusammenzuckte. Ich hatte sie auf frischer Tat ertappt.

„Ähm... Du...hast..." Sie räusperte sich, um ihr stottern zu verstecken.

„Du hast halt nicht wirklich was an.", brachte sie dann in klaren Worten raus. Ich drehte mich grinsend zu ihr. Ich sah, wie sie rot wurde.

„Und das gehört alles dir Engel. Also darfst du auch starren." Ich zwinkerte ihr zu und sie wurde noch roter und schaute auf den Boden.

Ich lachte kurz und drehte mich dann wieder zum Herd. Als das Frühstück dann fertig war, setzten wir uns an den Esstisch.

„Du Phoenix?" Emily klang ernst. Sofort bekam ich Bauchschmerzen.

„Was genau will dieser Heal von mir und was habt ihr angestellt, dass er hinter euch her ist?" Ich schluckte, doch ich hatte vor ihr die Wahrheit zu sagen. Ich legte meine Gabel ab.

„Von dir will er im Grunde eigentlich nichts. Er will über dich nur an mich ran.

Wie ich dir gestern schon gesagt habe, haben wir Jungs ihn verraten und dafür will er sich rächen.

Vor dem Gericht hat er dich offen bedroht, deswegen ist ab jetzt immer einer bei dir.

Du bist für mich und die anderen Jungs eine Schwachstelle. Ich habe einfach Angst, dass er dir was tun könnte. Außerdem gibt es eine Sache, die die Jungs nicht wissen.

Heal versucht mich schon seit Jahren anzuwerben, aber ich sage immer wieder ab. Das passt ihm auch nicht in den Kragen, weshalb er mir auch noch mal extra schaden will." Sie hatte mir die ganze Zeit interessiert zu gehört und ich sah ihr an, dass sie Angst hatte, aber ich würde sie beschützen.

„Wird er..." Ich wusste sofort worauf sie hinaus wollte stand auf und nahm sie in den Arm.

„Nein, das wird er nicht. Ich werde auf dich aufpassen. Die anderen Jungs sind ja auch noch da. Keiner will das dir irgendwas passiert, dass kannst du mir glauben." Sie atmete erleichtert aus. Dann lachte sie auf einmal und ich schaute sie verdattert an.

„Weißt du, wenn ich an diesem Abend nicht allein nach Hause gelaufen wäre, oder einfach nur ein bisschen später nach Hause gelaufen wäre, würde das alles hier nicht passieren." Ich musste auch schmunzeln und dachte an diesen Abend zurück.

„Du kannst nicht sagen, dass das hier nicht passieren würde. Vielleicht hätten wir uns dann anders kennengelernt und wir würden dann trotzdem hier so sitzen.

Ich bin froh, dass wir uns so kennengelernt haben, auch wenn ich mich erst dagegen gewehrt habe." Ich gab ihr einen Kuss in den Nacken. Sie seufzte zufrieden und ich musste grinsen.

So saßen wir noch länger in der Küche, bis wir beschlossen einen Film zu gucken.

„Wirst du mit Zyan noch mal sprechen?", fragte ich sie irgendwann obwohl allein der Gedanke daran mich schon wütend machte. Sie zuckte mit den Schultern.

„Er hat mich stehen gelassen. Ich wüsste nicht was es da zu besprechen gibt. Er muss sich bei mir entschuldigen." Ich ballte meine Hände zu Fäusten.

Dafür, dass er sie hat einfach stehen lassen, wird er sich auch noch was von mir anhören müssen. Ich spürte ihren kleinen Händen auf meine und schaute sie an.

„Aber lass ihn bitte in Ruhe, okay?"

„Ich werde es versuchen." Sie gab sich zum Glück mit der Antwort zufrieden und ich war erleichtert. Ich zog sie an meine Brust und so schauten wir den Film weiter.

Nach drei Filmen hörten wir den ersten Schlüssel in der Tür. Ich hoffte inständig, dass es meine Mutter war. Auf die Jungs hatte ich jetzt gerade keinen Nerv.

„Phoenix, Emily!! Ich bin wieder Zuhause!" Es war meine Mutter. Sie kam ins Wohnzimmer und erschreckte sich kurz.

„Du meine Güte. Ich habe gedacht ihr seid auf dem Zimmer." Sie hielt sich ihre Hand an die Brust und Emily und ich mussten lachen.

„Tut uns leid Mum. Wir wollten hier unten Filme schauen.", sagte ich dann. Sie musterte uns mit einem komischen Blick, bis sie auf einmal freudestrahlend auf und ab sprang.

„Ich habe es gewusst. Schon als ich euch im Bett erwischt hatte.

Die zwei Weiber habe ich als Verleugnung deiner Gefühle abgestempelt." Erschrocken schaute Emily Kate an. Stimmt von der Sache mit dem Bett wusste sie ja noch nichts, als Kate eines Morgens ins Zimmer kam.

208

Da hatte ich auch noch nicht damit gerechnet, dass wir mal zusammenkommen würden. Aber ich hatte das Foto noch. Ich nahm mein Handy und suchte es.

„Hier. Sie konnte es nicht sein lassen Fotos zu machen." Emily betrachtete die Fotos und musste grinsen.

„Ihr beiden seid so ein süßes Paar." Kate klatschte in die Hände und verschwand in die Küche. Ich verdrehte nur lachend die Augen.

„Ich hätte nicht gedacht, dass deine Mutter sich da so drüber freuen würde.", sagte mein Engel und schaute mich an.

„Daran habe ich keine Sekunde gezweifelt. Sie hat dich schon von Anfang an geliebt. Ich glaube sie hat es insgeheim sogar gehofft.

Ich glaube sie ist auch ein wenig froh darüber, dass ich es bin." Sie schlug mir lachend gegen die Schulter und ich stimmte in ihr Lachen ein.

„Du bist ja so selbstverliebt."

„Nein, ich bin verliebt in dich." Sofort verstummte sie und starrte mich mit großen Augen an, da wurde mir auch schon bewusst, was ich da gerade gesagt hatte.

Ich hatte ihr das erste Mal gesagt, dass ich sie liebte. Ich dachte nicht lange darüber nach und zog sie auf meinen Schoß. Perfekter konnte der Zeitpunkt sowieso nicht mehr werden.

Da ich sie so plötzlich zu mir zog, quietschte sie kurz einmal auf, was richtig süß klang. Ich lehnte meinen Kopf an ihren.

„Du hast richtig gehört, mein Engel. Ich liebe dich." Ich konnte ihr Gesicht gerade nicht sehen, aber ich konnte mir vorstellen, dass sie rot wie eine Tomate war.

Sie drehte sich zu mir und ich behielt Recht. Sie war rot im Gesicht und schaute verlegen auf den Boden.

„Phoenix, ich..." Ihr fehlten die Worte und ich musste schmunzeln.

„Ich liebe dich auch.", erwiderte sie dann endlich und ich zog sie glücklich in meine Arme, natürlich nicht, bevor ich ihr noch einen Kuss gegeben hatte. Ihr Kopf lag auf meiner Brust und ich streichelte ihren Rücken.

„Also liege ich jetzt richtig in der Annahme, dass wir beiden es tatsächlich miteinander versuchen?", fragte ich sie nach einer Zeit, doch von ihr kam nur ein träges nicken zurück.

Sie war anscheinend schon wieder müde und ich musste darüber grinsen. Dieses Mädchen konnte verdammt viel schlafen.

Ich grinste noch mehr und brachte sie nach oben ins Zimmer. Dieses Mal direkt in meines.

Dort legte ich sie ins Bett und deckte sie zu. Ich gab ihr einen Kuss auf die Stirn und ging wieder runter. Ich ging zu meiner Mutter in die Küche. Sie war gerade das Essen am kochen.

„Dein Bruder hat mir gerade geschrieben, dass die Jungs auch kommen. Würdest du mir also beim Essen fertig machen helfen?" Ich nickte und half ihr.

Gerade als das Essen fertig war, hörte ich den Schlüssel von Adriel in der Haustür.

„Mum, wir sind da!", rief er dann laut. Kate verdrehte die Augen.

„Esszimmer!", schrie sie zurück. Ich verdrehte die Augen und ging dann auch ins Esszimmer. Dort standen sie dann alle.

Blake, Ryan, Zyan und mein lieber Bruder.

„Ihr habt Glück. Das Essen ist gerade fertig geworden. Setzt euch." Die Jungs taten was sie sagte, dann ging Zyans Blick durch die Runde. Ich konnte mir schon denken nach wem er suchte.

„Ist Emily noch oben auf ihrem Zimmer?" Er machte Anstalten aufzustehen, doch ich würde ihn nicht mehr allein lassen mit meinem Mädchen.

„Ich könnte sie..." Ich unterbrach ihn sofort.

„Ich gehe sie schon holen." Schnell stand ich auf und lief nach oben.

Der Blick von Zyan war es wert. Wie gesagt. Niemand lässt mein Mädchen draußen auf der Straße stehen. Leise öffnete ich die Zimmertür und schaute ins Zimmer.

Sie lag in meiner Decke eingerollt und war immer noch am Schlafen. Ich konnte darüber nur grinsend meinen Kopf schütteln. Ich ging ins Zimmer und lief leise auf das Bett zu.

Wie konnte man nur so süß beim Schlafen aussehen?

Ich setzte mich auf die Kante und beugte mich zu ihr runter. Langsam fing ich an sie zu küssen. Sie murrte zufrieden und fing nach einer Zeit an den Kuss zu erwidern.

Jetzt war sie also wach.

„Kannst du mich bitte jedes Mal so wecken?", kam es von ihr und sie öffnete ihre wunderschönen blauen Augen in denen ich mich so gerne verlor. Ich schmunzelte und schaute sie an.

„Wenn mein Engel das so will. Dir kann ich keinen Wunsch abschlagen." Sie kicherte und setzte sich auf.

„Es gibt Essen. Das ist eigentlich der Grund warum ich dich wecke."

„Nicht, weil du mich vermisst hast?" Sie setzte einen Schmollmund auf. Ich lachte und zog sie in meine Arme.

„Das ist auch ein Grund gewesen, obwohl du gerade mal eine Stunde geschlafen hast." Wir lachten und standen dann auf. Sie kämmte sich noch einmal kurz die Haare, dann gingen wir runter. Die anderen hatten auf uns gewartet.

„Na endlich. Wolltet ihr mich etwa verhungern lassen?", fragte Ryan und stürzte sich dabei schon fast auf das Essen.

Wir anderen lachten und Emily und ich setzten uns dazu.

Wir aßen in Ruhe und unterhielten uns dabei.

Die ganze Zeit spürte ich Zyans Blick auf mir. Das würde nachher noch ein langes Gespräch geben und auch wenn ich es Emily versprochen hatte, würde er trotzdem zu spüren bekommen,

212

dass man mein Mädchen nicht einfach stehen lässt.

Nach dem Essen verschwanden Adriel, Blake und Ryan ins Wohnzimmer zum Zocken. Emily half Kate beim Aufräumen und ich packte mir Zyan und zog ihn nach draußen in den Garten.

„Was läuft da zwischen dir und Emily?", fragte ich ihn sofort. Ich wollte von ihm selbst hören, dass er was für sie empfand und sie gestern hat stehen lassen.

„Das würdest du sowieso nicht verstehen und jetzt lass uns wieder rein gehen." Er wollte an mir vorbei zur Tür, doch ich schubste ihn wieder weg. Genervt schaute er mich an.

„Ich will das du dich von Emily fernhältst.", sagte ich dann und er lachte bitter.

„Das hast du mir nicht zu sagen, sondern sie ganz allein." Jetzt lachte ich.

„Und ob ich dir das zu sagen habe. Du hast sie doch gestern einfach stehen gelassen!

Allein, nachts, draußen auf der Straße. Gefundenes Fressen für Heal." Zyan schnaubte.

„Und wer hat sie in diese Lage gebracht? Ich nicht, sondern du. Ich will sie nur beschützen. Nur weil du mit ihr geschlafen hast, hast du kein Anrecht auf sie.

Ja, ich habe mich gestern beschissen verhalten, aber du verhältst dich immer so.

Du konntest sie doch erst gar nicht leiden und jetzt soll ich dir abkaufen, dass du was für sie empfindest?

Das ich nicht lache. Für dich ist sie doch nur ein Spielzeug." Da riss bei mir der Geduldsfaden und ich holte aus.

Seine Nase knackte gefährlich und erhielt sie sich sofort. Genau danach spürte ich zwei starke Arme, die mich festhielten.

„Was ist denn bitte mit euch los?", fragte ein aufgebrachter Blake. Sie mussten es wohl mitbekommen haben.

Ich wurde von Adriel festgehalten und Blake stand zwischen uns. Er war schon immer unser Schlichter gewesen.

„Dieser Penner soll sich von meiner Freundin fernhalten!!", knurrte ich gefährlich und jetzt lagen alle Blicke verwirrt auf mir, auch der von Zyan, der es dann aber als erstes kapierte.

Doch bevor irgendwer was sagen konnte, stürmte Emily an uns vorbei auf Zyan zu.

Ich wollte sie erst festhalten, doch dadurch das ich festgehalten wurde konnte ich mich nicht wirklich bewegen. Sie redete mit Zyan und dann gingen die beiden zusammen rein.

Mich schaute sie noch einmal wütend an. Verdammt!

Als die beiden weg waren, riss ich mich wütend von Adriel los und drehte mich zum Haus. Blake legte beruhigend eine Hand auf meine Schulter.

„Lass uns ein paar Schritte gehen.", sagte Blake und wir gingen ein paar Schritte und ließen Ryan und Adriel stehen.

„Seit wann hast du denn bitte eine Freundin?",
fragte er mich dann verwundert.

„Seit heute. Naja, besser gesagt seit gestern
Abend.", sagte ich leise, aber er verstand es trotzdem.

Nach ein paar Minuten des Schweigens, hatte er
auch wohl alle anderen Puzzleteile zusammengesetzt.

„Du bist mit Emily zusammen und Zyan steht auf
sie." Wütend schaute ich ihn an. Sofort hob er abwehrend seine Hände.

„Zyan und ich reden viel. Doch hätte ich gewusst,
dass du sie auch magst, hätte ich ihm nie so viele
Tipps gegeben." Ich knurrte erneut.

„Großartig und jetzt sitzen die beiden allein in einem Zimmer." Blake lachte.

„Ich glaube, wenn Emily dich wirklich liebt,
würde sie dich nicht mit Zyan betrügen. Sie will
nur seine Nase behandeln, die du ihm fast gebrochen hast.

Ich glaube da werdet ihr gleich noch drüber sprechen, so wie ich Emily kenne." Ich seufzte. Das
wusste ich auch schon. So wütend wie sie mich
vorhin angesehen hatte war sie auch, als ich mich
beinahe mit Samuel geprügelt hatte.

„Darauf sollte ich mich glaube ich seelisch vor-
bereiten." Blake lachte und wir gingen zurück zu
den anderen.

„Erfahren wir jetzt auch was da los war?", fragte
mein Zwillingsbruder und schaute mich eindring-
lich an.

„Ich habe dein krankes Spiel was du angefangen hast beendet und nebenbei noch gewonnen." Sofort verstand er und seine Miene verfinsterte sich. Wütend stampfte er rein.

„Müssen wir das jetzt verstehen?", fragte Blake. Ich schüttelte den Kopf.

„Das ist eine Sache zwischen uns beiden. Ich werde jetzt Mal nach Emily und Zyan gucken."

„Schlag ihn dieses Mal aber nicht zusammen.", sagte Ryan lachend und ich schnaubte nur. Drinnen lief ich meiner Mutter über den Weg, die mich tadelnd ansah.

„Was ist?!"

„Wenn du schon so anfängst, wirst du sie nicht lange halten können." Waren ihre Worte und sie verschwand in ihrem Arbeitszimmer. Ich schüttelte den Kopf und ging nach oben, wo ich die beiden im Bad vermutete.

12.Kapitel

Emily

Ich packte Zyan am Arm, zog ihn hinter mir ins Haus und dann nach oben ins Bad. Er sagte die ganze Zeit kein Wort.
„Setz dich. Ich will mir deine Nase angucken." Ohne ein Wort setzte er sich auf den Badewannenrand. Ich holte den Verbandskasten aus dem Schrank und drehte mich dann zu Zyan.
Vorsichtig betrachtete ich seine Nase.
„Du hast schon einmal Glück. Gebrochen ist sie nicht." Er zuckte nur mit den Schultern.
Was war denn bitte mit dem los? Ich wischte das Blut weg und behandelte die aufgerissene Haut mit einer Creme.
„Du bist also mit Phoenix zusammen?" Ich hielt in meinen Bewegungen inne und schaute ihn an. In seinen Augen konnte ich Traurigkeit erkennen. Ich seufzte.
„Ja, das bin ich. Ich wollte mich auch für gestern entschuldigen." Zyan schaute auf den Boden.
„Nein eigentlich müsste ich mich entschuldigen. Ich hätte schon viel früher was sagen müssen und

217

ich hätte dich da nicht allein stehenlassen dürfen." Zyan stand auf und wollte gehen, ich hielt
ihn aber noch einmal fest.

„Zyan, lass uns doch vernünftig reden." Doch er
blockte ab.

„Emily ich würde gerne aber noch nicht jetzt.
Lass mich erst einmal darüber hinwegkommen."
Ich ließ ihn widerwillig los und er ging zur Tür.
Bevor er sie aufmachen konnte, ging die Tür
schon auf und Phoenix stand davor.

„Keine Angst. Ich wollte gerade gehen.", sagte
Zyan, drückte sich an Phoenix vorbei und verschwand. Ich schaute Phoenix wütend an, nachdem Zyan verschwunden war.

„Warum musstest du ihn schlagen?" Er kratzte
sich nervös im Nacken.

„Er hat mir unterstellt, du wärst nur ein Spielzeug
für mich und da ist mir der Geduldsfaden geris-
sen." Er nahm meine Hände und schaute mich mit
Reue in den Augen an.

„Es tut mir leid, aber ich bin wohl ein sehr eifer-
süchtiger Mensch.

Du gehörst mir und niemand soll es auch nur wagen, dich mir wegzunehmen." Irgendwie waren
seine Worte rührend und meine Wut war wie
weggeblasen. Ich schloss ihn in meine Arme.

„Bist du noch sauer auf mich?", unterbrach er
dann die Stille. Ich schaute zu ihm hoch.

„Ja, eigentlich schon. Du musst dir was Schönes
einfallen lassen, um es wieder gut zu machen."

Ich stupste seine Nase und ging an ihm vorbei nach draußen.

„Glaub mir, das werde ich.", hörte ich ihn noch rufen. Lachend ging ich nach unten.

Im Wohnzimmer saßen nur noch Blake und Ryan. Ich hatte mir schon gedacht, dass Zyan ganz gegangen war.

Wo Adriel war, interessierte mich nicht. Wahrscheinlich hockte er wieder auf seinem Zimmer.

Ich beschloss Kate zu helfen.

Sie war in ihrem Arbeitszimmer und räumte dieses auf. Phoenix verschwand zu den Jungs ins Wohnzimmer.

Gegen acht Uhr ging ich schlafen. Ich ging in mein Zimmer und legte mich dort in mein Bett. Schnell war ich eingeschlafen.

. . .

So vergingen die Tage.

Phoenix hatte mich in einer Nacht zu sich geholt und seit dem schlief ich bei ihm im Zimmer.

Eigentlich schlief ich schon gar nicht mehr in meinem Zimmer. Ich war nur noch dort, um mich umzuziehen.

Stella war fast ausgeflippt, als ich ihr erzählt hatte, dass Phoenix und ich zusammen waren.

Von Zyan hatte ich seit dem Vorfall nichts mehr gehört und gesehen hatte ich ihn auch nicht.

Damian hatte mich angeschrieben und seitdem schrieben wir jeden Tag miteinander.

Wir verstanden uns einfach prächtig. Nur vor Phoenix hielt ich das geheim. Er würde nur wieder den Teufel an die Wand malen.

Jeder Junge in der Uni machte einen großen Bogen um mich, da jeder Angst vor Phoenix hatte. Nur von den Mädchen wurde ich leider nicht ignoriert.

Sie sahen mich jedes Mal, wütend und neidisch an. Doch Phoenix zeigte jedem, wie sehr er mich liebte.

Seinen Ausrutscher mit Zyan hatte er schnell wieder gut gemacht.

Heute waren Phoenix und ich vier Wochen zusammen und er wollte mich zum Essen ausführen.

Stella war bei mir, um mich fertig zu machen. Sie hatte Angst, dass ich zu dem Date nur eine Jeans und einen Pullover anziehen würde.

„Du solltest auf jeden Fall das weiße Kleid anziehen. Er ist doch richtig darauf abgefahren." Die Erinnerungen aus der Umkleide kamen wieder und ich wurde sofort rot.

Stella fischte das Kleid aus dem Schrank und drückte es mir in die Hand.

„Du gehst jetzt duschen und kommst dann frisch angezogen wieder hier hin, dann machen wir deine Haare." Sie schubste mich aus dem Zimmer. Ich verdrehte nur die Augen und ging ins Bad.

Nach einer halben Stunde war ich fertig und ging wieder ins Zimmer. Stella saß am Handy und schaute hoch, als sie mich hörte.

„Wow. Dieses Kleid ist wirklich der Hammer und steht dir einfach so perfekt.", staunte sie.

„Deswegen haben wir es ja gekauft.", sagte ich lachend und sie nickte.

„Dann setz dich mal hin, Süße. Wir wollen deine Haare jetzt ein bisschen schön machen." Sie drückte mich auf meinen Stuhl und fing an. Ich konnte nur erahnen was sie machte, da ich keinen Spiegel vor mir hatte.

Nach nicht einmal zehn Minuten war sie fertig.

„So, jetzt kannst du zum Spiegel. Wirklich viel habe ich aber nicht gemacht." Ich stand auf und ging zum Spiegel. Sie hatte meine Haare ein wenig gewellt und etwas hochgesteckt.

Es glitzerte auch ein wenig. Ich schaute genauer hin und sah, dass sie ein paar Glitzer Steine rein geflochten hatte. Ich fand es einfach nur wunderschön.

„Danke Stella." Ich schloss sie in meine Arme.

„Ist doch selbstverständlich. Du bist meine beste Freundin. Du sollst doch toll aussehen, für deinen Freund. Also noch schöner als sonst." Wir lösten uns und grinsten uns an.

„Dann wollen wir ihn doch jetzt nicht länger warten lassen, oder?" Ich schüttelte meinen Kopf und wir gingen nach draußen.

Stella lief die Treppe runter, um sicher zu gehen, dass Phoenix unten stand. Ich wartete zwei Minuten und ging die Treppe dann auch runter.

Am Treppenabsatz stand er dann und starrte mich mit offenem Mund an.

Ich betrachtete ihn auch.

Er hatte eine ordentliche schwarze Jeans an und ein weißes Hemd, wo durch man seinen guten Körperbau betrachten konnte.

Das Hemd hatte er ordentlich in die Hose gesteckt.

Seine Haare waren zurückgekämmt und hingen nicht wirr vom Kopf wie sonst immer. Man erkannte, dass Kate ihre Finger im Spiel gehabt hatte. In der linken Hand hielt er seine Lederjacke.

Also ganz weg vom Bad Boy konnte er dann wohl nicht und das ließ mich schmunzeln.

„Wow Emily. Du siehst wunderschön aus.", sagte er heiser, als ich vor ihm stand.

„Du siehst aber auch nicht schlecht aus."

„Danke." Er half mir in meine Jacke und zog dann auch seine Jacke an.

Wir verabschiedeten uns von den anderen und verließen dann das Haus.

Zum Glück fuhren wir mit dem Auto und nicht mit dem Motorrad. Dafür war es langsam auch viel zu kalt. Wir hatten es immerhin schon November.

Die Fahrt dauerte recht lang.

Nach mehr als einer halben Stunde, hielten wir vor einem gutaussehenden Restaurant.

Phoenix stieg aus und joggte um das Auto rum, um mir die Tür auf zu machen.

„Engel." Er reichte mir seine Hand und ich nahm sie lächelnd. Zusammen gingen wir rein.

„Willkommen. Haben Sie eine Reservierung?", wurden wir sofort gefragt, als wir reinkamen. Phoenix nickte.

„Ja haben wir."

„Dann brauche ich bitte Ihren Namen."

„Black." Der Mann tippte auf seinem Computer rum und nickte dann.

„Folgen Sie mir bitte." Er führte uns zu einem Tisch recht weit weg vom Eingang.

Hier war es etwas ruhiger und vom Fenster aus konnte man auf das Meer sehen. Der Mann gab uns die Speisekarten und ließ uns dann wieder allein.

„Wow, es ist wunderschön hier.", sagte ich strahlend. Phoenix schmunzelte.

„Ich habe mir gedacht, dass es dir gefallen wird. Ich habe auch noch eine Kleinigkeit." Ich seufzte.

„Wir hatten doch gesagt, dass wir uns nichts schenken."

„Aber ich konnte nicht widerstehen." Er holte aus seiner Jackentasche eine kleine Schatulle und legte sie vor mich.

Vorsichtig nahm ich sie und machte sie auf. Dort war eine wunderschöne Kette drin.

„Phoenix ich..."

„Nimm es einfach an. Ich möchte meiner Freundin was schenken können." Er schaute mir tief in die Augen. Ich unterbrach den Augenkontakt und betrachtete die Kette in der Schatulle. Vorsichtig strich ich über den Anhänger.

Die Kette war Silber und hatte ein Herz als Anhänger. Auf diesem Herz waren unsere Namen eingraviert und in der Mitte saß ein kleiner Diamant.

Ich wusste, dass er sich sowas leisten konnte, aber ich fühlte mich trotzdem schlecht.

„Phoenix..."

„Nein, Emily.", unterbrach er mich sofort. Er stand auf und stellte sich hinter mich. Er nahm die Kette aus der Schatulle und legte sie mir vorsichtig um den Hals.

Das Metall fühlte sich erst kalt an, doch das Gefühl verschwand sofort wieder. Sie war angenehm zu tragen.

„Diese Kette soll dir jeden Tag zeigen, wie sehr ich dich liebe. Nimm sie einfach an und hör auf zu Diskutieren." Wir mussten beide lachen. Ich drehte mich zu ihm.

„In Ordnung." Er lächelte und drückte dann seine Lippen auf meine.

Nach dem wir uns wieder gelöst hatten setzte er sich wieder auf seinen Stuhl mir gegenüber. Kurz darauf kam der Kellner und wir bestellten.

„Was willst du eigentlich nach der Uni machen? Immerhin schreiben wir bald die Prüfungen. Hast du dich schon irgendwo beworben?", fragte er, nachdem wir unser Essen hatten.

Ich legte meine Gabel auf den Teller und überlegte.

„Darüber habe ich noch nie so wirklich nachgedacht, weil ich davon ausgegangen war, dass ich bei meinem Vater bleiben muss." Phoenix nickte.

„Und du? Was willst du machen?" Phoenix überlegte. Ich wusste das er Wirtschaft studierte, aber auch nur, damit seine Mutter zufrieden war daher hatte ich überhaupt keine Ahnung was er danach machen wollte.

„Ich möchte auf jeden Fall hier weg. Diese Stadt hat zu viele schlechte Erinnerungen. Ich wollte vielleicht nach Miami und dort vielleicht dann Arbeit finden, wenn ich meinen Abschluss bekomme." Ich nickte und versank in Gedanken.

Er würde wollen, dass ich mit ihm gehe, doch ich wusste nicht, ob ich von hier weg gehen könnte.

„Emily?" Ich zuckte zusammen. Phoenix hatte mich aus meinen Gedanken geholt.

„Alles gut bei dir mein Engel?"

„Ja. Ich war nur kurz in Gedanken."

„Hey." Er nahm meine Hand und schaute mir in die Augen.

„Du brauchst dir keine Gedanken machen. Du bist mir am wichtigsten und wenn du nicht hier wegwillst werde ich mit dir hierbleiben.

Auch bis zum Ende unserer Tage." Durch seine Worte musste ich lächeln.

„Danke." Wir küssten uns kurz so gut es über dem Tisch ging, dann aßen wir weiter. So satt war ich schon länger nicht mehr. Dachte ich mir, als wir aufgegessen hatten.

„Deine Mutter kocht richtig gut, aber hier, das war der Wahnsinn.", sagte ich, als wir dann wieder zum Auto liefen. Phoenix lachte.

„Das werde ich meiner Mutter mal nicht sagen. Sie wird sonst eifersüchtig und brennt den Laden nieder." Jetzt musste ich auch lachen. Phoenix nahm meine Hand.

„Lass uns doch ein bisschen durch den Park spazieren gehen. Um diese Jahreszeit leuchtet der Park in den verschiedensten Farben.", sagte er strahlend. Ich zog meine Jacke fester zu.

Seitdem wir hier angekommen waren, war es noch ein paar Grad kälter geworden.

„Wenn du eine Mütze hast, können wir das gerne machen." Phoenix schaute mich an und nickte, dann sprintete er zu seinem Auto und holte eine Mütze.

Er gab sie mir und ich musste lachen. Er sah gerade aus wie ein kleines Kind. Ich setzte mir die Mütze auf und nahm dann seine Hand. Zusammen gingen wir in den Park.

Diesen kannte ich noch nicht, aber in diesem Teil der Stadt war ich sowie so noch nie.

An den Bäumen hingen überall Lichterketten und erhellten den Park. Phoenix hatte Recht. Es sah tatsächlich wunderschön aus.

Wir liefen durch den Park und redeten über belangloses. Als uns dann doch zu kalt wurde, beschlossen wir zurück zum Auto zu laufen.

„Und wenn wir wieder zuhause sind mache ich dir eine heiße Schokolade und wir kuscheln uns ins Bett.", sagte Phoenix und schaute mich lächelnd an.

„Das hört sich toll an." Ich lehnte meinen Kopf an seinen Arm. Doch plötzlich wurde er von mir weggezogen. Automatisch ließ er meine Hand los.

„Phoenix!!" Er wurde in eine Gasse gezogen und von zwei Männern festgehalten.

„Lauf, Emily!" Schon bekam er einen Schlag in die Magengrube und er keuchte. Um nicht zu schreien, hielt ich meine Hände vor dem Mund. Doch ich wollte ihn nicht allein lassen.

„Lasst ihn in Ruhe!" Ich ging auf die Männer zu und wollte sie von Phoenix wegzerren, doch einer der Männer schubste mich einfach gegen die Wand.

Mir blieb kurz die Luft weg.

„Jetzt verschwinde endlich, Emily! Bitte!" Phoenix schaute mich flehend an.

Mit Tränen in den Augen stand ich wieder auf und wollte wegrennen doch kurz bevor ich die Gasse verlassen konnte wurde ich am Arm zurückgezogen. Das war es mit dem abhauen.

„Nein, meine Schöne. Du bleibst schön hier." Ein dritter Mann zog mich zu sich und hielt mich vor sich.

Ich stand mit meinem Rücken an seiner Brust und schaute nach vorne zu Phoenix. Ich konnte genau beobachten, wie die anderen beiden auf Phoenix einschlugen.

„Nein!!! Bitte!! Lasst ihn in Ruhe!!" Ich war am Schluchzen und die Tränen liefen nur so. Ich versuchte mich aus dem Griff zu befreien, doch es brachte nichts. Der Griff des Mannes war einfach zu stark.

Jeder Schlag den sie Phoenix verpassten tat auch mir in der Seele weh.

Nach einer gefühlten Ewigkeit ließen sie endlich von Phoenix ab. Er kniete auf dem Boden. Sein Gesicht war blutüberströmt.

Ich konnte in seinen Augen sehen, dass er gleich das Bewusstsein verlieren würde.

„Das hätte alles vermieden werden können, mein lieber Phoenix." Ein weiterer Mann kam aus dem Schatten. Ich erkannte ihn sofort wieder. Der Anwalt meines Vaters. Mr. Heal.

Er kam auf mich zu und drückte mein Gesicht nach oben. Angewiderte schaute ich ihn an.

„Wir werden deine kleine Freundin jetzt mitnehmen Phoenix.

Du hättest sie nicht in alles mit reinziehen müssen. Sie könnte noch in Ruhe ihr Leben führen, wenn du mich nicht verraten hättest und du für mich arbeiten würdest.

Solltest du das hier tatsächlich überleben, weißt du was zu tun ist ansonsten werdet ihr euch mit

Sicherheit bald wiedersehen." Er schaute mich kalt an, dann ließ er mein Gesicht los.

Ich sah gerade noch wie Phoenix das Bewusstsein verlor und auf den Boden zusammensackte, bevor mir was auf die Nase gedrückt wurde und auch mir schwarz vor Augen wurde.

• • •

Langsam öffnete ich meine Augen. Mein Kopf dröhnte und ich fuhr mir über die Stirn.

Da kamen auch sofort alle Erinnerungen wieder. Ich sprang erschrocken auf und stieß mir dabei wieder meinen Kopf.

„Verdammt!" Ich fasste mir an den Kopf und setzte mich wieder hin.

Hier war die Deckenhöhe wohl nicht ganz auf Standard. Ich zog meine Beine an den Körper. Ich hatte nur mein Kleid an und der Boden war eiskalt.

Ich schaute mich um, doch hier war es stockdunkel.

Phoenix. Ich fasste an meine Kette und dachte an ihn.

Diese Kälte konnte er nicht überlebt haben. Sie haben ihn getötet und mit mir haben sie genau dasselbe vor.

Ich spürte die Tränen auf meiner Wange und stützte meinen Kopf auf meinen Beinen. Plötzlich hörte ich einen Schlüssel in der Tür und wenigen

Sekunden später wurde ein wenig Licht rein gelassen.

„Holt sie daraus!" Ich schaute hoch. Zwei Männer kamen auf mich zu.

Ich kroch in die Ecke in der Hoffnung ihnen zu entkommen, doch sie waren schneller. Sie packten mich an den Armen und zogen mich raus.

Ich versuchte mich zu wehren, doch sie waren stärker.

„Ganz schön widerspenstig dieses Mädchen.", sagte der eine knurrend und packte meinen Arm fester. Dadurch keuchte ich auf.

Das würde auf jeden Fall blaue Flecken geben. Der andere musterte mich nur dreckig.

„Naja. Mir gefallen die widerspenstigen Mädchen." Er fuhr sich mit der Zunge über die Lippen und in mir stieg die Galle hoch.

„Wir dürfen sie nicht anfassen also halt dich zurück.", sagte wieder der andere. Ich war ein wenig erleichtert darüber.

Sie brachten mich in ein Zimmer, wo sie mich dann auf dem Boden fallen ließen. Ich schaute kurz an meinem Kleid runter. Es war komplett hinüber.

Ich setzte mich auf meine Knie. Die beiden Männer blieben neben mir stehen.

Mühsam stand ich auf, da ich nicht auf dem Boden liegen bleiben wollte.

„Du bist also die Freundin von Phoenix Black." Mr. Heal drehte sich zu mir um.

Er saß vor mir hinter einem Schreibtisch und betrachtete mich.

„Und Zufälligerweise auch die Tochter von Douglas Summer. Das gab mir die Möglichkeit viel über dich heraus zu finden." Ein gefährliches Grinsen entstand auf seinem Gesicht. Ich bekam Angst, doch schluckte diese vorerst runter.

„Was haben Sie mit mir vor?", fragte ich und wunderte mich, dass meine Stimme noch so fest klang. Er zuckte mit den Schultern.

„Erst mal warte ich ab, ob Phoenix sich noch meldet." Ich lachte spöttisch und erntete dafür einen wütenden Blick von Heal.

„Sie haben ihn zum Sterben in dieser Gasse liegen lassen!" Jetzt grinste er wieder.

„Ich weiß. Es war ja auch mein Plan dich als Pfand zu behalten, dafür halte ich mich von den anderen fern. Dich als Pfand und Phoenix tot. Besser konnte es gar nicht laufen." Er tippte mit dem Finger gegen sein Kinn so als würde er nachdenken.

„Jetzt weiß ich auch was ich mit dir machen werde. Ein guter Kollege wird sich um dich kümmern. Bringt sie ins Zimmer neben an." Ich bekam Panik.

„Nein!!"

Ich wurde wieder von den Männern gepackt und in das andere Zimmer geschleppt. Dort ließen sie mich wieder los und verließen das Zimmer.

Ich rannte zur Tür, doch gerade als ich dort ankam hörte ich den Schlüssel in der Tür klicken.

Verzweifelt schlug ich dagegen und ließ mich dann an der Tür hinuntergleiten.

Ich fing an zu weinen und versteckte mein Gesicht in meinen Händen.

„Hey, nicht weinen. Es wird doch alles gut." Ich zuckte zusammen und hob meinen Kopf. Vor mir stand Damian.

„Damian!" Erleichtert ließ ich mich in seine Arme fallen. Er erwiderte die Umarmung, bis er mich ein wenig von sich weghielt und mich betrachtete.

Doch es lag keine Sorge in seinem Blick. Ich bekam ein mulmiges Gefühl.

„Damian, was machst du hier? Bis du auch hier eingesperrt?" fragte ich dann doch. Er lachte auf einmal und mein Gefühl wurde nur noch bestärkt.

„Ach meine liebe Emily. Du bist ja so naiv." Jetzt erkannte ich auch das Gefühl in seinen Augen. Es war Begierde und Lust.

Ich versuchte mich aus seinen Händen zu befreien, doch sein Griff wurde stärker. Jetzt passten auch die restlichen Puzzleteile zusammen. Heal konnte uns finden, da ich Damian gesagt hatte, wo wir hinfahren.

Er hatte mir noch viel Spaß gewünscht und sich für mich gefreut.

Ich hatte gedacht er wäre mein bester Freund.

„Du mieses Arschloch! Du Verräter! Du..." Bevor ich weiter schreien konnte, holte er mit einer Hand aus und schlug zu.

Durch die Wucht ging mein Kopf nach links.

„Du bist gefälligst ruhig! Du hast hier nichts zu sagen! Wenn du noch einmal unaufgefordert reden solltest, wirst du spüren was Schmerzen wirklich bedeuten." Er ließ mich los und ich fiel auf die Knie. Er lief um mich herum.

Dabei lag sein Blick auf mir.

„Das Kleid muss weg.", sagte er mehr zu sich selbst. Er wollte mich hochziehen, doch ich krabbelte von ihm weg. Ich wollte nicht zulassen, dass er mich anpackte.

„Komm her, du kleine Schlampe!" Ich stand mühevoll auf und lief von ihm weg, doch das Zimmer war nicht sehr groß und so konnte er mich schnell einfangen.

Wütend riss er mir das Kleid vom Körper was dabei endgültig kaputt ging. Ich zappelte und versuchte mich aus seinem Griff zu befreien, aber er war zu stark.

Jetzt stand ich nur noch in meiner Unterwäsche vor ihm. Ich schämte mich und versuchte alles zu verdecken.

Doch Damian packte mich einfach nur und schmiss mich auf das Bett was im Zimmer stand. Er setzte sich auf mich drauf damit ich nicht abhauen konnte und betrachtete mich wieder.

„So wie ich Phoenix kenne wirst du keine Jungfrau mehr sein, aber das ist überhaupt kein Problem.

Du hast einen wunderschönen Körper, den die Männer lieben werden, wenn ich dich nicht zu meinem mache." Ich schaute ihn nur verwirrt an wollte aber auch nicht wissen wovon er geredet hat.

Ich hatte schon eine schlimme Befürchtung. Er grinste dreckig und kam mir näher.

Ich wollte versuchte wegzurutschen, aber sein Körper war viel zu schwer. Er packte meine Arme und hielt sie über meinen Kopf fest. Mit seinem Gesicht kam er näher.

„Und ich glaube wir könnten auch viel mehr Spaß haben, als du mit Phoenix je gehabt hast.", sagte er und grinste dabei dreckig.

Er kam mit seinem Gesicht näher und wollte mich küssen, doch ich drehte angeekelt meinen Kopf weg. Das gefiel ihm natürlich überhaupt nicht.

Er knurrte wütend und drehte meinen Kopf zu sich, dann drückte er seine Lippen auf meine.

Ich erwiderte nicht, doch er küsste mit so einem Druck, dass ich es nicht länger aushielt.

Ich wollte Luft holen und er nutzte diese Gelegenheit und steckte mir seine Zunge in den Hals. Ich unterdrückte einen Würgreflex und biss ihm auf die Zunge.

Wütend riss er sich von mir los und verpasste mir sofort wieder eine. Ich keuchte auf und es wurde kurz schwarz vor meinen Augen.

„Du Kleine...!"

„Damian?" Damian drehte sich wütend um. Ich atmete erleichtert aus.

„Was ist?! Du störst!"

„Er will dich sehen." Damian seufzte und drehte sich noch mal zu mir.

„Glaub mir Kleine. Das wirst du noch bereuen."
Er ging von mir runter und lief Richtung Tür.
„Pass auf sie auf. Sie könnte versuchen abzuhauen." Dann wurde die Tür geschlossen. Ich
achtete gar nicht darauf wer bei mir im Zimmer
war. Ich zog meine Knie an den Körper und versteckte mein Gesicht.

Tränen rollten über mein Gesicht, aber nicht nur
wegen mir, sondern auch wegen Phoenix. Er war
tot und ich war hier.

Doch lange würde ich diese Hölle wahrscheinlich
nicht durchstehen.

„Emily?!" Ich kannte diese Stimme und meine
Tränen wurden nur noch mehr. Mussten mich
auch wirklich alle verraten.

„Emily, bist du es wirklich?" Ich sah hoch und
sah, wie Samuel auf mich zukommen wollte.

Ich rutschte auf dem Bett zurück, bis ich das Ende
im Rücken spürte. Ich konnte es einfach nicht
glauben.

Auch er fiel mir in den Rücken. Phoenix musste
es gewusst haben, deswegen hat er sich gegenüber Samuel immer komisch verhalten. Er kam
weiter auf mich zu.

„Lass mich in Ruhe, Samuel!" Meine Tränen liefen gnadenlos weiter und ich sah ihn mit einem
Tränenschleier vor den Augen an. Doch er hielt
nicht an. Er kam weiter auf mich zu und nahm
sich dabei eine Decke.

„Emily, ich will dir nichts Böses. Ich wusste
nicht, dass du hier bist. Ich will dir helfen." Er

235

hielt mir die Decke hin. Nach kurzem Zögern nahm ich sie und legte sie mir um die Schultern.

„Was machst du dann hier?", fragte ich ihn.

„Das wollte ich dich gerade auch fragen. Ich habe gedacht Damian vergnügt sich hier wieder mit einem seiner Mädchen, aber ich hätte nicht damit gerechnet, dass du es bist." Er fuhr mit seiner Hand über meine Wange.

„Hat er dich etwa geschlagen?" Ich nickte stumm und in den Augen von Samuel konnte ich Wut sehen.

Doch bevor er noch irgendwas machen konnte ging die Tür wieder schwungvoll auf und Damian kam rein.

„Hey! Finger weg von ihr! Ich glaube Mr. Heal sieht es nicht gerne, wenn die Laufburschen die Mädchen anpacken, ohne zu bezahlen." Samuel war also ein Laufbursche von Mr. Heal.

„Was machst du hier mit dem Mädchen!?", fragte Samuel und baute sich vor Damian auf. Dieser grinste nur spöttisch.

„Das geht dich überhaupt nichts an. Wenn du Spaß mit ihr haben willst musst du dafür bezahlen, wenn ich sie überhaupt freigebe." Damian ging an Samuel vorbei. Dieser wirkte sehr geschockt.

Er wusste also tatsächlich nichts davon. Damian zog mich hoch und nahm mir die Decke weg.

„Nein! Lass mich los!!" Sofort wurde mir wieder kalt.

Ich versuchte mich mit Händen und Füßen zu wehren, aber es brachte einfach nichts. Damian war viel zu stark.

„Halt still, du kleines Miststück!" Damian holte mit seiner Hand aus und traf mit seinem Handrücken meine Wange.

Sofort wurde ich etwas ruhiger, da mich der Schmerz regelrecht betäubte.

Er zog mich aus dem Raum raus. Ich schaffte es ein letztes Mal ängstlich zu Samuel zu schauen, bevor sich die Tür schloss.

Doch er wich meinem Blick traurig aus. Wir gingen den Flur entlang und kamen dann in einer Lagerhalle an.

Hier saßen überall noch weitere Mädchen. Weinend und verängstigt. Sie sahen alle genauso aus wie ich. Nur noch mit ihrer Unterwäsche bekleidet, geschlagen und unterkühlt. Viele sahen sogar schon halb tot aus.

Wir durchquerten die Halle nur und gingen durch eine Tür am Ende der Halle. Hier war wohl das Büro von Mr. Heal. Dort steckte Damian mich in eine Art Käfig.

„So kommst du gar nicht erst auf die Idee irgendwas zu versuchen.", sagte Damian dann und verließ den Raum. Ich zog meine Knie wieder an meinen Körper, um mich etwas warm zu halten. Lange würde ich die Kälte nicht durchstehen. Doch für Phoenix würde ich es so lange aus halten wie nötig.

Er hätte nicht gewollt, dass ich sterbe. Er hätte gewollt, dass ich kämpfe und hier wieder rauskomme.

13.Kapitel

Phoenix

„Phoenix?!" Immer wieder diese Stimme. Wo kommt das nur her?

Ich hatte mein Zeitgefühl verloren. Immer wieder versuchte ich meine Augen aufzumachen, aber irgendwie wollten die nicht so wie ich wollte. Mein Wecker hätte doch schon längst klingeln müssen und warum bekam ich meine Augen nicht auf?

„Seine Werte haben sich schon verbessert. Er ist über dem Damm und es sollte nicht mehr lange dauern, bis er wach wird.", hörte ich eine fremde Stimme.

„Danke." Kam eine weitere Stimme.

„Melden Sie ich, wenn sich was ändert." Dann hörte man wie eine Tür zu ging und danach ein langes seufzen.

„Bitte, werde schnell wieder gesund. Ich kann dich nicht auch noch verlieren." Danach hörte man wieder eine Tür zu gehen. Jetzt war ich wohl alleine.

Aber wo war ich und warum war ich nicht zuhause? Ich versuchte noch mal meine Augen zu öffnen oder allgemein etwas an meinem Körper zu bewegen.

Als ich meinen Finger bewegen konnte wollte ich vor Freude aufschreien, aber das ging ja nicht.

Wenn es bei dem Finger funktioniert hat musste es doch jetzt auch bei den Augen funktionieren.

Ich konzentrierte mich darauf sie zu öffnen und nach einer Zeit funktionierte es tatsächlich.

Ich machte sie langsam auf und kniff sie dann sofort wieder zusammen.

An die Helligkeit musste ich mich erst langsam gewöhnen.

Nach zwei Minuten machte ich sie langsam wieder auf und gewöhnte mich an das Licht.

Verwirrt schaute ich mich um.

Wo war ich? Neben mir standen ein paar Maschinen. Ein Kabel führten zu mir. Ich musste im Krankenhaus sein. Aber warum war ich im Krankenhaus?

Die Tür ging auf und ich schaute dorthin. Eine Frau kam rein. Sie schaute mit einem besorgten Gesicht auf ihr Handy.

Als sie hochsah und mir in die Augen sah, blieb sie wie erstarrt stehen.

„Du bist wach!", sagte sie erstaunt und rannte schnell wieder raus. Wahrscheinlich ging sie einen Arzt holen. Ich wartete und nach kurzer Zeit kam sie mit einem Arzt wieder.

„Ah, Mr. Black. Ich bin sehr froh, dass Sie endlich wieder wach geworden sind." Ich schaute ihn an.

„Wie lange war ich denn weg und wer ist sie überhaupt?" Die Frau schaute mich geschockt an und der Arzt musterte mich besorgt.

„Sie scheinen eine kurzfristige Amnesie zu haben. Das, Mr. Black ist ihre Mutter.

Kate Black. Können Sie sich denn noch daran erinnern, was überhaupt passiert ist?" Ich dachte angestrengt nach, doch mir viel nichts ein und ich schüttelte den Kopf. Der Arzt seufzte. Er hatte wohl gehofft, ich könnte mich an etwas erinnern.

„Sie sind in einer Gasse gefunden worden. Zusammengeschlagen und fast tot. Sie waren unterkühlt und können von Glück reden, dass man sie rechtzeitig gefunden hat.

Und das ist drei Tage her." Wow. Meine Mutter drehte sich zu mir.

„Kannst du dich denn noch an Emily erinnern?"

„An wen?" Ihre Augen weiteten sich ein weiteres Mal und sie rannte schnell nach draußen. Was war das denn?

Der Arzt schien sich darum nicht zu kümmern und machte mit seinen Untersuchungen weiter.

„Sie werden noch ein paar Tage hierbleiben müssen, dann können sie aber nach Hause. Melden Sie sich, wenn etwas ist ansonsten sehen wir uns bei der Visite." Der Arzt verschwand aus dem Zimmer.

Ich wartete darauf, dass meine Mutter wieder reinkam. Sie kam nach ein paar Minuten wieder rein. Hinter ihr war aber noch jemand.

„Rede du mit ihm. Vielleicht erinnert er sich dann wieder.", sagte Kate zu ihm und ließ uns dann allein. Der Junge kam auf mich zu.

„An dich selbst kannst du dich also erinnern, aber nicht an uns?", fragte er. Ich zuckte mit den Schultern.

„Ja anscheinend." Ich wusste ja selbst nicht warum ich mich nicht erinnern konnte. Von mir wusste ich alles wer ich war, was ich machte. Aber meine Familie war aus meinem Kopf verschwunden.

„Okay. Also ich bin Adriel Black. Dein Zwillingsbruder."

„Dann ist Emily unsere Schwester?", fragte ich nach. Das hörte sich am logischsten an. Adriel grinste dabei nur und schüttelte dann seinen Kopf.

„Ich wünschte es wäre so, aber sie ist nicht unsere Schwester. Sie ist deine Freundin." Ich war baff. Ich hatte eine Freundin? Seit wann das denn?

„Wo ist sie denn? Will sie mich nicht sehen? Habe ich was angestellt?" Adriel lachte und kratzte sich nervös im Nacken.

„Nein, du hast nichts angestellt. Aber ich glaube du solltest dich erst einmal ausruhen. Ich werde morgen wiederkommen und dir alles erklären." Adriel lief zur Tür bevor ich widersprechen konnte. Kurz vorher drehte er sich noch einmal zu mir.

„Ich bin froh, dass du noch lebst. Und sie werden wir auch da rausholen." Mit diesen Worten verließ er mein Zimmer. Der letzte Satz hatte mich verwirrt.

Warum sie daraus holen? War sie weg? Ich beschloss nicht weiter darüber nachzudenken. Ich ließ mich nach hinten fallen und schlief auch recht schnell wieder ein. Die Medikamente machten ganz schön müde.

...

Ich wachte in einem anderen Bett auf. Neben mir spürte ich etwas Schweres.

„Phoenix, hör auf mich zu beobachten." Auf meinem Gesicht entstand ein Grinsen.

Aber warum? Ich musste am Träumen sein.

„Warum soll ich dich nicht beobachten, mein Engel?" Die Wörter kamen aus meinem Mund, obwohl ich sie gar nicht sagen wollte. Ich war nicht mehr Herr meines Körpers. Ich war nur noch ein Zuschauer.

Die Person neben mir drehte sich um und grinste mich an. Dieses Mädchen war wirklich wunderschön.

„Weil du mich damit nervös machst." Ich lachte und strich ihr eine Haarsträhne hinter das Ohr. Das musste Emily sein, meine Freundin. Und vielleicht war der Traum ja eine Erinnerung. Ich versuchte mir Details zu merken, doch plötzlich wurde alles schwarz und Emily war auf einmal weg.

Ich hatte auch wieder die Kontrolle über meinen Körper. Das ganze Zimmer war verschwunden und ich stand in einem dunklen Nichts.

„Emily?!" Ich rief nach ihr, doch es kam keine Antwort.

Ich drehte mich hin und her, doch ich sah einfach nichts.

„Nein!!" Das war ihre Stimme. Auf einmal hatte ich starke Kopfschmerzen und Bilder prasselten auf mich ein.

Wir waren zusammen Essen, um zu feiern. Dann gingen wir in den Park spazieren.

Heals Männer haben uns überrascht und mich zusammengeschlagen, vor den Augen von Emily. Ich sagte ihr, dass sie wegrennen sollte.

Sie hörte erst spät, doch wurde dann von einem weiteren Mann aufgehalten. Sie haben sie mitgenommen.

Mein Mädchen ist in der Gewalt von Heal. Es kam wirklich alles zurück. Ich schlug meine Augen auf und saß kerzengerade im Bett. Mein Shirt klebte an mir vor lauter Schweiß.

Panisch schaute ich mich im Zimmer um. Es war noch dunkel draußen. Ich dachte an heute Morgen zurück und erinnerte mich daran, dass der Arzt gesagt hatte, ich läge schon drei Tage hier.

Ich wurde noch panischer.

Emily war schon seit drei Tagen in seiner Gewalt. Ich sprang auf und unterdrückte die dabei aufkommenden Schmerzen.

Ich zog mir schnell was an und lief aus dem Zimmer. Als eine Schwester mich bemerkte, kam sie auf mich zu, doch ich lief schnell in die andere Richtung.

„Hey!", rief sie, doch ich ignorierte sie und lief nach unten. Ich verließ das Gebäude und wollte mich auf den Weg nach Hause machen.

Mein Handy war zum Glück noch in der Hosentasche. Ich nahm es raus und rief nacheinander die Jungs an.

Erst waren sie verwirrt, doch bei meinem Ton gab keiner Widerworte. Blake bot sogar an mich abzuholen, da das Krankenhaus auf seinem Weg lag.

Nach zehn Minuten stand er dann auf dem Parkplatz.

„Du bist doch noch gar nicht entlassen und hast du eigentlich schon einmal auf die Uhr geguckt?", sagte Blake sofort, als ich mich auf den Beifahrersitz fallen ließ.

„Emily ist wichtiger.", war das einzige was ich sagte und Blake fuhr, ohne noch etwas zu sagen los.

Bei mir angekommen standen schon die anderen vor der Tür. Ich rief kurz Adriel an der uns die Tür auf machen sollte.

Ich hatte keine Lust meine Mutter aus dem Bett zu klingeln und mir ihre Schimpferei anzuhören.

Verschlafen stand Adriel fünf Minuten später vor der Tür.

„Du scheinst dich wohl erinnert zu haben, sonst würdest du hier nicht mitten in der Nacht stehen.", sagte Adriel, als er uns die Tür aufmachte und wir reingingen.

„Du hast ja nicht mit der Sprache rausgerückt.", fauchte ich ihn an.

„Ich hatte keine Lust dir alles zu erklären. Außerdem wollte ich dich nicht überanstrengen. Du hast dich ja jetzt erinnert." Ich packte Adriel am Kragen und ignorierte dabei meine Schmerzen.

„Sie ist seit drei Tagen bei ihm und du hast nichts Besseres zu tun, als mich im Dunkeln zu lassen!?"

„Stopp, Phoenix bevor du was falsches sagst.", mischte sich Zyan ein.

„Wir haben sie jeden Abend gesucht bis einschließlich heute. Wir sind zu jedem Ort, wo Heal gesichtet worden ist. Und wir haben auch schon versucht ihn zu kontaktieren." Ich ließ Adriel los.

„Was will er?" Zyan sah auf den Boden und wich meinem Blick aus. Das machte mich nur noch wütender.

„Er will gar nichts, Phoenix. Er hat uns abgewürgt. Er meinte dein Tod und Emilys Leben würden die Schuld begleichen.
Er hat nicht vor zu verhandeln." Ich ballte meine Hände zu Fäusten.

„Und was soll das heißen? Was sollen wir jetzt machen?" Ich war kurz davor wieder auszuflippen.

Blake legte beruhigend eine Hand auf meine Schulter.

„Wir werden versuchen in seinen engeren Kreis zu kommen. Beziehungsweise Zyan wird es versuchen. Heal kennt Zyan noch nicht. Außerdem arbeiten wir auch mit der Polizei zusammen.

Kate hat von der Sache Wind bekommen und sofort die Polizei alarmiert.

Sie beschatten Heal seit gestern in der Hoffnung herauszufinden, wo sie Emily festhalten.", sagte Blake. Ich raufte mir die Haare.

„Wenn wir uns nicht beeilen wird er sie töten sobald er keine Lust mehr auf sie hat. Heal ist zu allem fähig und ich weiß auch noch lange nicht alles über seine Geschäfte." sagte ich angespannt und zischte dann einmal, da sich dabei meine gebrochenen Rippen meldeten.

„Du solltest dich erstmal ausruhen. Dir geht es nicht gut und du könntest uns so im Weg stehen. Heal darf auf keinen Fall erfahren, dass du noch lebst.", sagte Ryan und ich wusste, dass er Recht hatte.

Ich lief zum Sofa und legte mich dort drauf.

„Wir müssen sie daraus holen." sagte ich noch, doch ich wurde langsam auch wieder schläfrig.

„Ja das werden wir. Morgen." Blake gab mir eine Decke, dann gingen sie alle.

Ich war schnell wieder im Land der Träume.

...

„Phoenix, was machst du denn hier?!" Ruckartig saß ich kerzengerade auf dem Sofa und verzog dabei mein Gesicht vor Schmerzen.

Meine Mutter stand in der Tür und betrachtete mich still.

Sie wartete auf eine Antwort. In ihrem Gesicht konnte ich ablesen, dass sie wütend war.

„Er hat sich wohl in der Nacht erinnert und stand dann plötzlich in der Tür.", sagte Adriel, als er von oben kam. Er ging an Kate vorbei in Richtung Küche. Kate seufzte.

„Du bist wirklich unmöglich. Dann werde ich mal Kommissar Frey anrufen, er wollte mit dir reden.

Und dem Krankenhaus sollte ich dann auch Bescheid geben." Ich nickte und sie ging wieder in den Flur. Ich nutzte die Zeit und ging zu meinem Bruder in die Küche.

„Wie viel weiß Frey?" Adriel drehte sich zu mir.

„Glaubst du ich bin vielleicht bescheuert? Er weiß nur das Nötigste.

Im Grunde hatte er sich selbst sehr schnell eine Geschichte überlegen können, da er wusste wer Heal war und mitbekommen hatte, dass er Emilys Vater vertreten hat.

Heal ist zwar ein Anwalt, aber fast jeder Polizist weiß, dass er Dreck am Stecken hat." Ich nickte und da kam auch schon Kate in die Küche. Still frühstückten wir. Die ganze Zeit waren meine Gedanken bei Emily

Sie war zwar noch nicht lange hier, aber sie fehlte hier am Tisch und das konnte ich auch meiner Mutter ansehen.

Nach dem Frühstück klingelte es. Kate stand auf und kam wenig später mit Kommissar Frey wieder in die Küche.

„Mr. Black. Ich bin sehr froh, dass Sie wieder fit sind. Sie sahen sehr schlimm zugerichtet aus." Er reichte mir die Hand und ich schüttelte sie.

„Wie läuft es mit der Suche nach Emily?", fragte ich sofort, da es das einzige war, was mich wirklich interessierte.

„Wir tun unser Bestes. Wir beobachten Heal und Summer, doch sie verhalten sich normal. Ich vermute sehr, dass Heal weiß, dass er beobachtete wird."

„Natürlich weiß er es. Er hat überall seine Leute. Ich würde mich noch nicht einmal wundern, wenn im Revier welche für ihn arbeiten." Ich musste meine Wut unter Kontrolle bringen. Frey konnte nichts dafür, aber er sagte darauf auch nichts.

War vielleicht auch gar nicht so schlecht.

„Was können Sie mir denn noch sagen? Können Sie mir genau Details zum Hergang sagen?" Ich schaute auf den Boden und überlegte.

Niemand wusste von der Vergangenheit, die ich mit Heal hatte und das sollte eigentlich auch so bleiben.

„Nein, ich kann nicht wirklich viel sagen. Ich wurde von Emily weggezogen und sie fingen sofort an auf mich ein zuschlagen.

Emily wollte wegrennen, wurde dann aber von einem weiteren Mann festgehalten.

 Als ich fast mein Bewusstsein verloren habe, tauchte Heal auf.

Ich habe nicht mehr ganz verstanden was er gesagt hat, außer dass er nicht vor hat Emily wieder frei zu geben." Kommissar Frey fing an nachzudenken.

„In Ordnung. Wie Ihre Freunde mit Sicherheit schon erzählt haben, arbeiten wir an einem Plan. Heal denkt Sie sind tot und das sollte so bleiben. Wir versuchen durch einen Kollegen von Ihnen an Heal dran zu kommen.

Dazu beobachten wir ihn auch jeden Tag. Wir werden Emily finden und bitte nehmen Sie das nicht selbst in die Hand. Sie könnten die Ermittlungen behindern."

„Wir werden die Füße stillhalten.", sagte Adriel und schaute mich dabei an. Ich nickte nur. Frey lächelte.

„Schön. Wir werden uns melden sobald wir neue Erkenntnisse haben." Wir bedankten uns bei ihm und Adriel brachte ihn zur Tür.

Als er wieder in die Küche kam, schaute er mich an.

„Du wirst die Füße nicht stillhalten, oder?" Ich schüttelte meinen Kopf.

„Sie werden sie nicht finden. Wir haben unsere Kontakte und können Heal dadurch schneller ausfindig machen.
Danach können wir gerne die Polizei mit reinziehen." Ich schaute Adriel an. Er seufzte.
„Ich kann dich sowie so nicht davon abhalten. Wir sollten die Jungs anrufen." Ich nickte und nahm mein Handy.
Ich wollte einfach nicht mehr länger warten. Die Jungs waren natürlich sofort dabei.
Als sie dann da waren fingen wir an zu planen. Doch das dauerte weitere drei Tage. Ich verlor immer mehr die Geduld und platzte fast vor lauter Sorgen.
Erst heute hatten wir eine Spur gefunden und der Plan von den Polizisten funktionierte auch erst seit heute. Zyan war im inneren Kreis.
Doch es brachte noch nicht wirklich was. Also hieß es wieder warten.
Meine Mutter versuchte immer wieder auf mich einzureden, aber das brachte rein gar nichts. Ich war nervös und machte mir Sorgen um Emily. Wer weiß was Heal schon alles mit ihr gemacht hat?
Heile würden wir sie da nicht rausbekommen, aber ich werde dann alles geben sie wieder zusammen zu setzen.
Ich zuckte zusammen, als mein Handy anfing zu klingeln.
Durch den ganzen Stress war ich etwas schreckhaft geworden. Ich schaute auf mein Handy. Es

war eine unbekannte Nummer. Misstrauisch nahm ich mein Handy und nahm ab.

„Black?"

„Phoenix? Du lebst also, was ein Glück. Ich muss mich mit dir treffen." Wütend sprang ich auf.

„Was willst du Samuel?!"

„Glaub mir, dass können wir nicht am Telefon besprechen. Du musst mir ausnahmsweise Mal vertrauen, deswegen komm her. Dort ist es am sichersten." Ich zögerte.

„Warum sollte ich dir vertrauen? Außerdem habe ich Wichtigeres zu tun." Ich wollte auflegen, doch er brüllte noch mal in den Hörer.

„Phoenix, warte. Ich habe Informationen." Damit hatte er mich.

„Was weiß du?!", knurrte ich wütend. Er konnte nur was wissen, wenn er für Heal arbeitet.

Immerhin hat er es früher getan. Mit mir zusammen.

„Nicht am Telefon. Sei in einer halben Stunde bei mir." Er legte auf und ich knallte mein Handy wütend auf den Tisch.

Der konnte was erleben. Ich rannte nach oben in mein Zimmer und zog mir eine Jeans und ein schwarzes Shirt an.

Meine Schmerzen waren zum Glück so gut wie weg. Nur meine Rippen meldeten sich ab und an mal. Also durfte ich auch noch kein Motorrad fahren. Kate hatte mir sogar die Schlüssel weggenommen.

Also nahm ich mir meine Autoschlüssel und ging raus.

Ich lief in die Garage und stieg ins Auto, dann fuhr ich los. Ich war sogar recht schnell da.

Als ich klingelte machte mir Luca die Tür auf. Kate hatte natürlich auch Ihnen von Emilys verschwinden erzählt.

„Was willst du hier?", fragte er müde. Dabei hatten wir es gerade mal zehn Uhr morgens.

Er sah allgemein sehr fertig aus. Dunkle Augenringe waren unter seinen Augen zu sehen und sein Haar stand wirr zu allen Seiten ab.

Er bekam wohl keinen Schlaf mehr. Genauso wenig wie ich.

„Ich bin mit Samuel verabredet." Luca zeigte die Treppe hoch und trottete dann in ein anderes Zimmer. Ich ging rein, machte die Haustür hinter mir zu und ging dann nach oben.

Ich fand sein Zimmer schnell, da die Tür offenstand und Samuel auf seinem Bett saß.

Er schaute nachdenklich auf seine Hände.

Was war denn mit dem los? So kannte ich ihn gar nicht. Ich klopfte an der Tür und er zuckte kurz zusammen.

„Ach, Phoenix du bist es. Komm rein und mach die Tür hinter dir zu." Ich ging rein und machte die Tür hinter mir zu. Samuel war währenddessen aufgestanden und schaute aus dem Fenster.

„So jetzt rück mit der Sprache raus. Was weißt du über Emily!?" Ich unterdrückte meine Wut. Eine Schlägerei würde uns nicht weiterbringen.

Samuel sagte nichts, sondern zeigte auf sein Bett. Jetzt sah ich, dass dort Fotos lagen. Ich ging darauf zu und erkannte darauf Emily.

Ich ließ mich vor dem Bett auf die Knie fallen und nahm die Fotos in die Hand. Sie sah blass aus und ihr Gesicht war grün und blau.

Auch einige Wunden schmückten ihren wunderschönen Körper.

Mir traten Tränen in die Augen und ich wurde auch immer wütender.

„Woher hast du die?" Ich schaute Samuel an, der sich jetzt auch zu mir gedreht hatte.

„Ich habe sie gemacht." Ich sprang auf und wollte auf ihn zu gehen, doch er hob abwehrend seine Hände und redete weiter.

„Mit ihrer Erlaubnis. Sie wollte, dass ich sie zur Polizei bringe. So wie sie dich das letzte Mal gesehen hat geht sie davon aus, dass du tot bist.

Ich hatte die Hoffnung das man dich gefunden hat, deswegen habe ich erst versucht dich anzurufen.

Zum Glück hat es funktioniert. Ich wusste nie das Heal Mädchen entführt, benutzt und verkauft."

„Es gibt noch mehr?" Samuel zeigte wieder auf die Fotos und ich ging sie weiter durch. Und tatsächlich fand ich Bilder mit noch anderen Mädchen drauf.

Die meisten sahen genauso aus wie Emily. Heal schmuggelte mit Mädchen.

„Sie glaubt nicht daran, dass sie dort lebend rauskommt, deswegen sollte ich die Fotos machen,

254

damit Heal trotzdem ins Gefängnis kommt." Samuel klang traurig.

„Wie geht es ihr zu Zeit?" Ich traute mich das kaum zu fragen, aber ich musste es wissen. Samuel schaute auf den Boden.

„Nicht sehr gut. Sie glaubt du bist tot und sie wehrt sich jeden Tag. Sie versucht für dich zu kämpfen und da wieder raus zu kommen. Doch dadurch wird sie jeden Tag bestraft.

Aber lange hält sie das nicht mehr aus. Man kann schon sehen, dass sie zum Teil schon aufgehört hat zu kämpfen." Die Aussage machte mich wütend.

Wie kann man nur so mit Menschen umgehen?

„Warum willst du ihr auf einmal helfen? Ich dachte du kannst sie nicht leiden.", fragte ich ihn dann. Auf die Antwort war ich gespannt. Er schaute bedrückt auf den Boden.

„Ach man ich hatte Angst, dass sie sich in unsere Familie drängt. Diese Angst war unberechtigt. Außerdem habe ich jetzt die letzten Tage beobachten können, wie es Jasmin und auch Luca geht.

Sie machen sich sorgen und da kann ich es nicht verantworten, wenn ich nicht helfe.

Das würden sie mir nie verzeihen. Das was Heal ihr antut, hat sie, oder auch irgendein anderes Mädchen nicht verdient.

Sie ist meine kleine Schwester und wir müssen sie daraus holen.

Alle Mädchen müssen daraus. Ich bin zwar nur der Laufbursche von Heal und hab daher nie etwas mitbekommen, doch als ich sie da sah, geschlagen und fast nackt, brach etwas in mir.

Zurzeit ist sie bei Damian. Er ist die rechte Hand von Heal und für die Mädchen verantwortlich. Er weist Emily fast jeden Tag zurecht, indem er sie schlägt." Ohne es zu bemerken, ballte ich meinen Händen zu Fäusten.

„Hat man sie..." Ich wollte es gar nicht aussprechen, aber Samuel verstand sofort und schüttelte mit seinem Kopf. Darauf entspannte ich mich etwas.

„Ich konnte es bisher jedes Mal verhindern." Ich atmete aus und fing an zu überlegen.

Samuel könnte uns gut helfen, da er wissen müsset, wo sie gefangen gehalten werden.

„Du weißt also wo man sie gefangen hält?"

„Mehr oder weniger. Wie gesagt. Damian hat sie und nimmt sie auch mit nach Hause. Sie ist nicht immer in der Halle.

Aber wo diese Halle ist kann ich euch sagen." In meinem Kopf entstand ein Plan. Dieser würde auch viel schneller gehen, aber ich müsste die Polizei mit reinziehen.

„Würdest du dich für sie der Polizei stellen?" Ich sah wie Samuel überlegte, aber nicht lange.

„Damit wir sie daraus holen können würde ich alles tun." Ich nickte und erklärte ihm meinen Plan. Er gefiel ihm und wir machten uns auf den Weg zu mir nach Hause.

Kommissar Frey hatte ich auf dem Weg eine Nachricht geschrieben und so stand er schon an der Tür, als Samuel und ich dort ankamen.
Auch ihm erklärten wir alles und er war sofort dabei.
Während des Gesprächs wanderten meine Gedanken zu Emily. Wir werden dich daraus holen mein Engel.

14.Kapitel

Emily

„Emily! Jetzt komm verdammt nochmal her!",
schrie er erneut aus dem Wohnzimmer. Ich war
bei Damian zuhause, da er mich für sich behalten
wollte.
Heal hatte keine Probleme damit.
Ich musste hier den Haushalt machen und alles
andere was er verlangte.
Doch das machte ich nur mit sehr viel Widerstand, daher wurde ich fast jeden Tag geschlagen.
Ich nahm die Flasche Cola und ging wieder ins
Wohnzimmer.
„Hier, bitte." Ich stellte die Flasche vor ihm auf
den Tisch ab.
„Das wurde auch mal Zeit, oder willst du dir wieder eine Strafe einhandeln?" Schnell schüttelte
ich mit dem Kopf und wollte einen Schritt nach
hinten gehen, doch mit einer schnellen Bewegung
hatte er meinen Arm und zog mich zu sich.
Ich verlor das Gleichgewicht und landete auf seinem Schoß.

Als ich wieder aufstehen wollte kam ich nicht weit, da er mich festhielt. Mit seiner freien Hand strich er mir eine Strähne hinters Ohr.

„Das finde ich nämlich auch viel zu schade. Du siehst ohne diese ganzen Blutergüsse viel schöner aus.

Doch wer nicht hören will, muss eben fühlen. Du sollst ja immerhin bald arbeiten und nicht dabei jeden Mann sofort verärgern." Bei dem Gedanken wurde mir schlecht. Hoffentlich schaffte ich es vorher hier raus.

„Obwohl, ich mag es, wenn du so widerspenstig bist." Er drückte mir seine ekligen Lippen auf meine.

Doch ich dachte gar nicht erst daran zu erwidern. Ich drückte meine Lippen fest auf einander. Nach einer Zeit gab er es auf.

„Ich glaube dafür sollte ich mir eine Strafe überlegen." Und schon holte er aus und ich fiel von seinem Schoß.

Meine rechte Wange pochte. Doch daran war ich langsam gewöhnt.

Er stand auf und packte wieder meinen Arm. Ich wusste wo er mich hinbringen würde und da wollte ich auf keinen Fall hin.

Ich fing an mich zu wehren.

„Nein Damian, bitte!" Ich stemmte meine Hacken in den Boden. Das machte ihn nur noch wütender.

„Du hast es nicht anders verdient meine Liebe! Ich hole dich da wieder raus, wenn ich eine bessere Bestrafung gefunden habe.", knurrte er und schmiss mich über seine Schulter.

Ich schlug ihn mit der Faust auf den Rücken, doch das schien ihm nichts aus zu machen.

Ich spürte wie wir eine Treppe runter gingen und dann hörte ich wie er eine Tür auf machte und wir gingen in den Raum.

„Hoffentlich wirst du dadurch ein bisschen ruhiger." Er lief mit mir auf einen Stuhl zu. Ich fing wieder an zu zappeln.

„Nein, bitte!" Damian setzte mich auf den Boden ab und grinste mich wütend an.

„Du hast es verdient und wenn du jetzt nicht ruhig bist werde ich meine Spielzeuge hier unten benutzen, also sei still und setzt dich hin." Ich gehorchte und ließ mich auf den Stuhl fallen. Er machte meine Beine und meine Arme fest und begutachtete danach sein Werk.

„Jetzt kann ich zu mindestens in Ruhe meine Arbeit erledigen." Ich wollte wieder schreien, aber er hatte mir schnell einen Knebel in den Mund gesteckt.

„Ich sagte ich will in Ruhe meine Arbeit erledigen." Er ging raus.

Dabei machte er das Licht aus und ich wurde von Dunkelheit umschlungen. Naja, es war besser, als diese ganzen Folter Instrumente zu sehen. Ich hatte gelernt Angst vor diesem Raum zu haben. Mehr als einmal habe ich die Schreie, die von hier unten kamen, oben mit anhören müssen und meistens waren die Mädchen danach fast tot.

Damian nutzte diese Angst, um mich gefügig zu machen.

Aber ich wusste ganz genau, wenn ich ihm zu anstrengend werde, wird er irgendwas von hier unten benutzen.

Wieder kamen mir die Gedanken mein Leben einfach zu beenden. Ich stand kurz davor zu brechen. Jeder einzelne Tag war eine Qual. Doch schnell schüttelte ich meinen Kopf.

Phoenix hätte gewollt, dass ich kämpfe. Doch wirklich lange würde ich nicht mehr aushalten. Ich ließ meine Tränen einfach laufen und durch die Dunkelheit vergas ich die Zeit.

Irgendwann hörte ich den Schlüssel in der Tür. Ausgelaugt und halb verhungert hob ich meinen Kopf. Das Licht ging an und ich kniff meine Augen zu.

„Drei Tagen sollten dich wohl zur Vernunft gebracht haben. Außerdem habe ich jetzt auch noch was anderes Schönes mit dir vor." Damian grinste und machte mich los. Ich hatte ganze drei Tage hier gesessen.

Es hatte sich viel länger angefühlt. Damian packte meinen Arm und zog mich nach draußen. Wir liefen die Treppe nach oben.

Im Erdgeschoss zog er mich ins Wohnzimmer, wo er mich dann sofort auf das Sofa warf. Ich wollte aufstehen, doch bevor ich mich überhaupt bewegen konnte, lag er schon auf mir und bekam langsam eine Vermutung was er vorhatte. Blanke Panik kroch meinen Rücken hoch.

Ich schlug ihn und meine Tränen fingen wieder stärker an zu laufen.

„Je mehr du dich wehrst, desto schmerzhafter wird es für dich und meinen Spaß verliere ich dadurch nicht.", sagte er wütend und riss das Shirt kaputt, was ich anhatte.

Jetzt lag ich nur noch in meiner Unterwäsche vor ihm.

„Nein! Bitte!" Ich strampelte mit den Beinen, doch er setzte sich drauf.

So hatte ich keine Chance mich zu wehren. Meine Arme hielt er über den Kopf fest. Mit seiner freien Hand riss er auch den letzten Stoff fetzen von meinem Körper.

Danach zog er sich selbst die Hose runter. Ich kniff meine Augen zu und warf meinen Kopf in den Nacken.

Meine Schluchzer wurden lauter und wurden von Schmerzensschreien unterbrochen. Jeder Stoß tat weh und ließ in mir etwas zerbrechen, bis ich ganz zerbrochen war.

Wenn ich nicht machte was er wollte, schlug er mich dabei. Was meine Schmerzen nur noch verstärkte.

Nach einer gefühlten Ewigkeit kam er zum Ende und machte dabei ekelerregende Laute.

Er grinste mich dreckig an, doch bevor er sich noch mal zum mir runter beugen konnte, klingelte sein Handy.

„Verdammt, wer nervt den gerade jetzt?" Er ging von mir runter und ich wickelte mich wie in Trance in die Decke.

Er hatte es tatsächlich geschafft mich zu brechen. Mein Körper war nur noch eine leere Hülle und ich fühlte außer Angst und Schmerzen, nichts mehr.

Ich hatte innerlich aufgehört zu kämpfen.

Er telefonierte wütend und kam danach wieder auf mich zu. Sofort ging ich in Schutzschaltung. Ich kauerte mich auf die Couch. Damian grinste.

„Geh dir was anziehen Süße. In meinem Zimmer liegt was auf dem Bett. Und beeil dich bloß." Ich nickte hektisch und stand schnell auf. Hinter mir lachte er.

Er wusste ganz genau, dass ich jetzt alles tun würde, um diese Schmerzen nicht noch einmal fühlen zu müssen.

Ich lief schnell nach oben, doch jeder Schritt tat höllisch weg.

Als ich dann oben war zog ich mich schnell an und ging dann wieder runter. Unten stand er schon an der Tür.

Er gab mir eine Jacke und diese zog ich an. Er kam mir näher und ich wich nach hinten aus, bis ich die Wand im Rücken spürte.

„Glaube mir. Es hätte nicht so weh getan, wenn du mit gemacht hättest. Aber dazu hast du ja heute Abend noch genug Zeit." Ich schluckte und er grinste mich dreckig an. Dann schob er mich aus der Tür.

Wir fuhren wieder zu der Lagerhalle, wo ich das erste Mal wach geworden war.

Ich wusste überhaupt nicht mehr wie lange das schon her war. Ich hatte mein Zeitgefühl verloren.

Wir liefen durch die Halle zum Büro von Mr. Heal. Die ganze Zeit hielt ich meinen Blick gesenkt.

„Ah Damian, da bist du ja endlich und mein wunderschönstes Mädchen. Du wirst schon sehr begehrt.", begrüßte uns Heal und er legte seine Hände an meine Wange.

Beim letzten Mal hatte ich ihn gebissen, doch heute hatte ich Angst davor. Er schaute erstaunt zu Damian.

„Du scheinst sie ja endlich unter Kontrolle gebracht zu haben."

„Ja und dabei hast du mich gestört. Du kannst froh sein, dass du nicht fünf Minuten eher angerufen hast.", sagte Damian mürrisch. Mr. Heal verstand sofort und ging lachend wieder zu seinem Schreibtisch.

„Das tut mir sehr leid Damian. Ich hatte dich hergebeten, um mit dir das weitere Vorgehen zu besprechen.

Wie du weißt werde ich ja immer noch von der Polizei beschattet, doch es haben sich auch schon viele Männer gemeldet die auf den Geschmack gekommen sind. Sie wollen deine Schönheit ausprobieren." Damian verkrampfte sich.

„Sie gehört mir Heal. Das war unsere Abmachung. Ich werde sie nur tanzen lassen, aber sie wird keine engere Verbindung mit den Kunden eingehen."

„Das ist deine Sache, Damian. Ich wollte dich lediglich informieren, dass man auf sie wartet." Damian seufzte.

„Habe ich vernommen. Dann werden wir jetzt wieder gehen." Damian packte meinen Arm und zog mich durch die Tür hinter Mr. Heal. Doch draußen wurde ich sofort aus dem Griff von Damian gezogen.

Ich fing an zu zappeln und wollte mich aus dem Griff befreien, da sprach derjenige der mich festhielt zu mir.

„Bekomm jetzt bloß keine Panik.", flüsterte er mir ins Ohr und ich erkannte die Stimme sofort. Samuel. Er drückte mich an sich.

Ich stand mit dem Rücken an seiner Brust und konnte so noch das geschockte Gesicht von Damian sehen.

Als er einen Schritt auf uns zu machen wollte, hielt Heal ihn zurück.

„Ach und das habe ich vergessen zu erwähnen. Ihre Dienste werden heute in Anspruch genommen.

Wir wollen doch sehen, ob sie auch wirklich dazu taugt." Damian schaute Heal wütend an.

„Und das konntest du mir nicht eher sagen?! Vertraust du ihm überhaupt?!", fragte Damian angepisst. Heal schaute zu uns.

„Ja, das tue ich. Er hat damals den Vater von Phoenix erschossen und somit seine Loyalität bewiesen." Sofort spannte ich mich an.

Samuel hatte den Vater von Phoenix erschossen? Samuel bemerkte, dass ich mich angespannt hatte, da er anfing mir beruhigend über den Rücken zu streicheln.

Doch wirklich beruhigen tat es mich nicht. Damians Miene wurde etwas ruhiger.

„Ach, tatsächlich. Du bist das gewesen?" Er wollte es wohl nicht glauben.

„Ja, das hat er und daher vertraue ich ihm. Du solltest dich ein wenig beruhigen. Es war von Anfang an die Rede davon, dass sie für uns arbeiten wird." Damian schnaubte wütend. Mr. Heal schaute wieder zu Samuel und mir.

„Ich hoffe du wirst deinen Spaß haben, danach kannst du sie dort lassen. Damian wird sie wohl wieder abholen." Heal wollte wieder rein gehen, aber Samuel hielt ihn auf.

„Ich hätte das alles schon sehr viel eher tun müssen.", sagte Samuel und auf einmal ging alles ganz schnell. Aus jeder Ecke tauchten Polizisten auf.

Heal und Damian schauten sich geschockt an. Doch Damian war der erste, der wieder zur Besinnung kam.

Er stürmte auf mich und Samuel zu.

„Darum muss ich mich kümmern. Bleib hinter mir." Samuel schubste mich hinter sich und trat Damian entgegen.

Es fielen Schüsse und vor lauter Panik kauerte ich mich auf den Boden. Ich wollte nur noch, dass es vorbei ging.

Entweder tot oder lebendig. Plötzlich legten sich zwei starke Arme um meinen Körper und ein vertrauterer Geruch hüllte mich ein.

„Es wird alles wieder gut mein Engel. Du bist jetzt in Sicherheit."

„Phoenix?!" Leicht geschockt drehte ich mich zu ihm um. Ich musste also tot sein.

„Ja, mein Engel ich bin hier. Ich würde nirgendwo ohne dich hin gehen." Er legte seine Hände an mein Gesicht und ich konnte seine Wärme spüren.

Er war also tatsächlich hier. Ich war nicht tot und er auch nicht. Er sah etwas schwach und kränklich aus, aber ansonsten ging es ihm anscheint gut.

Erleichterung überflutete mich und ich sprang in seine Arme.

Durch das plötzliche Gewicht verlor er das Gleichgewicht und wir fielen nach hinten auf den Boden.

„Haha, Emily nicht so stürmisch." Er umschlang mich mit seinen Armen und stand dann mit mir auf.

Er betrachtete mich und legte seine Hände an mein Gesicht. Dies musterte er besorgt, doch plötzlich wurde ich gewaltsam nach hinten gezogen und konnte Phoenix auch nicht mehr greifen.

„Phoenix!" Ich wollte ihn nicht wieder verlieren. Phoenix wollte sich auf mich zu bewegen, wurde aber unterbrochen.

„Du solltest da stehen bleiben Black. Sonst passiert deiner Kleinen was." Damian! Meine Augen wurden größer und ich zappelt rum.

Ich wollte das Ganze nicht noch einmal durchmachen.

„Jetzt halt verdammt noch einmal still!", zischte er und dann spürte ich auch schon die Waffe an meiner Schläfe. Sofort blieb ich wie erstarrt stehen.

„Wenn sich einer von euch bewegt, wird sie einen Kopf kürzer!" Panisch schaute ich zu Phoenix, der nur mit Mühe von zwei Polizisten festgehalten werden konnte. Neben mir und Damian tauchte Mr. Heal auf.

„Wir werden jetzt gehen und keiner wird uns aufhalten.", sagte Damian bestimmt und drückte die Waffe fester an meine Schläfe. Langsam liefen wir rückwärts. Immer die anderen im Blick.

Bis zwei Schüsse ertönten. Ich blieb stocksteif stehen.

Der Griff um meinen Arm wurde lockerer, bis er ganz verschwunden war.

Mir wurde schwindelig und ich sah alles nur noch verschwommen.

„Emily?!" Ich sah wie jemand auf mich zu rannte, doch dann verschwand alles und ich sah nur noch schwarz.

...

„Sie ist noch sehr schwach. Sie hat die Wochen, wo sie dort war, nur wenig zu Essen und zu Trinken bekommen. Dann kommen noch die ganzen Verletzungen dazu, eine Unterkühlung.
Sie hat ganz schönes Glück gehabt. Sie sollte bald wieder wach werden." Hörte ich nach einer Zeit eine weibliche Stimme. Doch ich sah immer noch nur Schwärze.
Meine Augen waren noch zu und ich schaffte es nicht sie auf zu machen. Ich hörte ein dumpfes Geräusch.
Das musste eine Tür gewesen sein.
„Siehst du. Du machst dir zu viele Sorgen Kumpel. Sie wird schon wieder.", sagte dann jemand ein paar Sekunden später. Doch die Stimme konnte ich auch nicht zuordnen. Ich hörte ein Seufzen.
„Aber schau sie dir doch mal an. Sie liegt seit vier Tagen im Koma und sieht immer noch schlimm aus." In der Stimme konnte man Schmerz und Trauer hören.
Ich kannte diese Stimme. Ich wühlte in meinen Erinnerungen. Phoenix.
Er war am Leben und hat mich aus den Fängen von Damian und Heal befreit. Ich habe es geschafft und er auch.
Jetzt muss ich nur noch für ihn wieder wach werden. Ich versuchte meine Augen zu öffnen und zu

meiner Freude funktionierte es sofort beim ersten Mal.

„Hey Jungs, sie wird wach.", sagte eine weibliche Stimme. Ich machte meine Augen auf und kniff sie sofort wieder leicht zu, da es sehr hell war.

„Emily?" Als mein Name fiel, erkannte ich auch die Stimme.

„Stella?" Meine Stimme klang schwach und ich brauchte auch unbedingt was zu trinken.

Doch erstmal spürte ich zwei Arme um meinen Hals. Ich keuchte vor Schmerzen auf und sie sprang erschrocken wieder zurück.

„Tut mir leid, aber du bist endlich wieder wach. Wir haben uns Sorgen um dich gemacht.", sagte sie leicht weinerlich.

Als sie mich anschaute, sah ich auch, dass sie geweint haben musste.

„Hast du geweint?" Stella lachte kurz.

„Du hast vier Tage im Koma gelegen. Ich habe einfach Angst gehabt, dass ich dich verlieren könnte." Das rührte mich und ich drückte ihre Hand, die ich hielt.

„Ich habe dich auch lieb Stella. Könntest du mir vielleicht was zu trinken geben?" Sie nickte sofort und reichte mir einen Becher. Als das Wasser meinen Hals hinunterlief, hätte ich fast vor Freude gestöhnt.

„Wir haben uns alle Sorgen gemacht." Sagte Blake. Ich schaute hoch und sah die Jungs.

Alle Jungs waren hier.

Ryan, Zyan, Adriel, Blake und auch Phoenix. Bei Phoenix blieb mein Blick länger hängen. Er lächelte mich schwach an.

Auch in seinen Augenwinkel glitzerten noch Spuren von Tränen. Stella stand von der Bettkante auf und Phoenix nahm ihren Platz ein.

„Wir gehen uns mal einen Kaffee holen.", sagte Stella und drückte die neugierigen Jungs nach draußen. Phoenix und ich mussten darüber lachen, dann nahm er auf einmal meine Hand und ich zuckte kurz zusammen.

Kurze Bilder von Damian, tauchten in meinen Kopf auf und ich zog die Hand zurück. Phoenix zog seine Hand auch zurück.

„Tut mir leid, ich wollte..." Ich unterbrach ihn, in dem ich eine Hand hob.

„Es ist nicht deine Schuld. Es liegt nur an mir." Ich wurde traurig. Könnte ich Phoenix jemals wieder an mich ranlassen, ohne sofort an IHN denken zu müssen?

Sollte ich Phoenix von der Vergewaltigung erzählen? Auf jeden Fall irgendwann, aber noch nicht heute.

Phoenix bemerkte meine Unruhe. Vorsichtig legte er seine Hand an meine Wange. Ich wollte wieder zurückweichen, aber ich unterdrückte den Reflex.

„Hey Engel. Beruhig dich.
Hier wird dir niemand mehr weh tun. Du bist in Sicherheit. Das alles ist vorbei und Vergangenheit." Seine smaragdgrünen Augen strahlten

Ruhe aus und ich beruhigte mich tatsächlich etwas.

Wenn er nur wüsste. So schnell werden diese Ereignisse nicht zur Vergangenheit.

Nach einem leisen Klopfen trat eine Frau im weißen Kittel ins Zimmer. Die anderen mussten ihr Bescheid gesagt haben.

„Es ist schön zu sehen, dass du endlich wach geworden bist. Ich darf doch du sagen?" Ich nickte und sie kam auf mich zu und reichte mir ihre Hand.

„Ich bin Fiona, deine Ärztin. Ich mache nur eine kleine Untersuchung und dann lasse ich dich für heute in Ruhe. Morgen machen wir dann ein paar mehr Untersuchungen." Ich nickte.

Sie lächelte mich an und untersuchte mich dann kurz. Es war alles in Ordnung.

„Gut. Soweit ist alles in Ordnung. Dann sehen wir uns morgen. Denkt daran, die Besuchszeit ist in einer Stunde zu Ende." Sie zwinkerte uns zu und verließ dann den Raum.

Sie gefiel mir. Phoenix lenkte meine Aufmerksamkeit wieder auf sich.

„Ich glaube ich sollte jetzt mal deine Mutter reinholen.", sagte er und wollte zur Tür gehen, als mir etwas einfiel.

„Warte. Was ist mit Samuel?" er drehte sich noch mal zu mir.

„Er hat einen Streifschuss abbekommen und liegt ein Zimmer weiter. Aber es geht im gut."

Erleichtert atmete ich aus. Phoenix lächelte mich kurz an und ging dann raus.

Fünf Minuten später stürmten zwei Leute ins Zimmer. Meine Mutter und Luca. Als erstes lag ich in den Armen meiner Mutter. Sofort erwiderte ich die Umarmung. Ich spürte, wie sehr sie sich Sorgen gemacht hat.

„Ich bin so froh, dass es dir wieder besser geht." sagte sie und ich konnte hören, dass sie sehr viel geweint haben musste. Sie ließ mich los und sofort lag ich in den Armen meines Stiefbruders.

„Jag mir nie wieder so eine Angst ein.", sagte er an mein Ohr und ich musste lächeln. Wir kannten uns noch nicht lange, doch wir beiden wussten ganz genau, dass wir für den anderen sterben würden.

Luca löste sich von mir und ließ Jasmin sich auf die Bettkante setzten. Sie nahm meine Hand und streichelte sie beruhigend.

Es tat richtig gut wieder eine Mutter zu haben. Die ganzen Jahre, wo ich sie vermisst hatte, verschwanden. Genauso meine Wut auf sie. Wir waren nur noch im hier und jetzt.

„Mum?" Sie schaute hoch, da sie vorher auf unsere Hände geschaut hatte.

„Ich liebe dich." Sie saß reglos da und musste wohl erst einmal realisieren was ich gerade gesagt hatte. Doch dann wurde ich von ihr in eine feste Umarmung gezogen.

Sie passte auf, dass sie mir dabei nicht weh tat.

„Ach, mein Schatz. Ich liebe dich auch." Sie weinte und so kamen auch mir die Tränen. Luca schloss sich lachend an und so saßen wir in einer Gruppenumarmung auf meinem Bett.

Irgendwann klopfte es leise und wir lösten uns. Die anderen kamen wieder rein.

Doch Phoenix war nicht dabei. Hatte ich ihn vielleicht doch verschreckt?

Oder war er einfach nur eher gegangen, aber warum verabschiedete er sich nicht? Mein Herz zog sich schmerzhaft zusammen, aber die anderen lenkten mich ab.

Wir redeten noch ein wenig, bis die Besuchszeit vorbei war und sie gehen mussten.

Mitten in der Nacht wurde ich wach und konnte auch nicht mehr einschlafen. Albträume über das Erlebte plagten mich. Ich schaute aus dem Fenster und beschloss mich zu Samuel rüber zu schleichen, in der Hoffnung, dass er auch noch wach war und ein Einzelzimmer hatte.

Ich wickelte mir meine Decke um den Körper und lief leise in den Flur.

An der Tür neben meiner, klopfte ich leise und ging dann rein. Samuel hatte auf seinem Tisch das kleine Licht angemacht und schaute mich verwirrt an. Als er mich erkannte lächelte er leicht.

„Du bist endlich wach. Das ist schön. Deswegen waren Jasmin und Luca heute nicht mehr bei mir.", sagte er grinsend. Ich zuckte mit den Schultern. Samuel klopfte neben sich auf das Bett und ich trottete zu ihm. Ich setzte mich auf das Bett.

„Kannst du nicht schlafen?", fragte er mich besorgt. Ich schüttelte den Kopf.

„Nicht wirklich. Immer wieder träume ich davon, was alles passiert ist. Was er..." Ich konnte und wollte nicht darüber reden. Samuel sollte auch nicht der erste sein, dem ich das erzähle.

„Schon gut. Du musst darüber nicht sprechen.", sagte er verständnisvoll und so schwiegen wir. Doch dann fiel mir wieder etwas ein und darauf brauchte ich Antworten von ihm.

„Was hat Heal gemeint, als er sagte, dass du Phoenixs Vater erschossen hättest?" Ich sah wie Samuel sich anspannte. Das war wohl ein sehr heikles Thema, doch ich wollte es wissen. Phoenix würde es mir nicht erzählen, dass wusste ich. Außerdem war es immer besser, beide Seiten zu kennen.

„Ich werde sonst Phoenix fragen.", sagte ich, als Samuel immer noch nicht geantwortet hatte. Er lachte kurz.

„Ich glaube er wird genauso reagieren. Wahrscheinlich würde er sogar wütend werden und dich anschreien." Da hatte er Recht. Ich schaute auf meine Hände. Samuel seufzte.

„Aber ich werde dir meine Seite der Geschichte erzählen. Sonst erzählt Phoenix nur Lügen und du bekommst einen schlechten Eindruck von mir. Denn er kennt nicht die ganze Wahrheit nur das, was er glauben will." Samuel stand auf und ging zum Fenster.

Ich blieb auf dem Bett sitzen und drehte mich zu ihm. Er schaute raus.

„Phoenix und ich waren mal beste Freunde, doch das ist drei Jahre her." Ich lachte kurz auf, hielt mir aber sofort den Mund zu. Samuel drehte sich zu mir und schaute mich mit einem kurzen Lächeln an.

„Ja, du lachst. Aber es ist wahr. Zumindest bis zur dieser einen Nacht." Er schien in Erinnerungen zu verschwinden und ich hörte ihm gespannt zu.

„Phoenix und ich haben schon damals für Heal gearbeitet, aber nur harmlose Sachen.

Doch irgendwann wollte Heal, dass wir mehr machen. Phoenix wollte es nicht und er wollte aussteigen, doch das war nicht so leicht.

Am 13 April 2015, in dieser Nacht wollte er seinen letzten Job machen und dann gehen. Du musst wissen, Dave, der Vater von Phoenix, war ein Cop.

Er hatte schon länger geahnt, dass wir kriminell waren. Er hat in dieser Nacht Phoenix verflogt.

Als wir dann vor Heal standen und dieser Phoenix bedrohte, ist bei ihm der Cop durchgegangen. Er hat sich zwischen uns gestellt mit einer gezogenen Waffe auf mich gerichtet. Auch ich hatte eine Waffe und hatte sie aus Reflex gezogen. Dann ging alles so schnell. Er wollte auf mich einreden, dass alles gut wäre.

Ich wollte meine Waffe senken, doch dann löste sich ein Schuss und traf ihn.

Phoenix hatte nur gesehen, wie ich geschossen habe. Aber nicht, wie ich vorher die Waffe senken wollte. Er stürmte zu seinem Vater und ich wurde von Heal gepackt und mitgezogen.

Seitdem sind wir zerstritten.

Sein Vater starb in dieser Nacht in seinen Armen. Dadurch wurde er auch so gefühlskalt. Der Tot seines Vaters und der Verrat seines besten Freundes. Das hat ihn zerstört.

Wenn wir uns danach gesehen haben, haben wir uns immer gestritten und meistens auch geprügelt.

Er hat mich zwar nie verpfiffen, aber er hat mir auch nie verziehen. Was ich ihm aber auch nicht übelnahm." Samuel endete und stand mit dem Rücken zu mir. Das waren viele Informationen, die ich auch erst einmal verarbeiten musste.

„Aber es war doch ein Unfall.", sagte ich nach einer Zeit. Samuel seufzte.

„Ja das weiß ich, aber er glaubt es wäre mit Vorsatz passiert. Ich habe nie was getan, um ihm das Gegenteil zu beweisen, da Heal mich in der Hand hatte. Er hatte gedroht mich zu verpfeifen, wenn ich Phoenix auch nur zu nah komme sollte, deswegen habe ich ihn immer mehr auf Abstand gehalten. Ich habe mir Gründe herausgesucht, um mich mit ihm zu streiten, aber ich will mich nicht mehr streiten.

Vor allem, weil du jetzt meine Schwester bist und er dein Freund ist. Ich hoffe, dass wir uns bald vertragen werden." Er grinste mich schief an.

„Dafür musst du nur mit ihm reden und ihm alles in Ruhe erklären." Seine Augen wurden traurig und er lachte kurz auf.

„Er hat dich wirklich nicht verdient.", sagte er dann und ich lachte.

„Glaube mir. Ich habe die Gefühle sehr lange unterdrückt. Und auch er hat sehr lange dagegen angekämpft, mir dabei sogar weh getan. Daher hat uns das nur geschadet." Samuel setzte sich wieder neben mich auf das Bett.

„Aber er liebt dich. Das hat er bewiesen." Mein Grinsen erstarb.

„Warum ist er dann heute einfach verschwunden?" Eigentlich wollte ich die Frage nicht laut aussprechen. Ich seufzte.

Samuel bemerkte es zum Glück und ging darauf nicht ein. Darum war ich auch sehr froh. Ich gähnte. So langsam kam die Müdigkeit wieder.

„Ich glaube, du solltest wieder auf dein Zimmer gehen und schlafen. Das mit Phoenix wird sich mit Sicherheit klären.", sagte Samuel und schubste mich sanft vom Bett.

Ich nickte und ging langsam zur Tür. Dort drehte ich mich noch einmal kurz um.

„Gute Nacht. Danke dass du so ehrlich zu mir warst."

„Ja, gute Nacht Emily." Und so ging ich raus und wieder in mein Zimmer.

Als ich wieder in meinem Bett lag schlief ich sehr schnell ein und konnte dieses Mal zum Glück durchschlafen.

15.Kapitel

Emily

Ein Klopfen holte mich aus meinem Schlaf und ich öffnete verschlafen die Augen.

„Ah Guten Morgen Emily. Ich wollte dich für die Untersuchungen abholen." Fiona stand lächelnd vor mir. Ich nickte und stand langsam auf. Ich zog mir einen Jogginganzug an und folgte ihr dann aus dem Zimmer.

Wir gingen in einen kleinen Untersuchungsraum. Ich setzte mich automatisch auf die Liege, aber sie wollte erst einmal mit mir reden.

„Setz dich doch bitte dort hin. Hier ist die Gefahr gestört zu werden nicht sehr groß, da ich ein unangenehmes Thema ansprechen möchte." Ich schluckte. Mir kam eine Vorahnung.

„Sie haben mich schon untersucht, oder?" Sie nickte.

„Ja. Als du hier eingeliefert worden bist, mussten wir gucken, ob irgendwelche lebensbedrohlichen Verletzungen vorhanden sind. Denn keiner fällt einfach so ins Koma dann habe ich dich ja gestern noch einmal untersucht.

Du musstest dich einfach nur erholen.

Daher kannst du heute auch schon wieder gehen, aber bei der ersten Untersuchung ist mir etwas aufgefallen." Sie schaute mich mitleidig an.

„Ich kenne die Geschichte und was passiert ist. Die Polizisten haben mich eingeweiht und ich habe ihnen auch davon erzählt, da es ein weiterer Klagepunkt gegen diese Verbrecher ist."

„Sie haben was?!" Ich konnte es nicht glauben. Sie konnte mir doch nicht die Entscheidung nehmen, wann ich es erzählte.

„Emily es ist alles gut. Ich habe es nur den Polizisten gesagt sonst niemanden. Aber es war auch nur ein Verdacht, daher möchte ich dich fragen, ob ich es richtig gedeutet habe." Sie machte eine kurze Pause und gab mir damit Zeit, selbst etwas zu sagen, aber ich konnte nicht.

„Du wurdest vergewaltigt, oder?" Sorgenvoll schaute sie mich an. Da ich darüber immer noch nicht sprechen konnte, nickte ich nur und schaute auf den Boden.

Ich schämte mich dafür und wünschte mir, der Erdboden würde mich jetzt und hier verschlingen.

Ich hörte wie sich ihr Stuhl bewegte und Sekunden später, fühlte ich ihre Hand auf meiner.

„Emily, es ist in Ordnung. Es ist ganz normal, dass man darüber nicht sprechen kann. Aber eins muss du dir merken, du brauchst dich dafür nicht zu schämen.

Diese Männer müssten sich dafür schämen und zum Glück kommen sie hinter Gitter, also können sie dir auch nichts mehr tun. Ich will dir nur helfen.

Du musst aber nicht mit mir darüber sprechen, aber du solltest mit jemanden darüber reden.

Ich habe es schon öfter mitbekommen und wenn du es nur verschweigst, wirst du nie wieder einen anderen Mann an dich ranlassen können." Sie schaute mich ernst an und ich nickte nur.

„Schön. Dann mache ich jetzt einfach noch mal einen Routinecheck und dann kannst du nach Hause. Du musst dir aber noch ein paar Tage Ruhe geben." Ich nickte und sie zeigte auf die Liege. Ich setzte mich drauf und sie fing mit der Untersuchung an.

Nach einer Stunde konnte ich wieder auf mein Zimmer.

Ich war überrascht, als ich eine aufgebrachte Stella im Zimmer hin und her laufen sah. Sie war anscheint gekommen, als ich noch bei der Untersuchung war.

„Stella was machst du denn schon hier? Hast du heute nicht Kurse?" Sie erschreckte sich und drehte sich zu mir um.

„Emily. Kündige dich doch bitte das nächste Mal an." Sie ließ sich auf das Bett fallen und ich musste lachen. Ich ging zu ihr und setzte mich neben sie auf das Bett. Anscheint musste sie unbedingt etwas los werden, sonst hätte sie ihre Kurse nicht ausfallen lassen.

Sie bedrückte etwas, dass konnte ich ihr ansehen. Aber das würde mich auch ein wenig ablenken von meinen ganzen Problemen.

„Warum sind Männer eigentlich solche Idioten.", sagte sie aufgebracht und nach einer Zeit tigerte sie wieder durch das Zimmer. Ich musste lachen.

„Also, wenn du die Black Brüder meinst, ja die sind sehr kompliziert." Ich lachte und sie fuchtelte aufgebracht mit den Armen. Ich hatte anscheint ins Schwarze getroffen.

Also musste es wohl um Adriel gehen.

„Was ist denn passiert Stella?", fragte ich ruhig, beobachtete sie aber immer noch belustigt.

„Er hat sich wieder bei mir gemeldet. Wir haben über der Nacht bei der Party geredet. Aber seitdem ist Funkstille.

Ich glaube ich habe mich tatsächlich verknallt. Aber ich weiß nicht wie Adriel dazu steht. Ihr habt es doch auch geschafft. Phoenix hat sich dir geöffnet. Warum schafft Adriel das nicht?"

„Weil er ein Arsch ist.", sagte ich ehrlich und erntete dafür einen bösen Blick von Stella.

Irgendwann seufzte sie und ließ sich neben mich auf das Bett fallen.

„Glaubst du er wird mich zum Winterball ausführen?" Ich klatschte mit einer Hand gegen meine Stirn. Was ein großer Fehler war. Ich zuckte vor Schmerzen zusammen und Stella musste sich ein Lachen verkneifen.

„Du sollst dir doch nicht weh tun.", sagte sie tadelnd, aber grinste dabei. Ich erdolchte sie mit meinen Blicken und sagte dann das was ich sagen wollte.

„An den Ball hatte ich gar nicht mehr gedacht." Stella schaute mich an.

„Das habe ich auch nicht erwartet. Immerhin hat man dich entführt und gefangen gehalten."

„Punkt für dich." Wir lachten bis Stella wieder ernst wurde.

„Ich habe Angst, dass er nur mit mir spielen will. Dass er glaubt, ich wäre sein Spielzeug was er immer mal wieder anrufen kann, wenn er Lust verspürt. Das würde ich nicht überleben." Ich nahm Stella in den Arm.

„Glaube mir. Er würde das nicht überleben." sagte ich streng und Stella lächelte mich glücklich an.

„Oh du bist ja so süß.", quietschte sie und ich musste lachen. Als es dann klopfte, wurden wir beide wieder still.

Die Tür öffnete sich und Kate und Jasmin kamen rein. Verwirrt schauten sie zu Stella.

„Stella?", sagte Kate überrascht und Stella wurde rot. Immerhin hatten wir uns gerade noch über die Söhne von Kate unterhalten.

„Musst du nicht zu Uni?", fragte Kate dann.

„Ja mehr oder weniger. Ich habe heute nicht allzu viele Kurse und habe nur den ersten ausfallen lassen, weil ich unbedingt mit Emily reden musste."

„Und das konnte nicht warten?", fragte meine Mutter weiter nach. Beide Frauen hatten ein breites Grinsen im Gesicht.

Sie waren Stella nicht böse, zogen sie aber gerne auf.

„Ja, aber jetzt muss ich auch los. Wir sehen uns später." Sie gab mir einen Kuss auf die Wange und verschwand dann nach draußen.

Wir drei mussten über ihren Abgang lachen.

„Sie hätte auch ruhig bleiben können, wir wollten sie doch nur ärgern. Dann hätte ich ihr was zu meinem Sohn sagen können." Mein Grinsen erstarb und ich schaute sie an.

„Ihr habt uns gehört?", fragte ich. Kate und Jasmin lachten.

„Naja, ihr wart nicht wirklich leise und eine Schwäche der Frauen ist es, dass man sehr schnell neugierig wird, vor allem, wenn der Name meines Sohnes fällt.", sagte Kate und zwinkerte mir zu. Jetzt tat Stella mir noch mehr leid.

„Du solltest deiner Freundin sagen, dass sie mit Adriel sprechen soll. Nur so können die beiden Missverständnisse aus dem Weg gehen." Ich zuckte mit den Schultern.

„Werde ich ihr ausrichten. Ihr fahrt mich nach Hause?" Die beiden nickten, dann schaute ich zwischen ihnen hin und her.

Jasmin konnte sich wohl denken, woran ich dachte. Sie kam auf mich zu.

„Du kannst frei Entscheiden wo du hin gehen willst, immerhin bist du ja auch schon erwachsen. Wahrscheinlich kenne ich deine Antwort glaube ich schon." Ich lächelte sie an und sie nickte lachend.

„Ja, ich kenne dich halt schon zu gut. Kate sie geht mit zu dir." Kate lachte.

„Obwohl ich glaube, dass nicht ich der Grund dafür bin.", sagte sie und zwinkerte mir zu. Ich wurde sofort rot, was die beiden Frauen noch mehr zum Lachen brachte.

Sie fingen an meine Tasche zu packen. Ich nahm mir frische Klamotten und ging ins Bad. Dort machte ich mich frisch und zog mich um.

Dann blieb mein Blick im Spiegel hängen. Ich sah immer noch schlimm aus.

Mein rechtes Auge war blau und an der Stirn hatte ich an der linken Seite eine genähte Platzwunde. Wann war das denn passiert?

Wahrscheinlich, als ich das Bewusstsein verloren habe.

Meine Lippe war auch noch aufgeplatzt. Ich konnte nicht verleugnen, dass man mich verprügelt hatte.

Im Grunde sah ich gerade keinen heilen Fleck auf meiner Haut. Alles war grün und blau oder verkrustetes Blut.

Ich ging wieder in das Zimmer, wo Kate und Jasmin schon auf mich wartete.

„Können wir dann?", fragte Kate und ich nickte. Zusammen verließen wir das Zimmer. Unten am Eingang unterschrieb ich meine Entlassungspapiere, danach liefen wir Richtung Auto und fuhren nach Hause.

Nach fast einer Stunde waren wir dann auch da. Wir hatten Jasmin auf dem Weg bei sich Zuhause abgesetzt.

Das Krankenhaus war sehr weit außerhalb der Stadt, was dazu führte, dass wir lange fahren mussten.

„Soll ich dir noch helfen die Sachen nach oben zu tragen?", fragte Kate mich, als wir im Flur standen. Sie musterte mich besorgt.

„Nein das geht schon." Kate schaute mich noch kurz an und nickte dann. Sie ging in die Küche und ich trug meine Sachen nach oben. Ich legte sie in mein Zimmer ab und ging wieder nach unten.

„Die Jungs sind in der Uni und ich muss gleich auch arbeiten. Schaffst du es ein paar Stunden allein zu bleiben, ohne dass ich mir Sorgen machen muss?" Ihre Besorgnis erwärmte mein Herz.

„Ja Kate. Mach dir keine Sorgen." Ich lachte und sie schüttelte grinsend den Kopf. Sie umarmte mich kurz und verschwand dann in ihr Arbeitszimmer.

Ich ging wieder nach oben in mein Zimmer. Ein paar Minuten später hörte ich dann unten die Tür.

„Endlich ist sie weg." Ich schrie auf.

„Ahhh!!" Ich sprang zur Seite und rammte ihm meine Faust in den Magen. Er keuchte und landete auf dem Knie.

„Meine Güte Phoenix!" Ich hielt meine Hände vor dem Mund und kniete mich vor ihm. Er schaute zu mir.

„Du hast einen guten Schlag.", sagte er keuchend.
Ich nahm sein Gesicht in meine Hände.

„Du bist ein Idiot." Er lachte leicht.

„Ja. Ich glaube ich sollte mir ab jetzt gut überlegen, ob ich dich erschrecke." Ich verdrehte nur lachend meine Augen.

„Was machst du denn hier? Deine Mutter sagte mir, dass du in der Uni bist."

„Ich wollte in Ruhe mit dir reden und mich auch für gestern entschuldigen. Ich hätte nicht einfach gehen sollen." Wir standen zusammen auf.

„Okay. Ich hatte mich schon gewundert." Ich wollte mich auf mein Bett setzen, doch Phoenix nahm meine Hand und zog mich zu sich. Er drückte mich an sich.

Meine Hände lagen auf seiner Brust. Bilder tauchten in meinem Kopf auf, doch ich versuchte sie zu unterdrücken. Ich wollte Phoenix nicht wieder von mir stoßen.

Doch die Panik wurde zu groß. Ich löste mich panisch von ihm und ging ein paar Schritte zurück. Phoenix ließ traurig seine Arme neben sich hängen.

„Engel was ist los mit dir? Du siehst aus, als hättest du panische Angst vor mir und das hatte ich auch gestern schon im Krankenhaus bemerkt, deswegen bin ich gegangen." Also hatte tatsächlich ich ihn verschreckt. Er hat meine Reaktion falsch gewertet.

„Phoenix ich..." setzte ich an, doch ich wusste nicht, was ich sagen sollte.

„Emily bitte. Bitte sag mir die Wahrheit. Was ist noch alles passiert? Warum bist du so verängstigt in meiner Gegenwart?" Er schaute mir tief in die Augen und da brachen meine Dämme und ich sank in seinen Armen zusammen.

Er hielt mich fest und zusammen gingen wir zu Boden. Er hielt mich in seinen Armen. Ich musste es ihm sagen. Vielleicht half es tatsächlich.

„Er hat mich... er hat." Ich fing an, doch es wollte nicht über meine Zunge kommen.

Meine Tränen wurden stärker, doch anscheint reichte es für Phoenix. Er setzte die Teile zusammen.

„Dieses dreckige Schwein! Ich werde..."

„Nein!" Mein harscher Ton ließ ihn zusammenzucken. Ich schaute ihm in die Augen und legte meine Hände an sein Gesicht.

Ohne darüber weiter nachzudenken, zog ich sein Gesicht an meines und ein paar Sekunden später lagen seine Lippen auf meinen.

Ich spürte, dass er sich zurückhielt, weil er vermutlich Angst hatte, mir weh zu tun, aber das brauchte ich jetzt einfach, also wurde ich verlangender.

Nach einer Zeit ließ Phoenix seine Sorgen fallen und er drückte mich an sich. Zwischen uns passte kein Blatt Papier mehr.

Wir knutschten einfach nur wild rum, weiter konnte ich noch nicht wieder gehen, und das wusste er. Irgendwann mussten wir uns lösen, um wieder zu Atem zu kommen. Phoenix schaute mich an.

Seine Augen waren dunkel und er hatte ein Lächeln im Gesicht.

„Weißt du wie sehr ich dich vermisst habe." Es war keine Frage, doch ich schüttelte mit meinem Kopf und er lachte.

„Ohne dich hätte ich nicht weiterleben wollen. Vor allem nicht mit dem Gedanken, dass ich an allem schuld war. Ich hatte solche Angst um dich. Ich wusste wozu Donovan in der Lage war." Bei dem Namen Donovan schaute ich ihn verwirrt an.

„Das ist der Vorname von Heal." Ich nickte.

„Wie kamt ihr eigentlich auf diese Rettungsmission?" Diese Frage hatte ich mir auch schon gestern Nacht gestellt, als ich nicht schlafen konnte. Phoenix schaute mich an.

„Kannst du dich noch an die Fotos erinnern, die du Samuel hast machen lassen?" Ich nickte wieder.

„Samuel sollte damit direkt zur Polizei, da ich zu dem Zeitpunkt geglaubt hatte, dass du tot warst." Phoenix lächelte schwach.

„Aber er hat zuerst mich angerufen. Was auch gut war. Wir haben uns getroffen, dabei ist mir dann dieser Plan eingefallen.

Als ich den mit Sam besprochen hatte, sind wir zu Kommissar Frey, der uns dann weitergeholfen hatte. So konnten wir dich dann da rausholen."

„Und ich habe bis zum Schluss gedacht, dass du tot wärst." Ich schaute auf den Boden.

„Hey Engel. Es ist doch alles gut." Er drückte mein Kinn hoch, so musste ich ihn ansehen. Doch mir kamen trotzdem die Tränen.

Phoenix umschloss mein Gesicht sofort mit seinen Händen und wischte die Tränen weg.

„Hey mach dir keine Gedanken mehr darüber in Ordnung? Ich bin am Leben und stehe vor dir. Und nichts wird mich so schnell zu Boden bringen. Das kannst du mir glauben." Seine Worte ließen mich Lächeln und er erwiderte das Lächeln.

„Ich liebe dich Emily."

„Ich liebe dich Phoenix." Wir küssten uns wieder und dieses Mal waren die Bilder von Damian fast weg.

Als wir uns gelöst hatten, kuschelte ich mich daher an ihn. Meine Finger wanderten automatisch zu meiner Kette.

„Ich freue mich, dass die Kette den ganzen Trubel überlebt hat.", sagte Phoenix in Gedanken und schaute auf den Herzanhänger, den ich zwischen meinen Fingern hatte.

„Ich habe sie in jeder Nacht angeschaut und an dich gedacht.", sagte ich. Phoenix legte seinen Kopf auf meinen ab.

„Und ich habe jede Nacht an dich gedacht.", sagte er und ich spürte seinen Atem auf meinem Haar.

„Lass uns einen Film gucken." Schlug ich nach einiger Zeit vor. Meine Beine waren fast eingeschlafen und ich musste mich wieder bewegen.

„In Ordnung." Phoenix stand auf und half mir dann hoch. Zusammen gingen wir in sein Zimmer.

Dort legten wir uns auf das Bett und schauten uns Filme an. Zwischendurch schlief ich dabei ein. Als wir dann gegen Abend die Tür unten hörten, beschlossen wir nach unten zu gehen, da es nur Adriel sein konnte.

„Da bist du ja Bruder. Die Jungs haben dich heute schon vermisst.", begrüßte uns Adriel. Er legte seine Tasche neben der Garderobe ab und drehte sich dann wieder zu uns.

„Oh hallo Prinzessin. Du bist ja schon aus dem Krankenhaus entlassen. Das erklärt zumindest einiges." Nach einem kurzen Blick zu Phoenix, umarmte er mich kurz und ging dann Richtung Wohnzimmer. Wir wollten hinter her, doch da klingelte es an der Tür.

„Geh du ins Wohnzimmer. Ich kümmere mich darum.", sagte Phoenix. Ich nickte und ging ins Wohnzimmer. Adriel hatte die PlayStation angemacht und war am Zocken.

Ich setzte mich neben ihn und schaute zu.

„Ja sie ist im Wohnzimmer." Ich wurde hellhörig und drehte meinen Kopf zur Tür. Rein kamen Phoenix und Kommissar Frey. Ich stand auf und ging auf die beiden zu.

„Kommissar Frey." Ich reichte ihm meine Hand. Er schüttelte sie.

„Emily. Es ist schön zu sehen, dass es dir wieder besser geht. Ich wollte dir ein paar Fragen stellen, wenn das möglich ist."

„Natürlich. Lass uns dafür doch ins Esszimmer gehen. Phoenix kannst du bitte hierbleiben?", fragte ich, als ich sah, dass er Anstalt machte uns zu folgen. Er nickte, gab mir noch einen Kuss auf die Stirn und ging dann zu seinem Bruder. Ich ging mit Kommissar Frey ins Esszimmer und wir setzten uns an den Tisch. Frey fing sofort an.

„Aus Heal und Mr. Johnson ist nicht wirklich was raus zu kriegen."

„Johnson?", fragte ich nach.

„Ja. Damian Johnson. Er hat dich festgehalten, als sie flüchten wollten." So hieß er also mit Nachnamen. Ich gab Frey ein Zeichen, dass er weiter machen sollte.

Frey räusperte sich.

„Also die beiden schweigen wie ein Grab. Jetzt möchte ich dich fragen. Wie stehst du zu den beiden?" Ich überlegte.

„Damian hatte ich ein paar Tage vorher kennen gelernt. Er hatte mich nach Hause begleitet und wir hatten uns super verstanden. Ich hätte nie damit gerechnet, dass er es auf mich abgesehen hat." Frey nickte.

„Das glaube ich. Es musste ein sehr großer Schock gewesen sein. Wie sieht es den mit Heal aus? Hast du ihn oft gesehen?" Ich schüttelte meinen Kopf.

„Nein ihn habe ich nicht oft gesehen. Ich war den größten Teil immer bei Damian oder den anderen Mädchen."

„Ich nehme auch mal an, dass du nicht weißt, was genau sie von dir wollten?" Ich verstummte. Ich wusste nicht, was ich sagen durfte und was nicht. Er merkte, dass ich nichts sagen wollte, und räusperte sich.

„Okay. Wir konnten bisher nur ermitteln, dass Damian Johnson es schon länger auf dich abgesehen hatte und Heal wollte daraus seinen Profit ziehen. Aber jetzt ist ja alles vorbei. Im Grunde musst du nur noch vor Gericht aussagen und dann werden die beiden für eine sehr lange Zeit hinter Gittern wandern.

Wenn sie überhaupt noch einmal wieder rauskommen." Kommissar Frey stand auf und ich machte es ihm nach.

„Was ist eigentlich mit meinem Vater?" Phoenix hatte mir erzählt, dass die Polizei auch ihn hat überwachen lassen, da er ja in Verbindung mit Heal stand.

„Wir konnten keine Gemeinsamkeiten feststellen. Wir hatten ihn ein paar Tage beschattet, aber er hat nichts Unnormales getan. Trotzdem würde ich dir raten weiter vorsichtig zu sein, was ihn angeht."

„Okay danke. Ich bringe Sie noch zur Tür." Wir gingen zur Tür und ich verabschiedete ihn.

Danach ging ich zu den Jungs ins Wohnzimmer. Ich ließ mich neben Phoenix fallen, der mich sofort in seine Arme zog.

„Bald ist alles vorbei.", flüsterte er mir ins Haar. Ja das hoffte ich sehr.

„Hey die Jungs kommen gleich noch vorbei, und Stella ist auch dabei.", sagte Adriel und schaute von seinem Handy hoch.

Da fiel mir wieder das Gespräch zwischen mir und Stella wieder ein und ich musterte Adriel. Ich glaubte ich sollte ihn mal darauf ansprechen. Aber heute nicht mehr.

In der Zeit wo wir warteten, spielten Phoenix und Adriel an der PlayStation. Ich schaute ihnen dabei zu und war somit auch die erste an der Tür, als es klingelte, da sich die beiden Jungs nicht bewegten.

Ich machte die Tür auf und fand mich sofort in einer Umarmung wieder.

„Es ist so schön dich wieder rumlaufen zu sehen." Ich erkannte die Stimme als die von Zyan. Hinter uns erklang ein Räuspern. Zyan ließ mich los.

„Keine Angst Kumpel. Ich bin darüber hinweg und wünsche euch viel Glück." Also musste Phoenix hinter mir stehen. Aha, also wenn andere Männer im Raum waren, konnte er sich auf einmal bewegen. Sofort spürte ich seine Arme um meine Taille.

„Dürfen wir sie denn umarmen?" Kam es dann von Ryan, der sich neben Zyan gestellt hatte.

„Ich glaube erst mal solltet ihr reinkommen, dann könnt ihr sie gerne umarmen.", sagte Phoenix lachend und ging mit mir ein paar Schritte zurück. So konnten die anderen reinkommen.

Hinter Blake entdeckte ich dann Stella und befreite mich schnell aus den Armen von Phoenix. Sie stürmte auf mich zu und wir umarmten uns.

„Ist ja nicht so, dass wir uns heute Morgen schon gesehen haben.", sagte sie dann lachend, als wir uns wieder gelöst hatten.

„Ich habe dich halt vermisst.", sagte ich.

„Dürfen wir dann jetzt auch?" Ich sah zu Ryan, der eine traurige Miene machte. Ich breitete meine Arme aus und sofort grinste er und kam auf mich zu.

Er schloss mich in seine starken Arme.

„Es ist schön zu sehen, dass es dir wieder besser geht.", sagte er dann, als er mich wieder losgelassen hatte.

„Danke." Nach ihm, umarmte mich Blake kurz, dann gingen wir alle ins Wohnzimmer.

„Wir holen mal ein bisschen was zu knabbern.", sagte ich und schnappte mir die Hand von Stella. Sie protestierte erst, doch das ignorierte ich. In der Küche drehte ich sie so, dass sie vor mir stand.

„Und? Hat er dich nochmal angesprochen?" Sie seufzte.

„Nein hat er nicht. Im Grunde ist er mir die ganze Zeit aus dem Weg gegangen. Hat er dich mal irgendwie darauf angesprochen?" Ich schüttelte

296

meinen Kopf. Stella seufzte wieder. Sie schien sich richtig in ihn verknallt zu haben. Vielleicht würde es wirklich was bringen, wenn ich Adriel mal unauffällig danach fragte.

„Na komm. Wir suchen uns ein bisschen was zu knabbern und danach geht es dir auch wieder besser.", sagte ich, um sie abzulenken und ging auf den Schrank mit den Snacks zu.

Die Ablenkung funktionierte und sie kam mit einer Schüssel hinter mir her.

Nachdem wir Chips und Popcorn hatten, gingen wir zurück ins Wohnzimmer. Die Jungs hatten es sich schon gemütlich gemacht.

Phoenix und Zyan saßen auf dem Sofa. Sie hatten so viel Platz gelassen, dass ich mich dazwischen quetschen konnte.

Adriel, Blake und Ryan hatten sich Kissen geholt und sich einen gemütlichen Platz auf dem Boden gebaut.

Stella setzte sich mit auf den Boden und ich ging zu Phoenix.

Er schlang seinen Arm um mich und zog mich zu sich. Jetzt saß ich halb auf der Couch und halb auf ihm.

Aber das war eigentlich sogar gemütlich. Also legte ich meinen Kopf auf seiner Schulter ab. Er lachte.

„Gut, wenn du es so gemütlich findest." Er legte eine Decke über unsere Beine und Blake machte dann einen Film an. Während des Films kuschelte sich Stella an Adriel und er ließ es geschehen.

Ich musste auf jeden Fall mit ihm reden.
Irgendwann wurde ich müde und schloss meine Augen. Ich merkte auch nicht mehr, wie Phoenix mich ins Bett trug.

16.Kapitel

Emily

Durch sanfte Küsse wurde ich wach.

„Guten Morgen.", sagte ich verschlafen und öffnete meine Augen. Sofort sah ich in die smaragdgrünen Augen von Phoenix.

„Guten Morgen Engel. Ich wollte dich fragen ob du heute zur Uni willst oder lieber noch nicht?"
Ich überlegte und nickte dann.

„Ich habe sowieso schon zu viel verpasst und in ein paar Wochen sind die Prüfungen. Ich werde mitkommen."

„Okay." Phoenix stand auf und ging zu seinem Schrank. Ich setzte mich auf und beobachtete ihn. Als ich durchs Zimmer schaute, sah ich wieder die Bilder im Bücherregal und mir fiel wieder das Thema ein. Ich dachte dran, was Samuel mir erzählt hatte.

„Du Phoenix?" Sprach ich ihn vorsichtig an. Er drehte sich zu mir und schaute mich an.

„Was ist Engel?" Ich zögerte, da ich nicht wusste, wie er darauf reagieren würde.

„Also. Samuel hat mir das von deinem Vater erzählt." Sofort spannte sich alles bei ihm an und sein Gesicht wurde kalt und abweisend. Ich bereute sofort, etwas gesagt zu haben.

„Das geht dich aber überhaupt nichts an! Er hätte dir nichts erzählen dürfen!" Mit diesen Worten nahm er seine Hose und verschwand aus dem Zimmer. Seine Worte klangen so kalt und abweisend, dass sich mein Herz sofort schmerzhaft zusammengezogen hatte.

Das hatte ich mal wieder toll hinbekommen. Aber warum vertraute er mir denn nicht?

Hatte er es immer noch nicht geschafft sich mir zu öffnen, obwohl wir in letzter Zeit so viel durchgestanden hatten?

Ich musste so viel durchstehen, woran er schuld war und er ließ mich jetzt einfach hier stehen. Verletzt verließ ich das Zimmer und zog mich schnell in meinem Zimmer um.

Er sollte merken, dass er mir weh getan hatte und ging deswegen zu Adriel.

„Morgen Prinzessin. Du willst heute schon wieder in die Uni?", fragte er ein wenig überrascht.

„Ja und ich wollte dich fragen, ob du mich fahren könntest, bitte?" Erst schaute er mich verwirrt an, doch dann verstand er es anscheinend und nickte. Er nahm seine Tasche und wir verließen das Haus. Wir stiegen in sein Auto und waren nach einer halben Stunde am Campus.

Ryan, Blake und Stella waren auch schon da und warteten auf uns.

„Emily. Sicher, dass du heute schon wieder zur Uni willst und wo ist Phoenix?", fragte Stella sofort, als wir bei ihnen ankamen. Ich packte mir einfach nur ihren Arm und zog sie mit mir. Die Jungs mussten nicht immer alles mitkriegen.

„Mir geht es gut. Phoenix und ich uns nur Mal wieder ein bisschen gestritten." Ich sah wie Stella ihre Augen verdrehte.

„Warum das denn? Ihr streitet aber schon oft, o-der?"

„Wieso denn oft?" Fragend schaute ich sie an. Sie zuckte mit den Schultern.

„Ihr habt euch halt am Anfang immer sehr oft in die Haare bekommen."

„Mhm kann sein. Ach, ich habe einfach das Gefühl, dass er mir immer noch nicht vertraut, trotz allem, was ich durchgestanden habe.

Ich habe vorhin auf seinen Vater angesprochen und er wurde sofort wieder abweisend und sagte mir gereizt, dass es mich nichts angehen würde." Stella legte eine Hand auf meine Schulter.

„Ach das wird schon wieder. Du solltest einfach noch mal versuchen mit ihm zu spreche." Ich seufzte.

„Ja schon, aber er soll auch merken, dass er etwas falsch gemacht hat, daher habe ich die Hoffnung, dass er von sich aus auf mich zukommt."

„Das wird schon Süße." Stella und ich kamen an meinem Kursraum an. Dort trennten sich dann unsere Wege.

Ich setzte mich auf meinen Platz und der Unterricht begann. Ich kam sogar sehr gut mit, da ich wohl nicht allzu viel verpasst hatte.

Phoenix sah ich den ganzen Tag nicht, aber wir hatten heute auch keine Kurse zusammen.

Dadurch war ich recht schlecht gelaunt. Auch als ich ihm eine Nachricht schrieb, bekam ich keine Antwort.

Am Ende des Tages wartete ich auf dem Parkplatz auf Adriel, als ein anderes Auto neben mir hielt. Sofort kam wieder Panik in mir hoch. Die Scheibe ging runter und am Steuer saß Phoenix. Erleichtert atmete ich aus.

„Bitte steig ein Emily." Ich zögerte kurz, stieg dann aber ein und ließ mich auf den Beifahrersitz fallen. Er fuhr sofort los. Ich widerstand dem Drang nachzufragen, wohin wir fuhren. Die ganze Fahrt über herrschte eine drückende Stille. Ich sah aus dem Fenster und sah, dass wir die Stadt verließen.

Irgendwann hielten wir an. Phoenix stieg aus und joggte um das Auto zu mir, um mir die Tür auf zu machen.

Als ich ausstieg, sah ich wo wir waren. Wir standen vor einem Friedhof.

„Du kannst gleich Fragen stellen. Komm bitte erst einmal mit und hör mir zu, ja?" Er schaute mich flehend an und ich nickte. Zusammen betraten wir den Friedhof und liefen durch die Gräber Reihen.

Irgendwann blieben wir vor einem Grab stehen. Ich las den Namen.

Raymond Black. Gestorben am 13 April 2015. Wir waren am Grab seines Vaters. Ich hörte Phoenix seufzen.

„Da ich davon ausgehe, dass Samuel dir schon vieles erzählt hat, erzähle ich dir die Geschichte nicht nochmal.

Ich will mich einfach nur entschuldigen, dass ich heute Morgen so kalt zu dir war.

Ich hatte kurz vergessen, dass ich dir vertrauen konnte." Traurig schaute ich auf den Boden.

Er hatte es vergessen? Wie kann man sowas vergessen? Er bemerkte wohl, dass mich seine Worte verletzt hatten.

„Emily, so meinte ich das nicht." Er drückte mein Kinn hoch. So war ich gezwungen ihn an zu schauen.

„Ich weiß das ich dir vertrauen kann, immerhin hast du diese ganze Hölle wegen mir durch machen müssen und beinahe hätte ich dich wieder von mir gestoßen, aber ich will dich nie wieder verlieren."

Er ließ mein Gesicht los und schaute auf den Grabstein. Seine Arme ließ er schlaff herunterhängen.

„Es ist drei Jahre her und ich kann immer noch nicht wirklich darüber sprechen.

Meine Mutter und Adriel kennen noch nicht einmal die ganze Wahrheit und ich könnte es ihnen auch nie erzählen.

Meine Mutter hat am Anfang probiert mit mir zu sprechen.

Hat mich zu Therapeuten geschickt. Doch ich habe immer nur dagesessen und nichts gesagt. Irgendwann hatte sie es eingesehen und mich in Ruhe gelassen.

Nach einiger Zeit hatte ich Adriel dann einen Teil erzählen können, aber nicht die ganze Wahrheit.

Er weiß zum Beispiel nicht, dass es Samuel war. Deswegen konnte ich Samuel ja auch nicht ausstehen und hätte ihn im Supermarkt fast zusammengeschlagen." Er schwieg und mir brannte eine Frage auf der Zunge.

„Warum hast ihr euch so, obwohl es gar nicht seine Absicht war?" Phoenix schaute mich an. Er hatte wieder seine Mauer hochgezogen. Ich konnte in seinem Gesicht keine Gefühle ablesen.

„Weil ich bis vor ein paar Tagen davon ausgegangen war, dass er mit Absicht auf ihn geschossen hatte.

Er hat in den drei Jahren nie versucht, mir das zu erklären. Im Gegenteil, er hat mich immer weiter von sich gestoßen. Er wollte das ich wütend auf ihn war." Phoenix fuhr sich durch die Haare.

„Hättest du ihm den geglaubt, wenn er es dir von Anfang an erklärt hätte?" Mit der Frage hatte ich wohl genau ins Schwarze getroffen. Phoenix seufzte.

„Nein wahrscheinlich nicht. Weißt du, mein Vater ist in meinen Armen gestorben. Er konnte mir noch sagen, wie sehr er mich liebte. Ich hatte immer eine engere Verbindung zu ihm gehabt, als Adriel.

Das Bild mit dem Motorrad, das hat er an dem Tag gemacht, wo er es mir geschenkt hatte. es erinnert mich sehr an ihn und ich vermisse ihn auch so sehr." Ich sah wie eine Träne über seine Wange rollte.

Ohne darüber nach zu denken, schlang ich meine Arme um ihn und legte meinen Kopf auf seiner Brust ab. Er erwiderte die Umarmung auch sofort.

So standen wir dann eine Zeit lang.

Nur sein leises Schluchzen war zu hören und ich nahm an, dass er das erste Mal war, dass er deswegen weinte.

In mir hatte er endlich eine Person gefunden, mit der er darüber reden konnte. Irgendwann löste ich mich von ihm und schaute ihn an. Er erwiderte meinen Blick.

„Ich liebe dich Phoenix Black. Vergiss das niemals." Ein Lächeln schlich sich auf sein Gesicht.

„Und ich liebe dich Emily Summer." Sekunden später lagen seine Lippen auf meinen. Dieser Kuss zeigte so viele Gefühle.

Seine Lippen schmeckten salzig von den Tränen, aber das war mir egal. Wir lösten uns und ich legte meine Stirn an seine.

„Ich wollte dir übrigens auch noch was sagen." Er entfernte sich ein Stück von mir und holte aus seiner Jackeninnentasche eine weiße Rose. Das Zeichen für den Winterball und ich begann mich innerlich zu freuen.

„Emily. Diese Rose möchte ich zu unserem Zeichen machen. Dafür, wie sehr wir uns lieben und wir zu einander gefunden haben.

Da sie auch ein Zeichen für den diesjährigen Winterball ist, möchte ich dich hiermit fragen. Willst du mit mir zum Winterball gehen?" Er hielt die Rose vor mich und mit der anderen Hand hielt er meine.

Ich nahm die Rose mit der freien Hand und nickte wild.

„Natürlich will ich mit dir auf den Ball gehen." Er lächelte breit und hob mich auf einmal hoch. Ich quiekte, als wir uns im Kreis drehten.

„Du machst mich zum glücklichsten Mann auf der Welt." Ich lachte und küsste ihn. Als wir uns dann wieder gelöst hatten und er mich auf den Boden abgesetzt hatte, beschlossen wir nach Hause zu fahren.

Die ganze Zeit hatte ich ein Grinsen im Gesicht. Zuhause empfing uns eine wütende Kate.

„Wo wart ihr beiden? Wozu gibt es Handys, wenn keiner von euch eine Nachricht beantworten kann oder dran gehen kann? Ich habe mir Sorgen gemacht." Wir beide schauten auf den Boden und entschuldigten uns.

Immerhin war die Entführung und der beinahe Tot von Phoenix noch nicht allzu lange her, daher konnte ich Kate auch verstehen.

„Wir waren auf den Friedhof.", fügte Phoenix noch leise hinzu. Doch Kate verstand es und starrte ihren Sohn still an. Sie überlegte wohl gerade, was sie dazu sagen sollte.

Sie entschied sich dafür, auf ihren Sohn zu gehen und ihn in den Arm zu nehmen.

„Ich bin stolz auf dich Phoenix." Er erwiderte die Umarmung zögernd. Kate löste sich wieder und klatschte in die Hände was mich zusammenzucken ließ.

„So, da ihr ja länger weg wart haben Adriel und ich schon gegessen. Euer Essen steht in der Küche. Ich muss jetzt nochmal kurz ins Büro." Wir nickten und sie nahm sich ihre Tasche. Sie zwinkerte uns noch mal kurz zu und verschwand dann durch die Tür.

Wir schüttelten lachend den Kopf und gingen in die Küche.

Wir machten unser Essen warm und setzten uns dann an die Theke. Adriel kam nach einer Zeit auch rein.

Mein Blick fiel auf meine Weiße Rose und sie erinnerte mich daran, was ich machen wollte. Jetzt war der perfekte Zeitpunkt dafür.

„Du Adriel? Was läuft da eigentlich zwischen dir und Stella?" Phoenix neben mir verschluckte sich an seinem Essen und Adriel drehte sich geschockt zu mir um.

„Was soll denn da bitte laufen?" Adriel schaute mich verwirrt an und Phoenix musste sich ein Grinsen verkneifen. Er wusste anscheinend mehr als ich. Brüder reden ja untereinander.

„Du vergisst, dass sich beste Freundinnen gerne alles erzählen.", sagte Phoenix belustigt und ich sah wie Adriel schluckte. Phoenix beobachtete uns neugierig.

„Wirklich alles?", fragte er leise nach.

„Ja wirklich alles. Jetzt will ich deine Meinung dazu hören." Er schaute mich still an, bis er sich seufzend neben mich fallen ließ.

„Ich weiß nicht was du hören willst. Ich glaube ich habe e sowie so versaut." Adriel fuhr sich durch die Haare.

„Habe ich da gerade richtig gehört? Mein Bruder hat sich verknallt?" Adriel und ich schauten Phoenix böse an und er hob abwehrend seine Hände.

„Du magst sie also wirklich?", fragte ich nach einer Zeit nach.

„Ich glaube schon. Aber ich habe sie weggestoßen. Sie will mit Sicherheit nichts mehr mit mir zu tun haben." Ich kämpfte mit mir. Sollte ich es ihm sagen oder nicht?

Schlussendlich entschied ich mich dafür. Sonst würden die beiden nie zusammenkommen.

„Adriel, das ist so nicht ganz richtig. Aber sie traut sich nichts zu sagen, weil sie Angst hat, dass du nur mit ihr spielen willst und glaube mir, sollte das dein Ziel sein, mache ich dir das Leben zur Hölle." Ich drohte ihm mit dem Zeigefinger und Phoenix neben mir musste sich ein Lachen verkneifen.

„Nein Emily. Ich will nicht mit ihr spielen. Sie mag mich also auch?

Ich sollte sie zum Ball ausführen und ihr somit zeigen, was ich für sie empfinde.

Danke, du hast mir sehr geholfen. Ich hätte schon viel eher auf dich zu kommen sollen." Er gab mir einen Kuss auf die Wange und stürmte schon fast aus der Küche. Kurze Zeit später hörten wir die Haustür.

„Mein Engel, du hast hier ganz schön viel verändert.", sagte Phoenix und zog mich an sich rann.

„Ihr wolltet mich ja damals nicht in Ruhe lassen. Außerdem habt ihr mein Leben als erstes auf den Kopf gestellt." Er lachte.

„Das bereue ich auch kein Stück, sonst würdest du jetzt nicht so in meinen Armen liegen. Außerdem hattest du was gesehen, was du nicht weitererzählen durftest." Jetzt lachte ich.

„Und ich habe mein Wort ja auch gehalten und halte es auch immer noch."

„Das stimmt." Er gab mir einen Kuss. Danach gingen wir nach oben und schauten uns noch einen Film an, bis ich in seinen Armen einschlief. Heute hatte ich auch das erste Mal keine Albträume und bei mir wurde die Hoffnung größer, dass ich die Ereignisse ohne große Narben überstehen würde.

· · ·

Der nächste Tag begann wie jeder andere. In der Uni erzählte mir Stella freudestrahlend von Adriel und ich musste innerlich schmunzeln. Auch als ich ihr sagte, dass Phoenix mich auch gefragt hatte, wurde es schwer, sie wieder ruhig zu kriegen.

Wir beschlossen nach der Uni einkaufen zu fahren, da wir beide kein Kleid für den Ball hatten. Mein letztes Kleid wurde ja zerstört.

Adriel und Phoenix wollten erst mitkommen, doch wir hatten es geschafft sie ab zu wimmeln, dafür mussten wir mit Ryan klarkommen, denn ganz allein wollten sie uns nicht fahren lassen. Bevor wir ins Auto von Stella steigen konnten, packte Ryan unsere Arme und zog uns zu seinem Auto.

„Dieses Mal fahren ich nicht mit deinem kleinen Wagen. Reicht schon, dass Phoenix mich wieder dazu verdonnert hat überhaupt mit euch zu fahren. Warum habt ihr sie nicht mitgenommen?", sagte er und ließ sich uns dann los. Stella setzte einen Schmollmund auf und setzte sich dann ins Auto.

Ich musste mir ein Grinsen unterdrücken und setzte mich neben sie auf die Rückbank.

„Wir wollen nicht, dass sie unsere Kleider schon sehen daher konnten sie nicht mit uns fahren.", sagte ich dann, als Ryan auch drinsaß. Er guckte mich durch den Rückspiegel an.

„Also bin ich der erste, der euch in eueren Kleidern sieht?" Ich nickte und Ryan hatte wieder ein großes Lächeln im Gesicht.

„Dann kann ich es den beidem zumindest zurückzahlen.", sagte er dann und fuhr los. Stella und ich mussten lachen. Wir kamen sehr schnell an der Mall an.

Da wir dieses Mal nicht allzu lange brauchen wollten, hatten wir uns vorher schon für Läden entschieden wo wir rein gehen wollten. Ryan folgte uns brav.

Stella wurde sofort im ersten Laden fündig. Es war ein rotes Kleid mit schwarzen Akzenten. Die Brust war mit Blumen bestickt und über dem roten Rock fiel ein Schwarzer Stoff. An der Taille war ein schwarzes Band.

Es hatte breite Träger und einen recht geschlossenen Ausschnitt.

„Dieses Kleid steht dir richtig gut.", sagte ich strahlend. Stella drehte sich vor dem Spiegel einmal um sich selbst.

„Glaubst du denn, es würde Adriel gefallen?"

„Also ich bin mir sehr sicher, dass es ihm gefallen wird.", sagte Ryan und schaute Stella ruhig an. Sie nickte strahlend.

„Dann wird es das Kleid. Ich zieh mich kurz wieder um und dann kümmern wir uns um dich, E-mily." Sie verschwand in der Umkleide.

Nach drei Minuten kam sie wieder raus. Wir gingen das Kleid bezahlen und dann in den nächsten

Laden. Aber irgendwie fanden wir nicht so richtig das passende Kleid für mich.

„Stella schau mal hier.", sagte Ryan dann nach einiger Zeit. Wir waren mittlerweile im vierten Laden. Stella ging zu ihm.

Ich hörte sie auf einmal quieken und drehte mich verwirrt zu den beiden um.

Stella kam mit einem Stoffbündel in der Hand wieder auf mich zu.

„Das gehst du jetzt einmal anprobieren." Überfordert nahm ich das Kleid und ging damit zur Umkleide. Dort hing ich das Kleid erst Mal an einen Harken und schaute es mir genauer an.

Es war weiß und ging bis zum Boden. Der Rock fiel ab der Taille in A-Linie.

Der Oberkörper bestand aus einem durchsichtigen Stoff und wurde vorne mit Spitzen Muster bedeckt, die sich auch auf den Rock verteilten. Hinten war es Rückenfrei. Alles in einem war es perfekt.

Ich zog es an und es passte wie angegossen. Ich ging aus der Umkleide und stellte mich dort vor dem Spiegel.

„Wow. Dieses Kleid ist der Hammer. Ich glaube Phoenix wird an diesem Abend Leute töten müssen.", sagte Ryan bewundernd. Stella schaute mich einfach nur mit großen Augen an.

„Ich glaube wir haben dein Kleid gefunden.", sagte sie dann nach einer Zeit. Ich nickte wild und strahlte mein Spiegelbild an. Als ich genug hatte, zog ich mich schnell wieder um und wir gingen dann zur Kasse.

„Dann war der Tag ja erfolgreich.", sagte Ryan, als wir wieder im Auto saßen und nach Hause fuhren.

„Ja. Ich bin dafür, dass du die Kleider mit nehmen solltest Stella. Bei mir ist die Gefahr sehr groß, dass die Jungs zu neugierig werden." Sie stimmte zu.

Irgendwann kamen wir dann am Campus an und wir ließen Stella raus, dann brachte Ryan mich nach Hause. Wir gingen ins Haus und fanden die Jungs im Wohnzimmer. Doch einer fehlte. Phoenix.

„Wo ist denn... Ah!" Ich wurde plötzlich hochgehoben und ich nahm sofort seinen vertrauten Geruch war.

„Hat mich da etwa jemand vermisst?", hörte ich seine raue Stimme an meinem Ohr. Er stellte mich wieder auf den Boden ab und ich drehte mich zu ihm um.

Seine Arme lagen aber immer noch um meine Taille.

„Du mich etwa nicht?", fragte ich gespielt beleidigt. Ein grinsen tauchte auf seinem Gesicht auf.

„Soll ich dir zeigen wie sehr ich dich vermisst habe?", sagte er dreckig und ich wurde sofort rot.

„Hey, macht das auf eurem Zimmer. Hier hat keiner Lust euch dabei zu sehen." Kam es von Adriel und ich wurde noch roter und vergrub mein

Gesicht an Phoenixs Brust. Er lachte und seine Brust vibrierte dabei.

„Keine Angst Bruder. Nur weil du Angst hast, dass wir mehr Spaß haben als du jemals hattest." Die Jungs lachten und ich schlug Phoenix empört in den Magen.

Er keuchte dabei auf. Dadurch musste ich grinsen.

„Lasst uns doch einfach einen Film gucken.", schlug Blake vor. Wir stimmten zu und setzten uns auf das Sofa.

Somit schauten wir noch einen Film und natürlich musste ich dabei wieder einschlafen.

Epilog

Emily

Es waren ein paar Wochen vergangen und heute war endlich der Winterball.
Die Prüfungen waren hinter uns und für uns war es deswegen auch der Abschlussball.
Gestern war die Zeugnisübergabe und ich hatte perfekte Noten. Die Gerichtsverhandlung von Heal und Damian hatte ich einigermaßen gut überstanden. Sie hatten lebenslänglich bekommen.
Währenddessen hatte ich auch mitbekommen, wie mein Vater versuchte hatte meine Mutter zu bedrohen und kam dadurch auch endlich hinter Gitter.
Also war endlich alles überstanden. Das konnte ich fast nicht glauben.
„Emily?!" Stella holt mich aus meinen Gedanken. Wir waren bei ihr, da wir uns hier in Ruhe fertig machen konnten ohne, dass irgendwelche Jungs nervten.

„Die Jungs sind in einer halben Stunde hier und wir haben noch nicht einmal deine Haare fertig.", sagte sie hektisch und drückte mich auf einen Stuhl.

Sie wollte meine Haare ein wenig locken und kleine weiße Rosen ins Haar flechten. Also fing sie an.

In den letzten Wochen waren weiße Rosen das Symbol für mich und Phoenix geworden und das hatte Stella mitbekommen.

Die Rosensträucher in meinem Zimmer konnte man auch nicht mehr übersehen.

Darüber hinaus hatte Phoenix mir auch einen kleinen Anhänger anfertigen lassen, der wie eine weiße Rose aussah und jetzt auch an meiner Kette hing.

Ich wollte ihn erst nicht annehmen, da er sehr teuer ausgesehen hat, doch irgendwie hatte er es geschafft. Als Kate mir dann wenige Tage später sagte, dass es echte Diamanten in dem Anhänger waren war ich erst mal ein paar Tage sauer auf Phoenix.

Doch das hielt nicht lange.

„So jetzt kannst du dein Kleid anziehen.", sagte Stella und das ließ ich mir nicht zwei Mal sagen.

Ich stand auf und ging Richtung Badezimmer, wo mein Kleid hing.

Vorsichtig zog ich es an ohne dabei meine Frisur kaputt zu machen.

Ich hätte es auch vorher anziehen können, aber Stella hatte Angst gehabt sie würde das Kleid versauen. In der Zeit wo ich im Badezimmer war, zog sich Stella auch um.

Zwanzig Minuten später standen wir dann unten vor dem Spiegel und meine Mutter, Stellas Mutter, und Kate machten wie verrückt Fotos.

Kate war für mich wie eine zweite Mutter geworden und mit Jasmin verstand ich mich jetzt viel besser.

Wir hatten in den letzten Wochen viel unternommen. Nachdem Samuel aus dem Krankenhaus entlassen wurde sind wir auch alle zusammen weggefahren.

Auch mit Steve, dem Mann von Jasmin, verstand ich mich sehr gut.

Er versuchte nicht einen Vater zu spielen, sondern behandelte mich wie eine Freundin und das machte mich glücklich.

Noch glücklicher war ich, als Samuel und Phoenix sich endlich ausgesprochen hatten und wieder versuchten Freunde zu werden.

Sie hingen öfter miteinander ab, auch wenn ich mich noch nicht traute die beiden allein zu lassen.

Es klingelte und Stella und ich schauten uns aufgeregt an.

Nicole, die Mutter von Stella, öffnete die Tür. Phoenix und Adriel kamen rein und blieben wie angewurzelt vor uns stehen. Ihre Münder standen offen. Kate räusperte sich und Phoenix war der erste, der sich wieder fasste.

„Wow Emily, du siehst atemberaubend aus. Hier, die ist für dich." Er steckte mir eine weiße Rosen

Blüte hinter mein rechtes Ohr und streichelte mir dann über die Wange.

Sein Gesicht zierte ein wunderschönes Lächeln, was nur für mich so strahlte. Jetzt schaute ich mir ihn auch genauer an.

Er hatte eine Schwarzes Jeans und ein weißes Hemd an.

Das Hemd war ordentlich in die Hose gesteckt und als Jacke trug er ein schwarzes Jackett. Er sah verdammt heiß aus.

„Jetzt lasst uns schnell Fotos machen, damit ihr loskönnt.", drängte meine Mutter und wir stellten uns schnell auf.

Nach gefühlt hundert Fotos konnten wir gehen.

Adriel fuhr und somit waren wir nach einer halben Stunde am Veranstaltungsort, der in ein weißes Licht gehüllt war.

Ich harkte mich bei Phoenix ein und wir gingen auf die Halle zu. Ich staunte über die ganze Dekoration.

Alles war in viel weiß gehalten. Von der Decke glitzerte es und weiße Blume in allen Arten standen überall. Eine kleine Band spielte auf der Bühne. Allgemein war es ein wirklich großartiges Gefühl.

„Möchtest du mit mir tanzen?", fragte Phoenix nach einiger Zeit. Ich nickte und wir gingen auf die Tanzfläche.

Es fing ein langsameres Lied an. Die ganze Zeit schauten wir uns dabei tief in die Augen. So tanzten wir mehrere Lieder, bis Phoenix uns von der Tanzfläche zog.

„Würdest du kurz mit mir rauskommen?", fragte er und ich nickte. Er nahm meine Hand und wir gingen raus. Draußen war eine sternklare Nacht und es war Vollmond.

Ich fing an zu frieren, doch dann spürte ich auf einmal einen weichen Stoff über meinen Schultern.

„Damit du mir nicht krank wirst.", sagte Phoenix der mir sein Jackett über die Schulter gelegt hatte.

„Warum sind wir den raus gegangen?", fragte ich nach einiger Zeit, wo keiner von uns was gesagt hatte. Phoenix drehte sich zu mir und nahm meine Hände in seine.

„Weißt du Emily. Vor noch ein paar Monaten wäre ich niemals auf so eine Veranstaltung gegangen, doch dann bist du in mein Leben getreten.

Ich habe erst dagegen angekämpft, doch irgendwann konnte ich es einfach nicht mehr. Ich habe gemerkt, dass ich uns damit nur verletzt habe." Er schaute mir fest in die Augen und ich lauschte ruhig seinen Worten.

„Ich ging eines Tages Blumen für meinen Vater holen und da sah ich in diesem Laden weiße Rosen.

Aus irgendeinem Grund erinnerten sie mich sofort an dich. An deine Schönheit, äußerlich und auch innerlich. An deine Ehrlichkeit und vor allem an deine Unschuld.

Ab dem Zeitpunkt dachte ich immer an dich, wenn ich weiße Rosen sah. Aber auch das habe ich lange Zeit versucht zu unterdrücken.

Habe mir andere Mädchen gesucht, damit ich dich vergessen kann, aber ich konnte dich nicht einfach vergessen.

Du hattest mein Herz schon längst gestohlen und jetzt stehst du vor mir trotz allem was passiert ist. Ich habe dich so oft von mir gestoßen, doch du hast nie aufgegeben und bist immer wieder zu mir gekommen. Ich habe dich eigentlich gar nicht verdient, aber ich werde jetzt mal egoistisch sein." Phoenix ging auf einmal auf die Knie und ließ meine Hände los. Ich schlug sie mir vor dem Mund, da ich mir schon denken konnte, was jetzt kommen würde.

Zu meiner Überraschung fing es auch an zu schneien. Das sah wahrscheinlich traumhaft aus.

Phoenix holte eine Schachtel aus seiner Hosentasche und meine Augen wurden immer größer.

„Emily Summer. Ich möchte dich hier mit fragen ob du den Rest deines Lebens an meiner Seite verbringen willst. Willst du mich heiraten?" Er öffnete die Schachtel und ein wunderschöner Ring kam zum Vorschein.

Ich war in einer Schockstarre und konnte nicht antworten. Als ich mitbekam, wie Phoenix wieder hochkommen wollte und einen traurigen Ausdruck im Gesicht hatte, kam ich wieder aus der Starre raus.

„Jaa!! Ja Phoenix Black ich will dich heiraten!"
Sofort hatte er ein strahlendes Lächeln im Gesicht. Er stand wieder auf und steckte mir den Ring an den Finger, danach sprang ich ihm um den Hals.

„Ich liebe dich Phoenix."

„Ich liebe dich Emily." Wir küssten uns, dann erklang hinter uns ein Klatschen. Sofort drehte ich mich in die Richtung und konnte es kaum glauben.

Dort standen alle.

Adriel, Stella, Blake, Zayn, Ryan, Samuel, Luca, Kate, Nicole, meine Mutter und sogar Gina, die ich nach der ganzen Entführung auch wieder getroffen hatte, um mich bei ihr zu entschuldigen. Sie klatschten alle und strahlten mich an.

Meine Mutter packte gerade ihre Kamera weg und Luca sein Handy. Sie mussten Fotos gemacht haben. Phoenix ließ mich los und alle Frauen kamen auf mich zu gestürmt.

„Uhhh! Emily! Ich freue mich so für dich!",
kreischte Stella und sprang mir schon fast in die Arme. Auch die anderen Umarmten mich.

„Und Adriel hat mir nichts erzählt." schmollte Stella auf einmal. Ich musste über den Anblick lachen.

„Du hättest ihr ja auch nichts verheimlichen können.", sagte Jasmin lachend. Da musste ich meiner Mutter recht geben.

„Du hast das schon länger geplant?", fragte ich an Phoenix gewandt.

„Ja. Alle wussten es, bis auf natürlich du und Stella." Stella schaute ihn vernichtend an, und alle fingen an zu lachen.

Wenn Blicke hätte töten können, wäre mein Verlobter jetzt tot umgekippt.

Nach dem wir uns wieder beruhigt hatten gingen wir wieder rein, da es langsam doch ganz schön kalt wurde.

Unsere Mütter und Gina fuhren nach Hause. Samuel und Luca blieben bei uns.

So war es ein wunderschöner Abend und nichts konnte mir mein Grinsen nehmen.

8 Jahre später

„Mami! Hayley hat mir schon wieder meine Stifte geklaut." Ich seufzte und drehte mich zu meinem Sohn, der hinter mir stand.

„Marcel wir haben doch schon öfter darüber gesprochen. Hayley ist deine kleine Schwester und du bist ihr großer Bruder. Was sagen wir immer?"

„Der Klügere gibt nach.", sagte er leise und ich musste lächeln.

„Richtig und jetzt geh wieder mit deiner Schwester spielen. Gleich kommen die anderen, dann kannst du Onkel Adriel oder Onkel Luca auf die Nerven gehen."

„Jaaa!", quietschte er und rannte fröhlich weg. Ich seufzte. Als ich dann Arme um meine Taille spürte, zuckte ich kurz zusammen.

„Phoenix du hast mich erschreckt."

„Das tut mir leid mein Engel. Ich habe dich gerade beobachtet und kam aus dem Staunen nicht mehr raus. Nur du kannst so gut mit unseren Kindern umgehen." Ich schmunzelte und drehte mich zu ihm um.

„Dabei gehen sie mir oft genug einfach nur auf die Nerven." Phoenix lachte.

„Das haben Kinder so an sich und sie kommen halt nach mir."

„Auf jeden Fall und ob das manchmal so gut ist, weiß ich nicht." Ich küsste ihn und drehte mich dann aus seinem Griff. Er schaute mir empört hinter her. Als es dann klingelte, drehte ich mich wieder zu ihm.

„Geh du die Tür auf machen. Ich hole die Kinder."

„Ey ey Ma'am." Er salutierte und ich verdrehte die Augen und ging ins Kinderzimmer von Hayley.

„Mami!" Die Kleine stolperte sofort auf mich zu. Ich griff sie unter den Armen und hob sie auf den Arm.

„Marcel geh mal zu Papa und gucken wer dort ist." Das brauchte ich ihm nicht zweimal sagen, da war er schon aus dem Zimmer verschwunden. Langsam lief ich ihm hinter her und blieb im Flur noch einmal stehen.

Ich stand vor einem unserer großen Bilder.

Es zeigte mich und Phoenix. Das Bild hatte Luca in der Nacht gemacht, wo Phoenix um meine

Hand angehalten hatte. Es sah wunderschön aus. Ich in meinem weißen Kleid und Phoenix vor mir auf dem Knie und dann der Schnee.

Ich erinnerte mich zurück.

In dem Sommer nach dem Antrag hatten wir auch schon geheiratet und neun Monate später war dann auch schon Marcel da.

Der hält uns jetzt schon sieben Jahre auf Trab. Hayley kam vor fünf Jahren dazu.

„Es ist ein wunderschönes Bild oder nicht?", Hörte ich eine Stimme neben mir.

„Onkel Luca!!" quietschte das Mädchen in meinem Arm und ich kniff kurz die Augen zusammen. Sie hatte eine schrille Stimme. Als ich sie wieder aufmachte, lachte Luca mich an.

„Ja das ist es.", Antwortete ich ihm dann. Hayley fing an auf meinem Arm rum zu zappeln.

„Ich glaube da will jemand zu dir.", sagte ich und schon hatte ich Luca meine Tochter in die Arme gedrückt. Er fing sofort an mit ihr zu spielen.

Ich machte mich auf den Weg in den Garten, wo die anderen schon warteten. Sie waren anscheinend alle auf einmal gekommen.

Phoenix und ich hatten heute unseren achten Hochzeitstag und haben die anderen zum Kuchen eingeladen.

Als Stella mich sah, sprang sie auf und umarmte mich stürmisch.

„Emily mein Schatz. Wie geht es dir?" Sie ließ mich los.

324

„Wunderbar. Ich bin nur ein wenig müde." Sie lächelte aufmunternd.

„Ich glaube das werde ich bald auch zu spüren kriegen." Bei dem Satz streichelte sie ihren Bauch. Ich brauchte ein paar Sekunden bis ich es begriff und als ich es begriff, quiekte ich auf und umarmte sie stürmisch.

„Mein Glückwunsch. Das wurde aber auch mal Zeit. Immerhin habe ich schon zwei." Sie wurde rot und lachte mit mir. Die anderen bekamen es mit und sofort stürmten die Jungs auf Adriel zu und die Frauen kamen zu uns.

Alle bis auf Ryan und Luca hatten eine Freundin oder eine Frau. Stella und Adriel hatten ein Jahr später geheiratet, nach uns. Zyan und seine Freundin waren jetzt seit zwei Jahren zusammen und Blake und seine Frau fast vier Jahre verheiratet.

Samuel hatte auch seit zwei Jahren eine Freundin. Wir verstanden uns alle super und verbrachten immer wieder Abende zusammen. Wir wohnten auch nicht weit auseinander.

„Omi!" Schon stürmte ein kleiner Marcel an mir vorbei auf meine Mutter zu.

„Hallo mein Kleiner.", sagte meine Mutter. Auch Luca kam mit Hayley auf dem Arm endlich raus. Er schaute verwirrt, als er den ganzen Trubel sah.

„Stella ist schwanger.", sagte ich zu ihm. Sofort hatte ich meine Tochter im Arm und Luca ging auf Stella zu. Ich beobachtete das ganze jetzt von der Terrasse aus.

„Wir haben schon eine komische Familie." Phoenix stand jetzt neben mir. Hayley quengelte und ich ließ sie runter. Sofort stolperte sie zu Luca rüber. Er war ein guter Patenonkel.

„Das kannst du aber laut sagen." Ich drehte mich zu ihm und legte meine Hände auf seine Brust und er legte seine Arme um meine Taille.

„Ja und ohne dich wäre das alles niemals passiert." sagte er und sah mir dabei in die Augen

„Das kannst du nicht sagen." Wir schauten zu unserer Familie. Er lachte.

„Doch da bin ich mir ziemlich sicher." Ich sagte darauf nichts mehr.

„Hey Emily komm her!" Rief Stella und ich ging auf sie zu. Es war ein wunderschöner Abend mit meiner Familie.

Vielleicht hatte Phoenix recht. Wäre er nicht in mein Leben getreten, wäre ich vielleicht immer noch bei meinem Vater und hätte mich nie mit meiner Mutter ausgesprochen.

So wie es jetzt war, war es einfach perfekt und konnte noch viele Jahre so bleiben.

Danksagung

Noch vor ein paar Jahren war das einfach nur ein Traum. Doch durch meine Freunde und meine Familie, habe ich endlich diesen Schritt gewagt und mein erstes Buch veröffentlicht.

Ihr steht immer hinter mir, egal was passiert und ein großer Dank gilt meinem Freund, der immer hinter mir stand und steht.

Ohne dich wäre das womöglich alles nicht möglich gewesen. Ich liebe dich.

Ich bedanke mich bei euch alle, dass ihr so lange nie den glauben an mich verloren habt.

Und ich bedanke mich dafür, dass ihr mir immer auf die Nerven gegangen seid, dass ich doch endlich mal diesen Schritt wagen soll.

Ich liebe euch alle und bin dankbar dafür, dass ich weiß, dass ihr immer hinter mir stehen werden, egal was passiert.

.